JN141500

Ronso Kaigai MYSTERY 217

サンダルウッドは死の香り

THE DEAD DON'T CARE

JONATHAN LATIMER

ジョナサン・ラティマー

稲見佳代子［訳］

論創社

The Dead Don't Care
1938
by Jonathan Latimer

目次

主要登場人物

ビル・クレイン……………ニューヨークの私立探偵
トマス・オマリー…………クレインの同僚
ドク・ウィリアムズ………クレインの同僚
ベン・エセックス…………富豪の息子
カメリア・エセックス……ベン・エセックスの妹
トルトーニ…………………ギャンブラー
イーストコーム少佐………エセックス家の財産を管理する信託会社の代理人
ポール・ディ・グレガリオ……以前、カメリアと駆け落ち騒ぎを起こした伯爵
イマゴ・パラグアイ………謎めいたダンサー
ザ・アイ……………………エセックスへの脅迫状の送り主

サンダルウッドは死の香り

第一章

夕焼けが、白い大理石造りの屋敷の窓に金色のペンキをまき散らし、咲きほこるアザレアの花を杏子色や石竹色やサーモンピンクに染めていた。ビュイックのコンバーティブルが砂利の音を立てながら、ダイオウヤシのざらざらした樹幹のそばで左に折れ、ついで噴水のところを右に曲がると、琥珀色のガラスと鉄で設えてある入り口のひさしの下で停止した。

浅黒い長い顔をしたトマス・オマリーは、唖然とした表情で、その堂々とした正面玄関に灰色の目を走らせると、思わず感嘆の口笛を鳴らした。

「悪くないな」

彼の相棒がコンバーティブルのエンジンを切った。相棒の名はウィリアム・クレイン。困惑した表情で、巨大な黒檀の扉についている真鍮のノッカーを眺めている。「あれをたたくつもりか?」と、とがめるような口調で言った。彼の左目のまわりには治りかけの黒あざがあるが、むこうみずというよりはむしろ滑稽な印象を与えている。

「当然だろ」オマリーが答えた。「俺たちゃ招待されてるんだぞ」

「それもそうか」クレインはそう言うと、革張りのシートから砂利の上にするりと降りた。三日月形の階段を三段上がり、ドアのノッカーを持ち上げようとしたそのとき、私道で物音がして、クレインは思わず振り向いた。

二羽のピンクのフラミンゴが、噴水のほうからコンバーティブルに向かってそろそろと近づいてきている。その歩く様はまるで威厳のあるリウマチ患者といったところだ。竹馬のような脚を慎重に動かし、不審げに小首をかしげている。両目はぴかぴかに光っているベストのボタンのようだった。

「何なんだ、あれは！」とクレインがわめいた。

「よかった。きみにも見えるんだな」オマリーがコンバーティブルの車内から応じた。「幻覚を見たのかと思ったぜ、一瞬。それにしても、ありゃあ一体何だ？」

フラミンゴはオマリーから十フィートの位置で止まった。その高貴なくちばしや、礼儀正しくものを問うような顔つきや、まばたきひとつしないぱっちりした目のせいか、彼らはさながら二人の年老いた学者のようで、このオマリーとは何者かと考えあぐねているように見えた。

「まあ鳥の一種だろ」とクレインはあいまいな調子で答えながら、ノッカーに向き直った。

オマリーはフラミンゴを気にしながらも、ビュイックのハンドルの下に滑り込み、クレインのあとに続いて外に出た。クレインが黒檀のドアに近づいていくと、そのドアが開き、黒髪の、情の薄そうな唇をしたとっつきにくそうな男が現れた。長年に渡って自分の感情を表に出さずにきた習慣が、男の顔をまるで仮面のような表情にしていた。男はこの家の執事だった。

「オマリー様でいらっしゃいますか？」男が訊いた。「で、こちらはクレイン様で？」

男はエナメル革の靴に、黒っぽいズボンを穿き、暗紫紅色のサッシュベルトを締めて、メスジャケット風に仕立てた、丈夫な白の綿のコートをはおっている。

「僕がクレインで、こっちがオマリー君だ」

「それは大変失礼いたしました」男はそう言って黒檀のドアを開け放し、三日月形をした一段目の階段に歩み出た。「エセックス様がお待ちです。お荷物をお運びしましょうか？」

クレインは男にコンバーティブルの鍵を渡した。「荷物は折りたたみ式の後部座席(ランブルシート)の中だ」

彼が執事のあとから階段を降り始めると、オマリーが肘で脇腹を突いてきた。「ドアの上の窓を見てみろよ」

クレインはさりげなく家屋敷のあちこちへ視線をさまよわせた。背を弓なりにそらした噴水像、広々とした緑の芝生、夕闇の中で沈んだ色調になったアザレア、ヤシ、屋敷の白壁、そしてドアの上の窓……。

ついで彼の視線はコンバーティブルへ、ランブルシートを引っ張っている執事へと移っていったが、頭の中には、今見たばかりの窓辺の残像がしっかりと刻みこまれていた。ひとりの男が奥のほうに坐っていた。帽子を目深にかぶっているせいで、顔は影になっている。男は刺すような視線でこちらを見下ろしていた。何やら不気味な男だった。

執事がランブルシートを開いた。そして片足をクロームのバンパーにかけて、大型の豚革のスーツケースをとろうと腕を伸ばした。その際に彼の綿の上着が背中までずり上がり、サッシュベルトの下にしまいこんである、おそらくは二十五口径のコルトであろう小型の青い拳銃が見えた。

一瞬、クレインとオマリーの目が合った。

執事がクレインの寝室のドアノブに片手をかけて言った。「エセックス様を探してまいります」

男の目は黒く小さく、まばたきひとつしない。その目が部屋の中を見据えていたが、やがてドアがまるで自らの意志があるかのように勢いよく閉まった。

　オマリーが安楽椅子の袖に腰を下ろして言った。「なかなかの男前だったな」

「まるで山猫だよ」クレインは、部屋の脇にある、ドアに面したフランス窓を乱暴に開け放って、スペイン風のバルコニーに出た。「おおっ！　海が見えるぞ！」

　眼下にはたいそう広々とした中庭（パティオ）があり、小ぶりのヤシが茂り、群生する熱帯の花々が咲き乱れ、派手な色のパラソルやら金属製のテーブルやら鮮やかなオレンジ色のペンキが塗られた椅子やらが置いてあった。中庭（パティオ）の突き当たりには白いプールがあり、その向こうには灰色がかった濃黄色（アッシュブロンド）の素晴らしい砂浜が広がっていた。海岸にゆっくりと寄せては返す大西洋からの大波が、夕闇の中に銀色の線を描いている。

　オマリーはフランス窓のところへ行くと、その光景を冷静に見据えて言った。「この舞台装置は一体何なんだ？」彼が言葉を発すると、口元で揺れている煙草の火が怒ったように真っ赤になった。

　クレインは肩をすくめた。彼は完璧なまでの風景に、新緑に覆われた中庭の静謐（せいひつ）さに、ものうげな波の音に、顔に当たる柔らかく暖かい風に、すっかり魅了されていた。風は花の香りを大量に含み、ほとんど味わうことすらできそうだった。

「まあ、別にかまわんがな」とオマリーが言った。「食い物がうまい限りは」

　クレインは煙草に火を点けて、満足げにその煙で肺を充満させた。おそらく食べ物だって申し分ないだろう。酒も。そしてベッドも。チャールストンからの遠距離ドライブで、体の芯まで疲れ切っている彼は、部屋にあるダブルベッドのことを考えただけで嬉しかった。それに、海の音を聞きながらだと、いつでも彼はぐっすり眠れるのだ。容赦ない風雨にさらされるニューヨークから、完璧に心地よくけだるい三月のマイアミへ、いやもっと正確に言えば、マイアミから五十マイル南にある楽園キーラーゴへと送り込まれてきたことも、彼の気分をよくしていた。

それに彼は、エセックス家の屋敷や地所で目にしたものが大いに気に入った。彼は常日頃から、ぜいたくな環境で、裕福で感じのよい人々に囲まれて、探偵としての職務を遂行するのを好んでいた。だがいかんせん、厄介なのは、それは犯罪者たちの心理にも共通しているということだ。

オマリーが言った。「あとはビールが一本あれば言うことなしだ」

クレインはバルコニーの手すりに片方の肘をもたせかけて言った。「さっきの山猫みたいな目をした爺さんに電話して、持ってきてもらえよ」彼は日が落ちて濃紺（ネイビーブルー）に変わっている海にじっと目を凝らしていた。

「そいつはいい考えだ」オマリーが答えた。

その場にひとり残ったクレインは、エセックス家の若い兄妹（きょうだい）に何があったのだろうかと思いをめぐらせていた。そんな深刻なことではないはずだ。そうでなきゃ、新聞で読んでるはずだった。彼らのことは始終新聞に取り上げられていたから。兄のペンは二十五歳。スピードカーとコーラスガールと婚約不履行訴訟が趣味である（この順番に好きらしい）。妹のカメリアは二十三歳。つい最近、定期船グレース号で、神聖ローマ帝国のポール・ディ・グレガリオ伯爵と称する紳士と手に手を取っていざペルーへ駆け落ちしようとしているところを無理矢理連れ戻されたばかりだった。ユニオン信託会社（ユニオン・トラスト・カンパニー）の事務弁護士とエセックス家の財産の管理人とエセックス家の兄妹の後見人の手によって、ことの始末がつけられたが、ついでに神聖ローマ帝国などもはやどこにも存在せず、よってディ・グレガリオは伯爵でもなんでもないことが判明した。おまけに彼はすでに妻帯者であることまで露見した。

クレインは、オマリーがビールを二本注文するだけの思いやりを持ち合わせていることを願った。部屋に入って、二本目のビールについて確かめることにした。吸っていた煙草をひょいと投げ捨て、それが弧を描きながら落ちていくのを見守っていると、自分のいるバルコニーとは直角をなしている左翼のバルコニーに、男が佇(たたず)んでいるのがふと目に入った。クレインはとっさに首筋の毛が逆立つのを感じ、フランス窓から自分の部屋へ駆け込みたい衝動をこらえた。ひょっとして彫像かもしれないと思うほど、その男は微動だにしなかった。先ほど正面の窓にいた男を印象づけたのと同じ不吉な熱意を漂わせ、同じ立ち姿で、同じく帽子を目深に被っていたが、クレインには二人が同一人物とは思えなかった。こちらのほうが小柄なようだったものの、ひどく嫌な感じの男だった。

部屋の中に戻ったクレインは、額をリンネルのハンカチで拭った。「ふーっ！」そしてクローゼットのドアを開けると、中を覗き、次いでベッドの下に目を凝らした。

オマリーがバスルームのドアのところからその様子を見ていた。「何かなくなったか？」

「この部屋の中にも賊が送り込まれてるかもしれんと思ってな」クレインはバルコニーにいた男の話をして、こうつけ足した。「この家にはどうもああいう連中がうようよいるみたいだ」

「セミノール族（もともとはフロリダ州のインディアンで、現在はその州とオクラホマ州にも住んでいる）が決起したのかもしれんぞ」とオマリーが言いだした。

「馬鹿言え！」クレインがそう言おうとした矢先、ドアをノックする音がした。「たぶんビールだな」と彼はつぶやき、ドアに向かって声を張り上げた。「入りたまえ」

白いリンネルのスーツ姿の、痩せぎすの若い男が入ってきた。頬のこけた顔に、ブロンドの髪。とがった顎。とても具合がいいようには見えない。新聞で見た写真のとおりだ。

男はにっこり微笑んで言った。「ペン・エセックスです」そして注意深くドアを閉めて、差し錠をかけた。「お目にかかれて嬉しいです」

クレインはオマリーを紹介し、自分も挨拶をすると、さっそく質問を始めた。「それで、ご依頼の内容はどういうことなんですか？　ブラック大佐からは仕事の話を聞く時間がなかったんです」彼はグアヴァ・ゼリー色のベッドカバーの上に坐ると、彫り物がされているベッドの頭の部分に片方の腕を載せた。

エセックスは二つある安楽椅子の大きいほうに腰を掛けた。顔じゅうほとんど目かと思うような顔だった。彼はこう切り出した。「ことの始まりは……」そして、だしぬけにクレインのほうに向き直り、怒気を含んだ声で言った。「こんなことに怯えるなんて、自分でも馬鹿じゃないかと思います。だってほんとに愚にもつかない話なんですから。でも、現に恐ろしいんです。あなたたちから見たらさぞおかしいでしょうけど……」

「いえ、そんなことは」とクレインは言った。「最初から話してください」

「まあ、いずれにしろ、あなたたちだったらわかるでしょう……これがまやかしかどうか」エセックスはそこで言葉を切った。彼らの耳には低い波の音が聞こえてきた。「手紙が来たんです」

「手紙？」

「これです」エセックスは椅子から体をまっすぐに起こすと、クレインの手に三枚の紙を押しつけた。

「読んでください」そして、入口のドアにもたれているオマリーのほうを向いて言った。「たぶん誰かの悪戯でしょうけど」だが、そう言う彼の声にはちっとも説得力がなかった。

クレインは最初の手紙をためつすがめつしていた。白い紙を斜めに引きちぎったものに、赤いインクで何やら雑に書きなぐってある。文面はこうだった。


ミスター・エセックス——

白状したまえ。さもないと……彼らが到着したらこちらの指示に従ってもらう……逃げ出そうなどとは考えないことだ。きみの動きはすべてお見通しだからな……

ザ・アイ

「おやおや」とクレインは満足げな口調で言った。彼はその手紙を裏返してベッドの上に置き、二通目を親指と人差し指でつまみ上げた。

文面はこうだった。


ミスター・エセックス——

もっと護衛を雇いたければそうするがいい……どうせ何の効果もないだろうがね……五万ドルを印のついていない紙幣で用意して……いつでも持ち出せるようにして……

ザ・アイ

この手紙もまたさっきのと同様に、もっと大きな紙を斜めに引きちぎった紙片に書かれていた。クレインは一通目の手紙を取り上げて、二通の手紙を一緒に置いた。ぴったり一致した。どちらもインクの色は赤。紙は上質の素材のようだ。クレインは、一通目、二通目と順に明かりにかざしてみたが、透かし模様は見えなかった。

　エセックスは、オマリーの前を行きつ戻りつしていた。アブサンのような緑色のタイル貼りの床を歩くときにはその足音がうるさく響き、メキシコ産の赤と黒と白のサドルラグの上では足音は静まった。歩きながら彼の視線は始終クレインに戻っていった。

　三通目の手紙も同じように破かれていて、インクの色も同じ赤だった。クレインはそれを自分の鼻に持っていき、深々と息を吸い込んでみたが、何のにおいもしなかった。その手紙にはこう書かれていた。

エセックス――

きみの借金の返済期限が迫っている……ただしきみには選択権があるが……印のついてない小額紙幣で五万ドル用意するか……さもなくばきみの命を差し出すかだ。……追って指示する。くれぐれも逃亡することなど考えないよう……

ザ・アイ

　クレインは目をぱちくりさせて、その手紙をベッドの上に置いた。「やっこさん、だんだん親しげな口調になってきてるな。この最後の手紙では、あなたのことを敬称抜きで呼びつけにしている」

「親しげですって?」エセックスは思わず目をむいた。「どんなふうに親しげか、ご存知ないからそんなことをおっしゃるんです」

「どういうことです?」

「手紙の送りつけ方のことです」エセックスは片足を前に踏み出そうとしたまま、不意に動かなくなった。「一通は僕の財布に入っていて、もう一通は――」

「ちょっと待って」部屋の隅にある間接照明の光に、クレインの目元が影になっている。どうやらエセックスも視界は暗くおぼつかないようだ。「時系列に沿って話してもらえませんかね。最初の手紙はいつ受け取りました？」

エセックスは椅子に戻ると、両膝に肘をくっつけて、握り拳の上に顎を載せた。「最初の手紙が届いたのはつい一カ月前の、二月二十七日です。あんなにぞっとしたことはなかった……僕は、ニューヨークの〈ウォルドーフホテル〉に部屋をとっていました。朝、何かが顎にひっかかるのを感じて目が覚めたんです。手紙でした。枕にピンで留めてあったんです」そこで彼はクレインににやりとしてみせた。「あんなに一瞬で二日酔いから醒めたことはありませんでしたよ」

自分もしょっちゅう二日酔いに悩まされているクレインは、同病相憐れむとばかりに、深く共感した。そして思わず笑みを返しながら尋ねた。「なぜそこにあったのか、何か心当たりは？」

エセックスは頭を振った。

「どなたかご一緒でしたか？」

ほとんどそれと気づかないほどのわずかな間のあとでエセックスが答えた。「うちの使用人のブラウンだけです」

「その人はあなたの召使いですか？」

「正確にいえば単なる召使いではありません。召使い兼ボディーガードみたいなものです。彼は以前、ウェルター級のトップクラスのボクサーでした」

ドアのところにいたオマリーが口を挟んだ。「もしかして壊し屋（バスター）ブラウン？」

「ええ。リングネームはそうでした。本名はチェスターですけど」

「ピッツバーグでの、トニー・カペッチオとの試合を観ましたよ」オマリーが言った。「四ラウンド目で、彼があのイタリア野郎にお得意のサンデーパンチを繰り出したんだ」

「その夜は、部屋にはおひとりで戻られたんですか、ミスター・エセックス？」クレインが尋ねた。

「そうです。パーティーに出たので、少しは酔いがまわってたとは思いますけど、誰か連れがいたかどうかくらいはわかったはずです」

オマリーが言った。「あんな大足じゃなかったら、やつはきっと偉大なボクサーになっただろうに。いっつも足元から崩れてたんだ」彼は昔を懐かしむようにうなずいた。「両手にはダイナマイトを抱えてたんだが」

「今でもそうですよ」とエセックスが応じた。

クレインが訊いた。「彼ならあなたの枕の上に手紙を置くことができた、とは思いませんか？」

「置こうと思えば置けたでしょうね、間違いなく。でも彼がやったとは思えないんです。ほかの手紙のことを考えたら」

「なるほど。ではその、ほかの手紙のことを話してくれますか？」

「そうですね。次の手紙が、五万ドルの話が出た手紙が届いたのは、僕がここに戻った翌日でした。十日前のことです。僕の財布の中に入ってたんです」

「ほんとですか？」

エセックスはそこでにやりと笑ってみせたものの、内心の不安を隠すことはできなかった。「どうやって財布の中に入ったのか、想像もつきません。ザ・アイは奇術の達人にちがいない。僕は財布に五百ドル入れて、マイアミまで車を走らせて〈ブルー・キャッスル〉へ気晴らしに行ったんです。ローランド・トルトーニの店です。ご存知でしょうが」そこでクレインが張子の虎のように頭を振ったので、エセックスは先を続けた。「僕が財布に五百ドル入れたときには、手紙はそこになかった。でも、ルーレット用のチップを買おうと思って財布を開いた拍子に、手紙が落ちたんです。びっくりしましたよ」

「それはそうでしょうとも」とクレインは相槌を打った。

「しかも、妙なことに、五枚入れておいた百ドル札のうちの二枚がなくなってたんだ」

オマリーが言った。「僕には、とりたてて妙なことにも思えないけど」彼は片手をドアノブに置いて、銀髪混じりの頭をドアの上部の羽目板にもたせかけている。その灰色がかった青(グレーブルー)の瞳は、クレインの茶色い瞳に向けられていた。「そいつはスリじゃないのか？」

「かもしれんな」そう言うとクレインは、エセックスに説明した。「オマリー君はこう言いたいんですよ。何者かがあなたのポケットから財布をすって、百ドル札を二枚抜き取り、代わりに手紙を入れて、またその財布をあなたのポケットに戻したとね」

「まあ、ありえないことではないですけど」とエセックスも同意した。「でも、わざわざそんなやり方で手紙を僕に渡すなんて、ザ・アイにとってはずいぶんと危ない橋ですよね」

クレインが尋ねた。「その夜ブラウンさんはどこにいたんです？」

「ニューヨーク、マイアミ間のどこかです。ブガッティを運転してました。だから僕は、彼の仕業ではないと思ったんだ」

クレインは眉間に皺を寄せた。「で、三通目の手紙は？」

「四日前に届きました。朝――」

オマリーが優雅な物腰で、入り口の錠をはずして、ノブを回し、ドアをさっと開け放った。白いメスジャケットの男が、ぎょっとしたような表情を浮かべて、彼らを凝視していた。男は手に、グラス二つと輸入物のハイネケンのオランダビールが四本載ったトレイを持っている。黒い髪に、とび色の大きな瞳を持ち、丸い小さな顔をした男だ。

「ビールをご所望かと……？」

「中に運んでくれ」とクレインが答えた。

男は、持っていたトレイをベッドの脇の小さなテーブルの上に置くと、ポケットを探った。

「いいよ。自分たちでやるから」そう言うとクレインは、不審げな目のオマリーに答えるようにうなずいてみせた。

オマリーは戸口の脇へ体をよけて、男を部屋から出すと、ドアを閉めて差し錠をかけた。「あの男は少々立ち聞きしていたんじゃないですかね」

エセックスの顔が真っ青になった。「そんな。あの手紙のことはほかの人間には知られたくないのに。あなたがたが探偵だということも」彼はクレインの膝をかすめながらベッド脇のフランス製の電話を取り上げて、ダイヤルを一回まわした。「ああ、クレイグか。カルロスがビールを持って、クレイン氏の部屋へ向かったのはどのくらい前だい？」

電話の向こう側で何やらぶつぶつ言っているのが聞こえた。エセックスがクレインのほうに向き直った。「五分前だそうです」

オマリーが勢い込んで言った。「あの男をとっつかまえて、どういう了見か吐かせよう」

「ここは様子を見たほうがいいぞ」クレインがたしなめた。「まだこっちの手の内は見せたくない」彼は濃い緑色のビール瓶を一本取ると、オマリーに向かってほうり投げた。「栓抜き持ってるか、トム？」

　オマリーはそのビール瓶を開けると、ついでまだ開いてないビール瓶を取り上げた。ビール好きの気が知れないとエセックスは言ったが、オマリーはビールをらっぱ呑みし、クレインはグラスに注いで呑んだ。旨(うま)かった。オランダビールはアメリカ産のビールよりも炭酸が少なくて口当たりがよいのだ。

　ビールを二口呑んでからクレインは訊いた。「で、三通目の手紙は？」

「あれにはほんとにぞっとしました。僕は……」

「それは無理もないです」クレインは同情するように言った。「五万ドル用意しなければあなたの命が……」

「そのことじゃないんです。悪質な手紙ならこれまでにもずいぶん受け取ってきましたから」彼は椅子の中で落ち着かなげに体を動かした。「でも、今回みたいなのは初めてだった」彼はそこで笑おうとして無駄な抵抗を試みた。「朝起きたら、僕のてのひらに手紙があったんです——てのひらにですよ！」

「ほう！」とクレインは茶色の目を見開いた。「どうやってそこにあったと思われます？」

「誰かが窓から入ってきて——寝室のドアには鍵がかかってましたから——置いたんじゃないかと思います」彼はくすんだブロンドの髪を掻き上げた。「それが嫌なんです。誰かが僕の部屋の中をうろうろしたかと思うと、そのことが」

　クレインが言った。「でも妙ですね。手紙のうち二通までがベッドにいるあなたの元に届けられたというのは。ほんとに間違いないんでしょうか？」彼はそこで、気を悪くしないで欲しいのだがというように小さく咳払いをした。「えへん――どなたともベッドを共にしなかったというのは」

　驚いたことにエセックスはにっこり笑った。とたんに顔が幼くなった。そして肌の白さのせいか、まるで病弱な少年のように見えた。「新聞で僕の記事をいろいろとお読みになったんですね。でも誓ってもいい。あれは新聞が大げさに書き立ててるだけです。僕はたいていひとり寂しく寝てますよ」彼はそう答えたが、クレインの顔に浮かんでいる疑惑の色を察知して、こうつけ足した。「いずれにしろ今は、嘘なんかついてる場合じゃないですからね。もしかして僕の命がかかってるかもしれないんだから」

「あるいは五万ドルがね」

「たぶん、僕の命のほうでしょう。五万ドルなんて金、どうやって作ればいいのか見当もつかない」

　そこで沈黙が流れ、テンポの遅いタンゴのリズムを刻むようなゆっくりした波の音が、彼らの耳に届いた。沖合いで、鳥が何羽か耳ざわりな声で鳴いている。あたりには暑苦しい空気がたちこめていた。

　エセックスが口を開いた。「冗談を言ってるんじゃないんです。父は僕とカメリアに、全財産を信託会社に託して残したんですよ。僕たちはそこから手当てをもらってますが、なんせ僕の場合、金は入るそばから出て行くんだ」

「で、たとえあなたの命がかかっていても、それ以上の金を受け取ることはできないというんですね？」とクレインは確認するように言った。

「それはもちろん、信託会社が、正真正銘僕の命が危険にさらされてると判断したなら話は別でしょうけど。ただ、僕を恐喝してきたからといって、彼らは誰彼なしに五万ドル支払ったりなんかはしないでしょう」

「もし、あなたがそれだけの金を持ってれば、この手紙の迫力に負けて金を支払うんでしょうか？」

「とんでもない！」エセックスは尖った顎をこわばらせて断固として言った。「僕は確かに悩んではいますけど、そこまでびびってはいませんよ」

「あなたの手当てはいかほどです？」

「カメリアも僕も月に二千ドルずつもらっています」

「そう多くもありませんね」クレインは冷静に言った。「ここと、ロングアイランドの地所の維持費を考えたら」

「ああ、いえいえ。そういうのは全部、信託会社が支払います。食事代や使用人を雇う費用なんかもです。手当てというのは、僕らが私用に使うための金ですよ」

依然としてドアにもたれたままのオマリーが、歯の間から息を吐きだした。「普通なら、それだけあればやっていけるでしょうに」

「この僕はちがうんだ」エセックスは拗（す）ねたような表情で言った。「集金人が来たときはいつも一足違いで金が出て行ったあとで。それがひどく腹立たしくて。それでも信託会社は、僕がいくら手当てを上げてくれと訴えても、耳を貸そうともしない」彼は恨めしげに言い募った。「自分たちが管理している以上は自分たちの金だと、とかく人は思うようになるらしい」

クレインの視線は三通目の手紙に注がれていた。彼はそれを読み上げた。「〝きみの借金の返済期限が迫っている〟」彼はエセックスをちらりと見やった。「誰かに借金をしてるんですか？」

エセックスは説得力に欠ける口調で答えた。「いえいえ、借金なんてしてませんよ。といってもまあ、二、三、小口の借金なら、あるといえばありますが……洋服代の支払いとか、ホテルの勘定とか、酒代とかです。でもどれも、二千ドルもいってないと思いますよ」

「では〝きみの借金〟と言われても何のことやら心当たりはないと？」

「ええ。むろん、僕は遺産を相続しましたので、そのことで僕が社会に対して借りがあるとでも、向こうが考えてるのでない限りは。まあ、そんなふうに考える連中もなかにはいますからね」

「そういう話は聞いてます」クレインは相槌を打って、栓の開いてないビール瓶を一本、膝の間に挟むと、金属製の栓抜きでぐいっと瓶の栓を抜いた。「あなた、誰か敵はいますか？」

「僕を快く思わない人間なら大勢いるとは思うけど。でも、だからといって僕に危害を加えようとしている人間などひとりもいないはずです」

「ではショットガンであなたをつけ狙う人間なんていないんですね？」クレインは問いただすように言った。

エセックスが頭をぐいっと前に突き出した。「それはどういう意味ですか？　あなたは何をお聞きになったんです？」

クレインは淡い色をしたビールを慎重にグラスに注ぐと、泡立つにまかせた。「わたしが何を聞いているとおっしゃるんですか？」

「別に何も」エセックスは怒った目でビールをじっと見た。「何もないですよ。でも困ったことに、僕のまわりにはゴシップが絶えないんだ。まいりますよ。おそらく、多少はあなたの耳にも入ってると思ってましたが」

「いえ、聞いてませんよ」

そこでオマリーが口を挟んだ。「俺にも一本抜いてくれ」

クレインがビールの栓を栓抜きで引っ張っていると、エセックスが言った。「何者かが僕から五万ドルを脅し取ろうとしてるんだと思います。たぶん、どっかのならず者の仕業です。もし僕のことを知ってる人間だったら、そんな多額の金を僕が都合できるわけないことくらいわかってるでしょうから」

「その何者かに、寝ているあなたの手の中に手紙を差し込むような機会が、そうそうあるとも思えないですがね」とクレインは応じた。

「それなんです。この家の中にそいつの仲間でもいれば話は別でしょうが。よもやあなたはそういう人間がいるとでも……？」

「さあどうですかね」クレインはあいまいに答えると、ビールを一気に呑んだ。「それで話はすべてですかな？」

エセックスがうなずいた。

「ほかに手紙はありませんか？」

「ありません」

「何か危害を加えられたことは？」

エセックスの顔に少しはっとした表情が浮かんだ。「ないです」

「すると、こんな手紙を受け取る理由はまったく思いつかないと言うんですね？」

彼らの耳にふたたび波の音が聞こえてきた。

「ええ」

「それで、わたしたちにどうして欲しいと？」

「ああ、まあごく普通のことですよ」エセックスは椅子の中で体を楽にすると、顎を胸に近づけた。「あなたがたにここに来てもらったのは、僕の考えというよりはヘースティングズ老人の意向なんです」エセックスはクレインのもの問いたげな視線に気づいて言い足した。「彼はユニオン・トラスト社の社長で、亡くなった父の古い友人です。手紙を送りつけてきたのは頭のおかしいやつかもしれないと、僕の身を案じてくれたんです」

「でも僕たちはボディーガードではないんですよ」とクレインは言った。「探偵です」

「僕の警護など期待してません。もうその備えはしました。あなたたちにお願いしたいのはザ・アイのことを調べて……できれば捕まえてもらうことです」

クレインは満足げにビールを口に含んだ。「まあ、僕だったら、自分のことをザ・アイなどと署名するようなやつのことで、真剣に悩んだりはしないでしょうがね」

「お粗末な探偵小説ばかり読んでる輩のやりそうなことだ」とオマリーも尻馬に乗って言った。

するとエセックスはひきつったように体を動かした。両腕で体を起こし、次に両脚に体重をかけ、また両腕で体を前に押し出し、バランスをとりながら椅子から立ち上がった。「僕は自分の面倒は自分で見られます」顔が怒っていた。「あなたたちはただザ・アイを捕まえてくれたらいいんです。それがどこの誰であろうとね」

ドアへ向かうエセックスに、クレインは尋ねた。「で、僕たちはどういう設定なんです？　あなたの友人のふりをするんですか？」

「ええ。あなたたちが探偵だということは、カメリアとユニオン・トラスト社の代理人しか知りません」

クレインが訊いた。「それは、昨日ここへ来なければクビだと、僕らに電報を送ってきた人のことですか？」

「そうです。イーストコーム少佐です。彼はまだ、あなたの電報の返事に御冠（おかんむり）ですよ」

「僕はただ〝馬鹿言うな〟と返しただけなんですが」クレインは無邪気に言った。

「まあ、あなたたちは現に一日約束に遅れましたしね」エセックスは左手でドアを開けた。「みんなには、あなたたちとはニューヨークで知り合って、ここに招待したということにしておきましょう。それはそうと、カメリアが内輪でパーティーをやるんですが、ご都合はいかがですか？」

クレインはグラスに残っていた最後のビールをするりと喉に流しこんで言った。「喜んで、ご招待をお受けします」

間髪いれずにオマリーも言った。「僕もです」

第二章

「素晴らしい景色じゃないか」オマリーのあとから海岸をぶらぶら歩きながらクレインが言った。

二人は緑と銀の波のあいだを、砂の中に一歩ずつ足をめり込ませながら進み、水の色が濃くなっているところまで来るとひと泳ぎした。朝の陽光が暖かく降り注いでいるせいで、水はやや冷たい程度だ。水が深くなっているところでは、磯波は立たず、まるでベッドカバーの上に大きな皺が寄るようなうねりが立った。ゆるやかに隆起したかと思うと、たちまち平坦になって窪んでいった。

「たいした眺めだな」とオマリーが言った。

見渡す限り、カマンベールチーズ色の幅の広い海岸が続いている。少し海から離れると、ヤシの木が群生する緑地が海岸線に鮮やかな緑の亀裂をつけていたが、もっと奥へ入るとその色は鈍い色に変わっていた。灰緑色（グレーグリーン）に見えるのはマングローブの密林が湿原を覆いつくしている一帯で、褐色に見える場所からはエヴァグレーズ（フロリダ州南部の大湿地帯）の広大な平原に入っていた。

オマリーが犬かきをしながらクレインのほうにやって来た。「今回の仕事、どう思う?」と彼は尋ねた。「使用人が金をねこばばしようとしてるんだろうか?」

「さあな」太陽の日差しでクレインの顔は上気している。「われわれの雇い主が、知っていることを洗いざらい話したとは思えんな」

「だが、あの男が怖がってるのは確かだ。それも、ものすごく」

「脅迫状なんて来たら、たいがいの人間は怖がるさ」

「俺にはなんとも言えん」そう言ってオマリーは水の中に潜ると、びっくり箱の人形よろしく垂直に飛び出した。「俺は脅迫状なんてもらったことないからなあ。連中は頭に来ると、即、殴りこんでくる。わざわざ手紙を書くような面倒な真似はしない」

「きみにはとってもざっくばらんなお友だちがいるらしいな」

オマリーはお碗形にした手を海水に打ちつけて音を立てると、こう言った。「俺だったら、このザ・アイってやつなんかちっとも怖かないがなあ」

「まったくだ」そう言ってクレインは海岸のほうを振り返った。「あの男はメロドラマにでも出てきそうなやつだな。どうも胡散臭い」

彼らは半ば泳いだり、半ば泡だらけの波に漂ったりしながら、海底の砂に足がつくところまで来た。水底(みなそこ)の流れが、ごぼごぼと吸引するような音を立て、一面に乳白色の細かい砂を巻き上げながら、二人の踝(くるぶし)をぐいっと引っ張っている。太陽の日差しに、胸や肩についた水滴はすでに乾いていた。

彼らは、湿った褐色の砂が、しっかりと密集している浜辺に着いた。一羽のフラミンゴが邸の左手の一角を走りまわったかと思うと、いきなり彼らに向かって走ってきた。フラミンゴの後ろに、白いぴちぴちのラステックスの水着を着て、まるで男の子のように走っているブロンド娘がいた。すんなりした小麦色の脚に、短くカットされた巻き毛。その髪は松の木のかんなくずのような色合いに脱色されていた。

「その鳥を止めてー」女の子が走りながら叫んだ。「こっちへ追い返して」

クレインは快く応じて中庭（パティオ）に向かって走ったが、フラミンゴは羽をさっと広げて、足を地面から浮かせると、だしぬけにスピードを上げた。そしてクレインからゆうに三フィート離れたところを通って、邸の反対側へと姿を消した。

「あら、残念」と女の子は叫ぶと、走るのをやめた。彼女は、角をまわってきた、青いウールのトランクス姿の背の高い青年を振り返った。「無駄だったわ、トニー。アベラールったら、右に曲がってタックルをかわして、タッチダウンに持ち込んだのよ」

クレインは、トニーが来るのを待っている彼女を品定めでもするように見た。小柄で五フィートそこそこといったところだが、最初思ったほど幼くはないようだ。少なくとも十分に成熟していた。白い水着の下の尻の曲線といい、丸くふくらんだ胸といい。腕の内側やら、胸の谷間やら、走っているうちにずり上がった水着から覗いた太腿やらは、黄金色に日焼けした手足の色とは対照的にまっ白だった。

オマリーがクレインのそばに寄って来て耳元で囁いた。「ここに来たのがうれしくなってきた」

女の子と連れの男が彼らのところにやって来た。「ありがとうございました。ご親切に」と彼女はクレインに言った。紅い唇の奥に白い歯が覗いている。瞳の色が空の色によく合っていた。

「追いつけなくてむしろよかったです」とクレインは答えた。「僕はフラミンゴとは格闘したことがないんで」

「あら、誰もないんですのよ。ここ何年も挑戦してはいるけど」

彼女の連れは、黒い髪を短く刈り込んだ、ひどく痩せた背の高い男だった。その面長の顔はかなりの美形である。この男はどうも虫が好かんとクレインはとっさに思ったが、これはトニーという名前のせいだろうと彼にはわかっていた。この名前を聞くと決まってクレインは、カクテルアワーにたむろしているジゴロのような抜け目ない男を連想してしまうのだ。

女の子が言った。「わたし、カメリア・エセックスです。あなたがたはペンのお友だちなんでしょ？」

「僕はウィリアム・クレインといいます。で、こっちがトマス・オマリー」

「彼はトニー・ランピエールです」

その若者は空ろな表情をしていた。「こんにちは」と言って、二人の顔にさっと視線をやると、だしぬけにオマリーに向かって手を突き出して握手をした。「あなたたちの歓迎パーティー、とても楽しかったです」と、宣言でもするように言うと、いきなり海に向かって駆けていった。

エセックス嬢がフルートの音色のような声でくすくす笑った。クレインは思わず彼女の顔をしげしげと見た。「彼、ちょっと酔っぱらってるんです」と彼女は言った。

「こんな朝っぱらからですか？」驚いてクレインは訊いた。

「いいえ、ちがうんです。わたしたち、夕べのパーティーの締めに入ってたの」

そういうエセックス嬢の口元や額のあたりには小さい皺ができていて、青い瞳が異様に輝いている。それで彼女もまた酔ってるのだとクレインにはわかった。だがそんなことは、彼女のこの魅力の前では何ほどのことでもなかったが。

「さぞ素敵な夜だったんでしょうね」クレインは言った。

「ええ、そうなの。トルトーニのところに行ったのよ」彼女は、波と格闘しているトニー・ランピエールから視線を外してクレインを見た。「あなたがたは実は探偵さんなんでしょ？」

「ええ、まあ」

彼女は真剣な顔で、オマリーの目を覗き込んだ。「ペンを助けてくださるわよね？　わたし、ものすごく怖いの」

「もちろんですよ」とオマリーは請け合った。「心配することなど何もありません」

カメリアはクレインの腕に自分の手を置いた。その指は熱かった。「これが最初で最後のチャンスかもしれないわ。わたしたちだけでお話しする」何かに急き立てられているかのような口ぶりだった。

「実はペンはギャンブルで莫大なお金をすってしまって……二万五千ドルも……で、その借用証書をトルトーニが持ってて、ずっとそのお金を取り立てようとしてるの。彼は何をするかわからない危険なやつよ」

「カム！　おーい、カァァーム！」トニー・ランピエールが五十ヤードばかり離れた海から叫んでいる。「こっちへ鮫を見に来いよ」

「今行くわ」カメリアはそう答えておいて、クレインの腕にかけた指に力を込めた。「ペンはわたしがこのことを知ってることに気づいてない。でも、あなたたちのお耳には入れとくべきだと思って。彼は借金を払うつもりはないの。トルトーニの性根がねじ曲がってるんだって言ってるわ」彼女はクレインの腕から手を放した。

「それはそうと」とクレインは言った。「なぜ、きみはそのことを知ってるんだね？」

「トルトーニがペンを脅してるのをたまたま聞いたのよ。ニューヨークで……」

海のほうから、まるでだだっ子のような叫び声が聞こえてきた。「カァァァァーム！」

「だからあなたたちもペンには伏せといて。何でこのことを知ったのかを」クレインがうなずくと、彼女は波に向かって駆け出した。「トニー、お待たせ」そして胸のところまで水に入っていくと、彼女は一瞬、海岸に顔を向けた。「今日の午後、お会いしましょう」

クレインは「デートですねっ」と叫び、彼女が波の中に飛び込んで、ランピエールに向かって力強く泳いでいくのを見守った。

「なるほど、これで考える材料ができたな」オマリーが言った。

「どういう?」

オマリーはわざとうんざりしたような目をして睨みつけた。「ったく、意識が低いなあ」

「かもしれん。おかげさまで」

彼らは部屋に戻ると、緑色のタイル張りのシャワー室の水栓をひねった。隣接するバスルームは広々としていて、クロームやら、ぴかぴかのタイルやら、壁に描かれた色鮮やかな熱帯魚の絵やらで、なんとも賑やかだった。オマリーがシャワーを浴びているあいだに、クレインはひげをそった。陽光がココヤシの枝で反射して、緑がかった黄色の光となって、顎の傷跡を照らしていた。

「目のまわりのあざの具合はどうだ?」シャワーを止め、緑のふちどりがしてあるバスタオルをつかみながら、オマリーが訊いた。「よくなったか?」

クレインは頭をのけぞらせて言った。「上々だ。明るい黄緑色とでもいうか、ちょうどカビの生えた豚肉みたいな色になってる」あごに当てたかみそりが紙やすりのような音を立てている。「今夜行って、そのトルトーニって野郎の性根がほんとにねじ曲がってるか確認してきたほうがいいな」

「金はどうする?」

クレインは顔に温かい湯をかけた。「借用証書(アイ・オウ・ユー)を書けばいいかもな」そしてタオルに顔をうずめ、くぐもった声で言った。「だが、その必要はないんだ。こっちには金がある」彼は部屋の中にずんずん入っていくと、豚革の財布を持って戻ってきた。「大佐が必要経費として千ドル渡してくれた。ほら！」彼は右手で財布の中身を抜きとって声を上げた。「え、なんてこった！」

レタスグリーン色の百ドル紙幣のあいだに折りたたんだ紙が入っていた。クレインはそれを広げると、まず赤いインクに目を留めてから、声を出して読みあげた。

探偵諸君
きみたちには今日の正午までにここから出て行ってもらわねばならない……これは冗談などではない……出て行くか、さもなくば沼の奥のワニが太ることになるだろう……わたしの言っている意味はわかる……

クレインの声がかすれた。乾いたヤシの葉を吹き抜ける風が、誰かが新聞をたたもうとしているような音を立てていた。シャワーの水滴が次第にゆっくり落ちていった。ぽたぽた……ぽたぽた……ぽたぽた……ぽた。

オマリーが言った。「このザ・アイって野郎は、たいした手紙の名手だぞ」

「この男はきっとあの『麗しのクロークモデル、ネリー』（ブロードウェイで制作された芝居。一九〇六年初演でヒットした）の芝居の脚本を書いたやつに違いない」

クレインは部屋の中に入ると、新しい手紙とエセックスから受け取っていた手紙とを見比べた。赤いインクの色合いは同じで、紙がちぎられている角度もそっくりだった。彼は大いばりでオマリーの鼻先で手紙を振ってみせた。「本物のザ・アイだ。これは正真正銘、本物のザ・アイから来たものだぞ。オマリー君、われわれは実に運がいい。こんな大家の作品を手に入れるとは」

　オマリーはリブ編みの絹のアンダーシャツを頭からかぶると、青みがかった薄緑色（ナイルグリーン）のパンツに瘦せた片方の足を突っ込み、続いてもう片方も突っ込んだ。「階下（した）に行って、朝飯を何か腹に入れといたほうがいい。あっちのいう時間までにあと三時間しかないからな」

「これが巨匠の肉筆か」言いながらクレインはなおも感心した様子でその手紙をためつすがめつしている。

「何を食べたらいいかな」オマリーが眉間に皺を寄せ、シャツのボタンをはめながら言った。「卵か？　ベーコンか？　はたまたパンケーキかシリアルか？　ワニの好物は何だと思う？」

「ワニがそんなの気にするとは思えん」と言ってクレインは四通の手紙をすべて財布にしまいこみ、クローゼットから白いキャラコのスーツを取り出した。「俺たちが腹いっぱい朝飯を食ってさえいれば」

　二人は着替えをすませ、クレインは腕時計に目をやった。九時十分だった。そんなに朝早く起きたときのことを思い出そうとしても、思い出せなかった。むろん、一晩中起きていたときを除いてのことだが。

「エセックスの様子を見てきたほうがいいな」とオマリーが言った。「ザ・アイは、彼のこともワニの中に放り込むつもりかもしれんからな」

「ザ・アイってのはどうもいんちきくさい」とクレインは断じた。

　外でかすかな笑い声がして二人がバルコニーに出てみると、すぐにカメリア・エセックスとトニー・ランピエールが中庭（パティオ）を横切って家の中に入ってくるのが見えた。女の子の美しい顔は楽しげで、左手を若者の右手に預け、歩いているともスキップしているともつかぬ足取りでやって来る。トニーのほうは早足で歩いてはいるものの、おぼつかない足取りで、まだ酔っぱらっているかのようだった。

「大して兄貴のことを心配してるようには見えないぞ、あの娘」とオマリーが言った。

「そうだな」とクレインも同意した。「さあ朝飯にしようぜ」

二人は錬鉄製の手すりのついた大理石の螺旋階段を、タイル貼りのホールへと降りていった。白いお仕着せを着た下僕が、彼らのほうにやって来た。「おはようございます。もしよろしければ、ご朝食を中庭のほうにご用意いたしますが」

プール脇の丸テーブルで、ずんぐりした体型の赤ら顔の男が〈マイアミヘラルド〉紙を読んでいた。男は灰色のフランネルのズボンに黒と白のチェックの上着という出立ち。白髪混じりの髪。首元にはしわができていた。男はレバーとベーコンを食べていた。

男はわざわざ立ち上がろうとはせずに、二人に声をかけた。「ああ、元気のいい探偵さんたちか」がらがらした力強い声だ。そのなまりからすると、イングランドかボストンのバックベイの出身かもしれない。

「もしかしてイーストコーム少佐で……?」とクレインが訊いた。

男はうなずいた。「きみらが来た時間のことだがね」その顔は赤煉瓦色で、機嫌が悪そうだ。「あれは遅刻だぞ」

「あの電報のことではすみませんでした」とクレインは謝った。「どなたかわからなかったもので」

「本来、もっと礼儀をわきまえるものだろう」

オマリーが、こちらへやって来る下僕に向かって声をかけた。「スクランブルエッグを頼むよ」

「僕も同じものを。それと、スコッチ・ソーダを一杯」とクレインが言った。

「いや、二杯にしてくれ」とオマリーがつけ足した。

少佐が唸った。クレインは秘密めかして彼のほうに上体を寄せると、こう言った。「これは呑み納めなんです。僕らは命を取られるんで」

少佐は血走った目をしばたたいて、クレインを見た。「では、きみらにもあの忌まわしい手紙が来たのかね?」

「ザ・アイは僕らに、昼までにここから出て行けと言ってきたんです」

オマリーが氷の入ったトマトジュースを飲みながら言った。「さもなきゃ僕らはワニの餌食にされるらしいです」

イーストコーム少佐が勢い込んで言った。「なんであいつが、きみらが探偵だと知ってるんだ?」

さっきの下僕が、ウイスキーの瓶に、角氷の入った銀のボウル、それにサイフォンとグラスを三つ持って現れた。クレインは肩をすくめてかぶりを振った。下僕がウイスキーをグラスに注ぎ始めたが、イーストコーム少佐がその瓶を取り上げた。「わたしがやるよ、ペドロ」

彼は呑み物をグラス一杯分だけ作ると、ボトルをテーブルの上に置いた。

探偵たちは唖然として彼をじっと見た。すると彼が言い放った。「ある意味、きみらはわたしの指揮下にいるんだ。きみらの探偵事務所へのいかなる支払いにも、わたしの承認が必要なんだからな」

オマリーがぽかんとした顔で彼を見た。「僕らの酒は?」

クレインが言った。「僕らは酒はもういりません」

「そのほうが賢明だろう」と少佐が言った。「きみたちは仕事中なんだ。宴会に出てるわけじゃないんだからな」少佐の目は血走っているうえに、ばかに小さいのがクレインにはわかった。「きみらが酒好きだという噂はいろいろと耳に入ってきている」目が小さいせいか、この男の顔は豚みたいだなとクレインは思った。

「それが僕ら流の仕事のやり方なんです」とオマリーが反論した。「仕事と遊びを合体させるのが」

「とにかく、エセックス家の仕事をしている間は業務に専念してもらいたい」

「わかりました」クレインがウイスキーの瓶から目をそらして言った。「遊びは厳禁ということですね」

少佐の目が勝ち誇ったようにきらりと光った。「ではエセックス青年の話をするとしよう……」

彼はグラスのウイスキーをちびちびやりながら、エセックスのこれまでの人生においての重要なエピソードを列挙した。ルビー・カーステアとの間で持ち上がった婚約不履行訴訟（すこぶる幸運なことに一万ドルで決着がつきはしたが）、日本で天皇にやじを飛ばして国外追放されたこと、リドクラブのけんか騒ぎでブロードウェイのコラムニストに瓶を投げつけて視力を損なわせたこと。ボストンの有料高速道路を時速一〇三マイルで走ってスピード違反で捕まったこと。グロトン・スクールにセントポール・スクール、そしてフィリップス・エクセター学院にバレー・ランチ学園を放校処分になったこと。

さっきの下僕が手馴れた様子でテーブルにリネンを敷いて銀器を置き、クレインとオマリーの前から氷のたくさん入ったトマトジュースのグラスを下げて、去っていった。

「もっとやんちゃをやる若者だっているだろうが……いたとしてもひとりくらいだろう……」少佐は残っていた酒をぐいっとあおった。「だがな、わかるだろ。今回の件と唯一関係があるのは借金の件だ。そう、借金だ。特に、あのギャンブラーのトルトーニに借りている、どえらいやつ」

クレインの眉が上がった。「そうなんですか？」

「はっきりした金額は知らんがね」少佐が秘密でも打ち明けるように言った。「ペンはきっぱりと否定してるんでね。だがトルトーニはニューヨークで、わたしからその金を回収しようとしたんだ。あつかましい物乞いめが！　事務所からお引き取り願ったがね」

「あなたは、トルトーニがあの手紙の背後にいると？」

少佐は二通目の手紙の文句を引用しようと試みた。「〝時は来た(ザ・タイム・ハズ・カム)　きみが借金を支払う時が……〟」

「〝とセイウチが言った〟とさ」（「不思議の国のアリス」に出て来る「セイウチと大工」の詩の一節に、ザ・タイム・ハズ・カムとあることから）とクレインが言った。

「え、何かね？」

「いや、何でもないです」とクレインは言った。「で、もし彼の命がほんとに危なかったら、ユニオン・トラスト社はその金を支払うんでしょうか？」

「もちろんだとも」少佐の顔は怒っているようだった。「だがな、どっかのやつが何通か手紙を書いてきただけでは払わんぞ」と言って彼はクレインをにらみつけた。まるでクレインを殺してやりたいとでもいうように。「ひとつきみに質問をするとして、きみから何か提案することはあるかね？」

クレインは答えた。「くれぐれもお手柔らかに願いたいものです」

彼らが無言で坐っているかたわらで、下僕が彼らの前に皿を置き、蓋付きの銀の皿から卵とベーコンをたっぷりと取り分け、何も塗ってない薄切りのトーストを配り、コーヒーを注いで、クリームと砂糖をすすめた。卵はふわふわでクレインの好みどおりで、コーヒーも申し分なかった。ほろ苦くて、それでいて甘かった。

男が去っていくと、オマリーが少佐に尋ねた。「僕たちに何か言っておきたいことは？」

少佐はその言葉を無視して、クレインに言った。「きみらの事務所は、カメリアの、あの件（くだん）のいんちき伯爵をマークしてるんだろうね」

「ポール・ディ・グレガリオ伯爵のことですか？　ええ、そう思いますが」

「なら時間の無駄だな。あの二人はもうとっくに切れている」

「かもしれませんね」とクレインは受け流した。

少佐が彼をねめつけた。

執事のクレイグが、邸の左翼にあるドアから中庭（パティオ）に入ってきて、プールの飛び込み台の鋼鉄製の支柱のところで半ば円を描くように方向転換すると、イーストコーム少佐のところまで歩いてきた。

「おはようございます、少佐」と、クレインとオマリーのことなどまるきり無視してそう言った。

少佐が唸るように答えた。「ああ、おはよう」

クレインが思うに、およそ執事というものは尊大で重々しい感じがするものだ。だが、このクレイグは敏捷で、なんとも腹黒そうだった。たっぷりとはたきこんであるタルカムパウダーの下で顎鬚がブルーブラックにつやつやと光り、両の眉が鼻の上でくっついている。瞳はまるでビーズのように丸く小さく光っていた。「帳簿のご準備ができております、少佐」と彼が言った。

「五分ほど待ってくれ」

「承知いたしました」執事はテーブルから踵を返しながら、その小さな目でクレインとオマリーを見やったが、何ひとつ表情は変わらなかった。クレインが声をかけた。「クレイグ」執事が足を止めた。

「僕の車を表に回しといてくれないか？　オマリー君とマイアミに行くんだ」

執事の目がきらりと光った。「では荷造りをいたしましょうか？」

その間少佐は微動だにしなかった。クレインは執事に詰め寄った。「なんだって僕が荷造りをしたいと思うんだい？」

「もしかしてここをお発ちになるのではと思いまして」

「クレイグ」クレインは、テーブル越しに執事のほうに身を乗り出した。「僕らがここを引き上げるときは、さだめしきみが真っ先に知るんだろうな」

執事は去っていき、少佐が唸った。「きみらが探偵だということは、ペンとわたし以外は誰も知らんのだ。もっとマナーをわきまえたらどうかね」そこでまた唸った。「もう少し威厳があったほうが芝居もうまくいくというもんだろう。きみらは一応紳士ということになっとるんだからな」

オマリーが顔をしかめて、湿らせたトーストのきれはしを握った手をコーヒーカップと口の間で止めた。クレインは言った。「僕らの演技は完璧だと思ってたんですけどね」

「それともうひとつ」少佐は席を立ちながら、ウイスキーの瓶をつかんで脇の下に押し込んだ。「酒のことをもう一度警告しておく。わたしは容赦はせんぞ。覚えておきたまえ」そう言い放つと、執事が使ったのと同じドアへ向かった。

クレインは大皿の銀の蓋を持ち上げたが、もう卵はひとつも残っていなかった。それを見て彼はため息をついた。

オマリーが親指と人差し指で輪を作り、片めがねよろしく左目のところに当てて、吐き捨てた。

「ちんけな野郎(ベガー)め！」

「俺はあいつにぴったりなもっといい言葉を知ってるぞ」とクレインは言った。「やっぱりb(ビー)で始まる言葉だけどな」

第三章

マイアミの舗道では通りの南側と西側にまばゆいばかりの陽光が照り返し、シャツ姿でそぞろ歩いている観光客の一群を、日陰になっている北側と東側に追いやっていた。コンバーティブルは〝二十五セントのディナー五種類あり〟と看板の出ている黄色い建物の前を通り過ぎると、駐車場に勢いよく突っこんでいった。「昼飯を済ませたら戻って来るから」とクレインは黒人の係員に言い置いた。

彼らは人ごみを肘で押し分けながらフラグラー・ストリートまで歩いていき、角を右へ曲がって湾へ向かった。ホルターネックに白いショートパンツ姿のブロンドが二人、腕を組んで歩きながらオマリーに微笑みかけてきたが、クレインが脇から言った。「悪いな。どっちもタイプじゃないんだ」彼は肩越しに振り返って言った。「それに、俺たち二人の方がいいんでね」

彼らはオレンジやパイナップルのジューススタンドやら、ドラッグストアやら、〝シーズン最終セール——五十％オフ〟と書いた垂れ幕の吊ってある衣料品店やら、ココナツミルクとパイナップルジュースを混ぜた物を売っているスタンドやらを通り過ぎていった。道を渡るときには規則を守れと、警官が注意してきた。スピーカーからは、いやにセンチメンタルなウェイン・キングのワルツが流れている。二人とも汗ばんできた。

「この町には女どもがうじゃうじゃしてるな」とオマリーが言った。

が言った。

「『恐竜ガーティ』（アニメ映画）の女優のオーディションでもしてるんだろ。ベイフロントで」とクレイン

二人は歩いて本屋に入って行き、クレインはかなりの年輩の女店員に「バートレット引用句辞典」はあるかと尋ねた。

鼈甲（べっこう）の眼鏡の奥にある彼女の目からは今にも涙がこぼれそうだった。「今、当店には古本しかございませんが」彼女は痩せて肉のない顔でそう答えた。

「それでいいよ。いくら？」

クレインは女に二ドル札と五十セント玉を渡して言った。「包まなくていいから」そしてそのずっしりと重い本をオマリーに渡した。「これはきみにだ」

「え、なんで俺に？」オマリーは唖然として言った。

クレインは歩きながら、通りの端から端まで、また横丁の隅から隅までくまなく目をやっていた。

「ビールが見つかったらすぐに話すよ」

左へ一ブロック行ったところに〈ニューヨークバー〉という店を見つけた。店内はひんやりとしていて、スコッチウイスキーとライムとキューバンラムとビールの素敵な香りが漂っている。彼らは黒を基調にしたテーブルの向かい側にある革の椅子に深々と身を沈めた。

「バス・エールを二つ」とクレインはウエイターに言った。

オマリーが驚いたふりをした。「少佐がなんて言うかね？」

「ちょっと待った！」クレインがウエイターに叫んだ。「今のはキャンセルしてくれ。代わりにスコッチ・ソーダのトリプルを二つ」

「いや、スコッチのトリプルをダブルにしてくれ」オマリーがつけ足した。

ウエイターは呆然とした表情で、急いでバーテンに相談に行った。

クレインは少佐の命令など無視しても平気の平左だった。なにしろ彼は探偵学校の娯楽課程に在籍していたのだから。少しばかりの息抜きが仕事の妨げになるとは思えなかった。それに、最良の考えはリラックスしているときに浮かんでくるものだ。とはいえクライアントにこのことをわからせるのは至難の技だった。なぜってクライアントはたいがい馬鹿だからだ。だから探偵なんぞ雇わないといけないのだ。

「五セント玉をくれないか」とクレインが言った。「お誉めに預かったと電話をしてくるよ」

戻ってきたとき彼の顔には笑みが浮かんでいた。「ドク・ウィリアムズとエディー・バーンズがこの町にいるそうだ」

オマリーが半分呑みかけの酒から顔を上げた。「じゃ、あのいんちきくさいスパゲティ野郎は結局ここに着いたのか？」

「ああ。例の伯爵は〈ルーニープラザ〉に滞在中だと。今、バーンズが一緒に海岸にいるらしい。ドクはじきにここに来るよ」クレインはグラスを掲げた。「少佐に乾杯」

彼らは酒を呑み干して、もう一杯注文した。オマリーが言った。「それで、この本のことはどうなった？」

「ああ、そうだった。教養のためだよ、それは。これこそきみに必要なものだ。少しばかりの教養が」

「で、これは何だね。エチケットについての本なのか？」

「ちがうんだ、ほら。きみは見てくれはいい。身なりも申し分ない。まあたいていの場合、行動だって適切だよ」

「ちっ、俺の行動はいつだって適切だぞ」

「いいだろう、きみの行動はいつだって適切だ。だがな、たまに適切でないことを言うんだ、きみは」そこでクレインは酒を一気にぐーっと呑んだ。「うまい。いいバーだな。いずれにしても、これからはそんなふうにその本がきみの助けになるだろうよ」

「どんなふうに？」

「エセックス邸でのきみは、意志は強いが寡黙な男だよな？　たいがい、はいといいえとありがとうしか言わないんだからな。でもな、実は教養があるってとこを見せるために、時にはこの本の中にある引用のひとつも披露してみせるのさ。すべてその場の状況に合わせて」

「それは、この本の内容を全部頭に入れなきゃならんという意味か？」

「いいや。ほんの半ダースかそこいらの引用句を頭に入れておくだけのことさ。ちなみに女と酒と愛についてのものでも調べてみろよ。一番ぴんとくるんじゃないか」

オマリーは本のページを親指で繰りながらざっと目を通した。その手が本の真ん中あたりで止まった。「こういうのか？」と彼は読み上げた。

「わたしは木陰で生まれた蝶になりたい
薔薇（ばら）や百合や菫（すみれ）が集う木陰で」

クレインは思わず声を上げた。「おいおい、オマリー君！」

「ちぇっ、なんだよ！」オマリーが言った。「ここにちゃんとそう書いてあるんだぞ」

「判断力というものを働かせろよ。でないと、どっかの筋骨たくましい男がきみをかっさらいに来るぞ」

オマリーがグラスを下に置くと、中の氷がグラスの底に当たってちゃりんと音を立てた。「よしわかった。そこいらじゅうで教養をひけらかしてやろうじゃないか。で、もう一杯呑まないか？」

「サンドイッチにしよう」

「なんだって！　呑まないのか？　少佐に乾杯しないのか？」

「ああ、もちろんするさ。でもサンドイッチにしよう。ウエイター、スコッチのトリプルをダブルで二つ、それとローストビーフ・サンドイッチを二人前頼む」

「いや、ローストビーフ・サンドイッチのトリプルを二人前だ」とオマリーが訂正した。

「それで思い出したが、〝餌食(トラン)〟という言葉のことだけど、きみはこの言葉を使わないよな」

「ああ、使わない」

「そう、使わない。きみは〝餌食(トラン)〟という言葉を使わない。僕たちはワニの〝餌食(トラン)〟になるつもりはない」

「それは僕に指南してくれてるのかい？」

「〝トラン〟という言葉を使わないといけない場合は、こういうふうに使いたまえ。彼はライク・ア・トラン・オブ・ビックスで倒れた、とか」

「猛烈な勢い(ライク・ア・トラン・オブ・ブリックス)で倒れた、と言いたいのか？」

「あるいは一トラントラックとかな」

「どうやらお前さんは頭が混乱してるようだ」とオマリーが言った。「もしかしてこの人畜無害の呑み物のせいか……」

ドク・ウィリアムズの目には、彼らが浮かれているように見えた。「そんなことだろうと思った」と彼は悲しげに言った。「そんなことだろうと思ったよ」彼は目の下にたるみのある、口ひげをワックスで固めた伊達男だった。ぱっちりとした黒い瞳。左のこめかみには白髪が一筋。背の部分がぱりっとしたギャバジンの緑のスーツに黄褐色の絹のシャツを着こみ、えび茶色のネクタイを締めている。

彼のことをコーラスガールたちは決まってどうやら〝セレブ〟のようだわと考えた。

クレインは言った。「さあさ、きみも呑めよ。新しい酒を一杯やってくれ」

「いや、僕はほとんど……」

「ウエイター、スコッチのトリプルをダブルで頼む」

「たまげたね！」ウィリアムズが身震いした。「そんな酒がどこにある？」彼はメニューを凝視した。

「スコッチ・ソーダ、五十セント。ダブルが一ドル。トリプルが――」その声が一オクターブ跳ね上がった。「なんだと！　一杯三ドルだと」

「結果的にはそのほうが安上がりさ」クレインが説明した。

「もっと安い酒を呑むときみたいには呑まねえからな」

ウィリアムズがクリーム色の天井を仰いで言った。「なんで僕は良識ある人間と一緒に働けないのかね？　ただの一度たりとも」

「僕らは良識ある人間じゃないか」とオマリーが反論した。「それに教養だってある」と彼はつけ足した。「〝学ぶことは若い時代にすることだが、たとえ老人であっても学ぶことは立派なことだ〟」
（アイスキュロス）

ウィリアムズが椅子をぐいっと後ろに引いて立ち上がり「どうやら僕が間違っていたらしい」とぶつぶつ言った。

二人はウィリアムズを説得してもう一度席に着かせると、酒を呑むようすすめた。「伯爵のことを話してくれ」とクレインが促した。「あの男はどうやってここまで来たんだ？」

「飛行機でだ」彼が言うには、ユニオン・トラスト社からブラック大佐にエセックス事件の調査依頼が入ってすぐに、彼は伯爵の居場所をつかんだらしい。「大佐は、例の手紙の背後にディ・グレガリオがいると考えたんだ」クレインがうなずくと、彼は先を続けた。「夕べあの男がニューアークからフロリダ行きの便に乗るというんで、僕とエディーも後を追いかけた。飛行機を降りると、やつはまっすぐルーニーに向かい、部屋を取って、イタリア人と大勢会っている。何事かたくらんでいるようだが、エディーも僕も何の話か聞きとれるほどは近寄れなくてな。今、二人はビーチで日光浴をしている」

「そのイタリア人連中が単なる友だちではないときみはにらんでるわけか？」

「まあ友だちは友だちかもしれんが、とにかくやつらは何かたくらんでる。賭けてもいい。あの連中はまるで猫みたいだ——やけに神経質なんだ。それにたいがいピストルを持ってるしな」

クレインは悲しげに頭を振った。「武器の携行を禁じる法律があることを知らないのかね？」

「たとえそうでも、彼らにそれを知らせてやる義理もないがね」

オマリーが言った。「これで、調査すべき男が二人になったわけだな。伯爵とトルトーニと」

クレインはウィリアムズに、これまでの経緯や、ザ・アイとイーストコーム少佐のことを話した。そして「だから呑んでるんだ」と言い訳がましく言った。「少佐のこけおどしに屈するわけにはいかん」

ウィリアムズがにたっとした。「もちろん、そうでもなきゃきみらが酒を呑もうなどと考えたりすまい？」

「ない、ない」とオマリーが答えた。「断じてあるもんか」

「で、誰がそんな手紙を送りつけてるんだと思う？」とウィリアムズが訊いた。

「邸内に潜入している何者かにちがいない」とクレインは答えた。

「誰か手ごわそうなやつはいるか？」

オマリーが言った。「連中は全員手ごわそうだ」

「俺、トルトーニは知ってるぞ」とウィリアムズが言った。「やつは以前、奴隷の密売をしていたルシアーノのとこで働いていたんだ。今はロングアイランドのはずれで〈レッド・キャッスル〉というナイトクラブを経営している。女がいて賭博場のある店だ」

「ガンマンか？」

「とんでもない！　やわな野郎だ。だが策士だ」

「まあ、今晩お目にかかってみようじゃないか」クレインが言った。「やつの店でちょっとした旋風を巻き起こしてやろう」

ウィリアムズがたしなめた。「なら、酒はそのくらいにしておけ。でないと、きみらが旋風に巻き込まれるぞ」

それを聞くなりクレインは言った。「ウエイター、同じのをあと三杯頼む」

クレインはコンバーティブルをぶっ飛ばして、五十一マイル以上離れたキーラーゴに四十七分で着いた。車は正面玄関まで横滑りしていったが、護衛の姿は見当たらなかった。たちまち熱気がまつわりついてきて、邸の中に入るとほっとした。

曲線を描いている階段で、前夜彼らにビールを運んできた下僕に会った。「エセックス様があなたがたはどうされたのかとお訊きになってました。みなさん、プールのそばでカクテルを呑んでらっしゃいます」

二人は階段を昇り、クレインはバルコニーに行って中庭（パティオ）を見下ろした。箱型のプールの中の水はライム味のアイスキャンディーのような色だった。海の水の色は紺青色（ロイヤルブルー）だったが。赤と黄色と緑の派手な日よけの下の、朝のうちは朝食が出されていた場所に長いテーブルがあり、ボトルやらグラスやら氷やらオードブルやらが所狭しと置いてあった。白いお仕着せを着た下僕がカクテルシェーカーをこれ見よがしに振り回している。

クレインが叫んだ。「オマリー！　ベイブ！」

プール脇にいた女のひとりはちょっといただけなかった。五十を過ぎており、ほとんど体型が崩れていた。だが、ほかの三人の女はいい線いっていた。クレインにはそのうちのひとりがカメリア・エセックスだとわかった。彼女はプールに飛び込もうとしているところで、フレンチブルーのビキニの下の体はしなやかだった。もうひとりは英国風で、運動選手のような体つきをした、細長い顔の女で、トニー・ランピエールともうひとりの男を相手に立ち話をしていた。髪はとび色で、顔立ちは貴族的だ。脚は長くてほっそりしている。銀白色（シルバーグレー）の水着に包まれた胸は締まり、腰は細かった。

だが彼らの視線を釘付けにしたのは三人目の女だった。バルコニーからでも、彼女の日に焼けた手足の金色の光沢が見てとれた。髪は卵黄のような色のブロンド。オマリーは女を品定めするとこう言った。「おい見ろ。メイ・ウエストだ！」女は少佐とペン・エセックスを相手にしゃべっていた。白いシルクの水着がはちきれそうなほど胸が突き出ており、きゅっと締まった腹にかけての生地のくぼみには皺ひとつない。肩の線は優雅に丸みを帯び、尻のカーブはたるんでもいなければ筋肉質でもなかった。

オマリーがクレインの耳元で囁いた。「よかったな。ここに来て。俺たちの水着はどこにある？」二人が中庭(パティオ)に入っていくと、エセックスのはからいでプランターズパンチが届いた。そして彼は二人をそこの全員に引き合わせてくれた。トニー・ランピエールのかたわらにいる女は歯が素晴らしくきれいで、イヴ・ブーシェという名前だった。年の頃は三十前後といったところ。女が「初めまして」と言った。一緒にいたもうひとりの男はグレゴリー・ブーシェという名前だった。胸と腕と手の甲にところどころ黒い毛が生えている。どことなくずるそうで信用できない感じだ。男は四十の坂は越えており、ブーシェ夫人はまた何の因果でこんな男と結婚することになったのかとクレインは訝(いぶか)しんだ。

年輩の女はシビル・ラングリーという名前だった。彼女はクッション付きのデッキチェアにひとりでかけていて、ストレート・ウイスキーらしき液体が半分入ったグラスを手にしていた。女の顔は面長で青白く悲劇的で、大きな紫色の目をしていた。「お会いできてよかった」と、低い、熱っぽい声で言った。女は紫色のビーチローブに身を包んでいた。女のそばを離れると、エセックスが説明した。

「彼女は僕たち兄妹(きょうだい)のまたいとこで――かつてはトップクラスの女優だったんです」

クレインが尋ねた。「以前ハリウッドにいたピーター・ラングリーは、彼女のお兄さんですか？」

「ええ」エセックスは答え、こう言った。「ドーン、こちらはクレインさんに……オマリーさんだ」

エセックスが二人に向き直った。「彼女はドーン・デイです」

ミス・デイは間近で見るとなおいっそう魅力的だった。彼女のベビーブルーの瞳は、クレインの引き締まったたくましい体を一瞥すると、オマリーの見事に筋肉の盛り上がった肩と、プロボクサーばりのくびれた腰をねっとりとまつわりつくような称賛のまなざしで見た。「お会いできて嬉しいわ、オマリーさん。とっても」その口ぶりは真実そう思っているようだった。「あなたもよ、クレインさん」

彼女の声を聞いてクレインはミンスキー劇場のストリッパーたちを思い出した。

イーストコーム少佐が、クレインたちの手の中にあるグラスを苦虫を嚙みつぶしたような顔で見ていた。そして「マイアミは楽しかったかね？」と訊いてきた。

クレインは答えた。「ええ、楽しかったです。でもとんでもなく暑かったです」そしてこうつけ足した。「で、飛んで帰ってきました」

興味をそそられたエセックスが訊いた。「時間はどのくらいかかりました？」

「四十七分です」

「悪くはないタイムですね。でも、僕はブガッティで四十分で戻ってきたことがありますよ」

クレインは度肝を抜かれた。「それは平均時速で七十五マイルを超えてますよ」彼はエセックスの言うことが信じられなかったが、黙っていた。「それは相当飛ばしたにちがいないですね」

「まあ二回ほど百十マイルまで出しましたよ」

ミス・デイが口を挟んだ。「殿方は車のこととなるともう夢中ね」そしてエセックスに向き直って微笑んだ。「オマリーさんに泳ぎを教えていただいてもかまわないでしょ？　彼、すごく泳ぎが上手なの、わたし知ってるの」彼女は目をぐるりと動かしてオマリーのほうを見た。「さぞかし楽しいと思わないこと？」

オマリーは、さぞかし楽しいだろうと熱っぽく答えた。「さあプールの端の浅いところに行きましょう」

「あら、駄目よ」彼女はやさしく包み込むような調子で言った。「海にしましょうよ。そのほうがずーっと広いんですもの」

確かにそのとおりだったので、彼女とオマリーは海に向かって歩き出した。クレインはうらやましそうに彼らの姿をじっと目で追った。ミス・デイの背骨の終わりから何インチか上までの、褐色に光り輝く背中は完璧だった。自分が泳ぎを教えたいもんだとクレインは思った。

イーストコーム少佐が訊いた。「マイアミで何か発見があったかね？」

クレインは「すごくいいバーを」と言いかけたが、考え直してこう言った。「エセックス嬢のご友人の足取りを偶然つかみました」

「誰のことかね？」

「ポール・ディ・グレガリオ伯爵ですよ」

少佐の顔が怒りでトマトのような真っ赤な色になった。「あの詐欺師はここで一体何をやってるんだ？」

「どうせまたろくなことではないですよ」とエセックスが息まいた。

クレインが答えた。「どうですかね。とにかく、うちの人間二人に監視させています」
イーストコーム少佐はあまりにも力を込めて歯を食いしばっていたため、顎の筋肉が白くなってい
た。「こんなところまでカメリアを追いかけてきたら、どういう目に合うかあの男に思い知らせてや
ろう。あの男はどこに泊まってるんだね？」
「〈ルーニープラザ〉です」
悲鳴とも黄色い声ともつかぬ甲高い声が海のほうから聞こえた。オマリーの両腕に背中を支えられ
たミス・デイが、足で海水を白く蹴散らしながら海の上に浮いている。大きな波はすでにおさまって
いて、今は、小さい波が、まるでミルクをなめる子猫のようにそっと岸をなめていた。
「やつに思い知らせてやろう」と少佐が繰り返した。
エセックスの視線は海に注がれていた。「あなたに来た手紙についてはどうするんです？」
「あいつに警告しておいたよ。近づくなと」
「わたしに何ができますかね？」とクレインが訊いた。「待つこと以外に。今晩、ローランド・トル
トーニに会いに行くつもりではいますが」
エセックスの若い、青白い、享楽にふけった顔が驚いていた。
クレインはもどかしげに尋ねた。「彼は、二万五千ドル相当のあなたの借用証書を持ってるんです
よね？」
「ええ。でも僕は彼に金を払うつもりなどありません。彼は歪んでいる……彼の性根は歪んでるんで
す。彼に借金の回収なんてできるものですか」
「その手紙を使って、あなたにお金を払わせようとしているのかもしれないとは思いつかなかったで

すか?」

エセックスはこぶしを固めた。「彼にそんな勇気はないでしょう」そう言って眉をひそめた。「それに、僕たちは実は友人なんです。だから彼は金の回収を諦めたんだ」

ミス・デイの笑い声が聞こえてきた。高い、耳をつんざくような声だった。

クレインは言った。「二万五千ドルもの金の回収を諦めたやつの話なんて、僕は聞いたことないですけどね」

エセックスは手でクレインの腕を押した。「また後ほどお目にかかりましょう」彼はもうクレインの言うことなど聞いておらず、オマリーとミス・デイのいる方へと足早に去っていった。

「なあ、いいか」とイーストコーム少佐が激しい口調で言った。「これじゃ埒(らち)が明かんだろ」

「何が埒が明かないですと?」

少佐はミス・デイと大西洋のほうを手振りで示した。「きみらは仕事をするために雇われてるんだ。呑んだくれて女の尻を追いかけ回すためじゃないぞ」

「オマリーにそう言ってやったらいいじゃないですか?」

「そうしよう」少佐がひそめた眉を平らにして言った。「とにかく大事なことは、エセックスから目を離さんことだ。きみらのどちらかがここに残るべきだったんだ」

「彼の身が危険だと本当に思ってるんですか?」

「そうでなければわたしは探偵なんぞ雇いやしなかっただろうよ」

そう言い捨てると少佐は去っていった。クレインは大きなテーブルのところへ行き、下僕にもう一杯プランターズパンチを作らせた。キャビアカナッペを五つ平らげると気分がよくなった。まだ少佐の鼻面にパンチを一発お見舞いしてやりたかったが、これでその衝動を抑えられると思った。彼は酒を口に含むと、グラスをコンクリートのプールのふちに置き、ライムカラーの水の中に飛び込んだ。思っていたより冷たかった。少佐に意地の悪い電報を送りつけてやって正解だったと思った。

プールの向こう側のはじで、クレインはカメリア・エセックスとトニー・ランピエールに会った。二人はクレインに会って喜んでいるようだった。

カメリアが言った。「マイアミはいかがでした?」

クレインは答えた。「素晴らしかったです」

「旅行者たちがとても素敵じゃなかったですこと?」

「僕はバショウカジキだぞ」トニー・ランピエールが水面でくねくね水をかきながら言った。どうやら彼も酔っぱらっているらしかった。

「あなたのお友達はペンのガールフレンドにお熱みたいね?」とカメリア。

「彼女が泳ぎを習いたいと言いだしましてね」

「彼女はいつだって泳ぎを習いたがるの」

「僕は魚だ」とトニー・ランピエールが宣言した。

クレインは、黒の中国製のパジャマを着た女が中庭(パティオ)を横切って来るのに気がついた。

カメリア・エセックスが言った。「少なくとも、あなたが大酒呑み(ドリンク・ライク・ア・フィッシュ)だということは確かね、ダーリン」

「酒ならやめられるよ。いつだって。きみがお望みならばね」

「お魚には無理なのよ、トニー」

「できるさ、ダーリン」

　遠目にさえクレインには、その女が今までに会った女とはまるで違っていることが見て取れた。漆黒の髪に、抜けるように白い顔をして、小股でちょこちょことすべるように歩いた。まるで両足を縛られてでもいるように。

「お酒はやめないで。そのほうが、あなたずっと面白いんですもの」

「あの女の人は誰ですか？」クレインは訊いた。

「どの女の人？　ああ、彼女はわたしたちにも謎の女性なの。ダンサーで……ペンの友人なんです。名前はイマゴ・パラグアイというのよ」

「エキゾチックな女性だ」トニー・ランピエールが言った。「そう思いませんか？」

「彼女とお近づきになりたいんですの？」カメリアがクレインに尋ねた。

「もちろんです」

　エセックス嬢がプールのふちに顎を載せて、女を呼んだ。「イマゴ、こちらはミスター・クレインよ」

　女はシビル・ラングリーのそばに佇んでいた。小ぶりだがつんとした胸をして、まるで睡蓮のようにほっそりとしたその姿は、乙女のようだった。「初めまして」と、低い抑揚のない声で女は言った。

「やっぱりエキゾチックだなあ」トニー・ランピエールが言った。「そう思いません？」

　クレインは泳いでプールを縦断し、プールのへりから上がっていった。そして自分のグラスを持ちあげると、件（くだん）の二人の女が坐っているテーブルへと回っていった。「何か呑み物をお持ちしていいですかな、ミス・パラグアイ？」

「ありがとう」物憂げな声で彼女が答えた。「じゃあ、シェリーをお願いできるかしら」

ミス・ラングリーのすみれ色の大きな瞳はたっぷりとしたマスカラで縁どられていて、その夢遊病者のようなうつろな視線がクレインにじっと注がれていた。「たぶん、わたし」と彼女がいった。「神経が……とっても疲れてきて……ものすごく疲れてきて」

クレインは彼女のグラスを手に取った。「あなた、一体何を呑んでいたんです？」

「あら、スコッチだけですわ。何かと混ぜると薬効がそこなわれる気がするんですもの」彼女の体がやや左に揺れた。今にも椅子から落ちそうだ。だが彼女はかろうじてこらえた。その表情は何ひとつ変わらなかった。「少しだけね。クレインさん。グラスに半分以上は注がないで……」

クレインはヘイグ&ヘイグのピンチボトルから彼女のグラスを半ばまで満たした。この女はアルコール依存症だなとクレインは思った。それにしてもまあなんと役者のそろった家なんだ！　酒びたりの年老いた女優、賞金稼ぎのプロボクサー（それにしてもブラウンはどこで表舞台から消えたのか？）、ミンスキー劇場の踊り子も色を失う超弩級のストリップ・クイーン、南米人よりは中国人のように見えるダンサー、けたはずれに陰険そうな執事、それに護衛たち。およそ金持ちであるということは弊害のほうが恩恵を上回るのではないかと彼には思えた。

「シェリーはあるかね？」クレインは下僕に尋ねた。

下僕がシェリーをグラスに注ぐと、クレインはテーブルに戻っていった。ミス・ラングリーはダンサーにいやに接近して坐っていた。彼女はウイスキーグラスを受け取って言った。「あら、満杯にしてくださったのね」

「もっと小さいグラスにしますか？」

「いいのよ、おかまいなく。呑める分だけ呑みますから」と彼女は動じなかった。「とっても疲れたわ」と言って、ダンサーの腕に片手を載せ、「ものすごく疲れた」と言い足して、ダンサーに向かってぼんやりと微笑んだ。

招かれてもいないのにクレインは腰を下ろした。イマゴ・パラグアイに並々ならぬ関心があったのだ。「シェリーはお気に召しましたかな?」クレインは尋ねた。

彼女はほんの少し微笑んだだけだった。穏やかで無表情で、人を小馬鹿にしたようなその顔は、まるで寺院にある象牙の仮面を思わせた。丹念に粉おしろいがはたかれ、瞳の下は青く彩られ、深紅の唇はまるで鋭く切りつけられたかのようだった。弓型をした細い漆黒の眉は竹のブラシででも描いたのかもしれない。

「ええ、ありがとう」と彼女が答えた。

一方の手をエセックスに、もう一方の手をオマリーに握らせ、けたたましい笑い声をあげながらミス・デイがプールの脇を走ってきた。彼女がクレインに呼びかけた。「あなたはいつレッスンをして下さるの?」彼女のブルーの大きな瞳が語っていた。あなたのレッスンほどスリルのあるものはないわと。白い水着があまりにぴちぴちで、走るたびに両の胸が揺れた。

「いつでも体を空けときます」とクレインは答えた。

三人は下僕のところまで行くと、バカルディを作ってくれと注文した。イマゴ・パラグアイがクレインのほうを振り向きもせずに尋ねた。「あの背の高い人は?」

「僕の友人ですよ。オマリーといいます」

クレインは彼女が流し目を送るのを察知した。「彼ってハンサム」その口調にはものうげな意地の悪さがこもっていた。「じゃなくって？」

「ああ、もちろん。とびきりのハンサムだ」

「それにミス・デイ、だったかしら？　彼女、美人ね？」

「まあ、確かに彼女は魅力的だ」

「そう思うわ、わたしも」

彼は疑わしげに彼女を見やったが、東洋的なその顔は平静そのものだった。ばら園にいるクリシュナのことでも瞑想していたのかもしれないが。

ミス・ラングリーは手をダンサーの膝に載せていた。「あの女」と、彼女はミス・デイのむきだしの背中に目をやりながら言った。「わたしが思うに……」まるで彼らの視線を意識したかのように、ミス・デイは彼らに視線をめぐらし、クレインに向かって温かく微笑んだ。彼は突然イマゴ・パラグアイの表情に緊張が走ったのに気づいた。ミス・ラングリーが芝居じみた仕草で手を額にあて、「ああ、気分が悪いわ」としわがれ声で言った。「イマゴ、海沿いを散歩しましょうよ」彼女はふらふらしながら立ち上がった。

一瞬、イマゴ・パラグアイはクレインの手の中に自分の手をすべり込ませ、青味がかった黒目でじっと彼の目を見つめた。不意にクレインの神経は張り詰めた。「さよなら、セニョール」と彼女は言った。抑揚のない声だった。

「来て、イマゴ」ミス・ラングリーが呼んだ。

「今、行くわ」アジア風の彼女の顔には何の表情も窺えなかった。

二人は海に向かって歩いて行った。ミス・ラングリーはダンサーの手を取り、自分の脇腹に押しつけた。ある考えがクレインの頭をよぎった。ミス・ラングリーとミス・デイの間にある憎悪に説明がつく理由を思いついたのだ。クレインはだしぬけに怒りを覚え、乱暴にグラスの酒を呑み干した。ミス・ラングリーのグラスの酒も呑み干すくらいの勢いだったが、彼女のグラスは空だった。

第四章

ウィリアム・クレインがショールカラーの白いディナージャケットの胸ポケットにシルクのハンカチをすべり込ませていると、オマリーがバスルームを通って彼の部屋から出て来た。彼はビルマ風の襟のディナージャケットに黒いズボン、白いシルクのシャツにダークグリーンの蝶ネクタイ、同じくダークグリーンの腰帯（カマーバンド）にシルクの長靴下でびしっと決めていた。白髪混じりの黒髪は七三に分けられている。ちなみに彼はアイルランド人だ。

クレインが口笛を吹いた。「おや！　今夜のきみに女はいちころだな」

「ミス・デイのためにめかしこんだのさ。彼女きっと泳ぎを教えてやったお返しに、ダンスのステップを披露してくれるだろうから」

「彼女が披露してくれるのはきっとそれだけじゃないさ」クレインは訳知り顔にそう言った。

「まあ、そう焼くな。彼女、きみのことを可愛い（キュートだ）と思ってるらしいぞ」

「そうだな。俺は確かに可愛い（キュートだ）」彼は黒のネクタイを直しながら言った。「ところで彼女はエセックスのガールフレンドだと知ってたか？」

オマリーはがっちりした肩を前に上にと動かした。「そんなのあの男が心配することで、俺の知ったこっちゃない」と言って、彼はにやりとしてみせた。「それと、彼女の話で色々わかったぞ」

「何だって?」クレインは疑わしげに訊いた。「彼女がコルセットを着けてないとか?」

「いや、まじな話、彼女はたまげるような話をしてくれた。そのひとつは、少佐がカメリアを追いまわしてる……彼女と結婚したがってると言うんだ」

「したがらないやつなんていいるか?　あの娘、金をしこたま持ってるんだぜ」

「とにかく、カメリアは本気で彼と一緒になることを考えてるみたいだとドーンが言うんだ。彼女の見立てはこうさ。カメリアは少佐のことなど好きじゃない。あの伯爵にまだぞっこんだからな。だがもし彼女が結婚したら、信託財産の一部が彼女に入って来る。二、三百万ドルくらいらしいが。それで、その金が入ったら、少佐と離婚して、伯爵と結婚できると」

「そうか」とクレインがうなずいた。

「それにドーンが言うには、カメリアは今日、ディ・グレガリオと電話で話をしたらしい。今晩、どこぞで落ち合うつもりのようだぞ」

「ほっとけ」とクレインは答えた。「俺たちは何も彼女の情事に水をさすためにここに来たわけじゃない」

オマリーがにやりとした。「ドーンが言うには、トニー・ランピエールはカメリアに熱を上げてるらしい。金なら彼も持っている。だから彼の狙いは金じゃない」

「ブーシェ夫婦は?　やつらは何のためにここにいる?」

「そいつはドーンにもわからないらしい。カメリアの友人だということ以外は」

「それにしても、どうやってあの女からそれだけの情報を引き出した?」

「おしゃべりするのが好きなのさ……自分にぴったり合う男とな」

「二十五セントに賭けて俺はあの女に近づく」とクレインは宣言した。「で、きみもエセックスも排除する。あの女をしゃべらせることができるのは誰か、きみらにようく見せてやる」

「お前さんは、さっきしゃべってたあの中国女に執着したほうがいいぜ。彼女はここじゃあ謎のレディーだぞ」

「俺は謎解きは得意だ。で、彼女の謎はなんだ？」

「うむ、ドーンの話では、彼女が一体ここで何をしているのか誰も知らないというんだ。ここに来て一週間になるが、誰とも口をきかないらしい。表向きはペンの友だちということになってるが、ペンは彼女に何の関心も払わないとさ」

「ここに招いたときは気に入ってたんだろうさ」

「いや。ドーンの話によるとペンは彼女を恐れてる。始終、彼女のいる場所から逃げたがってるらしいんだ」

「そうか、彼女を恐れているのか」クレインは考え込むように眉をひそめた。「上出来だ。きみはいつの日にか探偵になれるぞ、オマリー」

「へえ、そうか？」オマリーは続けた。「さっきのイマゴとミス・ラングリーだが、ドーンに言わせれば、あの二人はちょっと変なんだと」

「俺たちだって全員、変じゃないか」

「いや、そういう意味じゃなくて……お互いに対する態度がだ。年配の女のほうがドーンを警戒してるらしいんだ。彼女が自分からイマゴを奪うんじゃないかと」

「彼女はそのつもりなのか？」

「まさか！」オマリーが衝撃を受けたように悲しげに叫んだ。「彼女はその手の女じゃないさ」
「ああ。俺もそう思う」クレインも同感だった。「さあ、飯食いに行こうぜ」

ディナーが終わり、みんなとても陽気だった。ミス・ラングリーを除いては。彼女はめまいに見舞われて、ベッドまで運ばれる始末だった。ミス・デイがクレインに囁いた。「いったい彼女、どうしちゃったのかしら。いつもなら十時前に酔いつぶれたりなんてしないのに」クレインはディナーの席でミス・デイにしきりにちょっかいを出していて、オマリーもエセックスも彼をじっと観察していた。とはいえオマリーは面白がっていたが。

彼らは中庭でスペイン産の口当たりのいいブランディ、フンダドールを呑んだ。クレインが、今からローランド・トルトーニの〈ブルー・キャッスル〉に繰り出さないかと提案した。カメリアを除いて全員が、その提案を歓迎した。「あなたにおわかりかしら？」とブーシェ夫人が言った。「わたし今、めちゃくちゃ幸運だと思ってるてよ」彼女はどうやらイギリス人のようだとクレインは断じた。まるで運動選手のような細身の均整のとれた体をしているものの、決して男性的ではない。それはイギリス人女性のみに許された特権だった。黒の夜会服に身を包んだ彼女の長身は興味をそそる曲線を描いていた。彼女がアイルランドのハンターの格好をしたらさぞかし似合うだろうとクレインは想像した。ツイードの服を着た彼女が、グレンイーグルズにある王室のコースやらアフリカのサファリやらベッドにいる姿を。

カメリアがクレインの耳元で囁いた。「ペンはそこに行っても安全だと思われます？」
「もし彼を狙ってるのがトルトーニなら」とクレインは請け合った。「彼にとってそれ以上に安全な場所はありませんよ」

「お願い、カメリア」上半身をゆっくりと左右に動かしながらミス・デイが言った。「わたし、ちょっとジルバのステップを踏みたいの」

それで話は決まった。

車が玄関前に回されている間に、クレインとオマリーは自分たちの部屋に上がっていった。クレインは財布から百ドル紙幣を五枚ぬきだすとオマリーに渡した。「二人でトルトーニの性根をしかと見て来てやろうじゃないか。まあばくちを打つにはたいした金ではない。それでも何かいんちきなことをやってるのがわかるかもしれん」

彼らは私道にある二台の車に気がついた。ペン・エセックスが黒地にクローム使いのブガッティのハンドルの前に坐っていた。スポーツタイプのツーリングモデルで、彼の隣りの席にはドーン・デイがいた。ペンがクレインに呼びかけた。「あなたとオマリーさんはリンカーンにミス・パラグアイを乗せて行ってください。ブーシェ夫妻も一緒に」そう言うと彼は車のエンジンを吹かせ、排気管から煙を出した。「カメリアとトニーと少佐は僕の車で行きます」喉の奥から絞り出すような轟音を立てて車が走り去ると、お抱え運転手がセダンを回してきて言った。「わたしが運転いたしましょうか?」

「こっちで何とかするよ」ブーシェが答えた。

イマゴ・パラグアイが小股ですべるような例の足取りで、ドアの方から彼らに近づいてきた。クレインはイマゴに奇妙な魅力を感じた。彼女はディナージャケットの代わりに真っ黒なちりめんのボレロをはおっていて、下に着ているブラウスは深紅だった。細い腰には赤い腰帯が巻きついていて、その正面から鮮やかな色のふさ飾りがまるでスカートを二つに分けるように足のところまで垂れ下がっている。左手には長方形にカットされた巨大なルビーの指輪がはめられていた。

「お待たせしちゃってごめんなさい」

「夜はまだまだこれから（イブニング・イズ・ヤング）ですよ」クレインはそう答えて、彼女がセダンに乗りこむのを手伝った。クレインの手に触れた彼女の手はひんやりとしていた。

「僕たちもそうです（ソー・アー・ウィ）」間髪入れずにオマリーがそう言い、ドアを閉めた。「さあ行きましょう」

彼らはちょうど快適な時速五十五マイルでマイアミへ向かって走った。ブーシェ夫人はイマゴ・パラグアイに関心があるようだった。彼女はポールモールに火を点けながら訊いた。

「ギャンブルはお好き、ミス・パラグアイ?」

「ええ、わたしギャンブルは大好き」猫の鳴き真似をしたのかと思わせるような声で彼女は答えた。

「一度、ハバナでね、一晩に三万ドル勝ったのよ」

「で、どうしたんです?」ブーシェが訊いた。「家でも買いました?」

「まさか。次の晩、全部すっちゃったわ」

だしぬけにオマリーが言いだした。

「金貨だぜ！　金貨だぜ！　金貨だぜ！　金貨だぜ！
まぶしい黄色で、ひんやりと硬くて
若いもんにははねつけられ、年寄りはいったん握ったら離さねえ
死んで墓地に葬られ、体が土に還るまで」

クレインは驚いて、ぽかんとして彼を見た。

ブーシェ夫人が言った。「それ、ミス・パラグアイの若さに対する賛辞でしょ、オマリーさん」面白がっているような口調だった。

「でもわたし、金貨をはねつけたりなんてしなくてよ」イマゴ・パラグアイは例の抑揚のない声で答えた。「決して」

ブーシェとオマリーは来る野球シーズンについて討論を始めた。オマリーはヤンキースのファンでブーシェのごひいきはデトロイトだったのだ。じきに彼らの車はマイアミのブリッケルアベニューに入った。イマゴ・パラグアイは冷たい手をクレインの手の中にすべり込ませて、そのままにした。クレインは欲望と拒絶が入り混じったような感覚を覚えたが、これは今までに感じたことのない感情だった。車はビスケーンブールバードに出ると、ベイフロント・パークを見晴らす背の高い化粧しっくいのホテル群を通り過ぎ、ベネチアンウェイを右に折れた。

二人の女はそろって、リンカーンロードに立ち並ぶ、派手に照明が施された店の中の高価なドレスの方に首を伸ばした。車は再び、コリンズアベニューを右に曲がると、オーシャンドライブへと入っていった。道は車で混雑していた。ゆっくりと車を走らせていると、鼻孔には海の湿った砂の匂いが、耳には波が強く打ち寄せる音が届いてきた。

車はもう一度右に折れ、二ブロック先まで進むと、左手にある灯りのついた私道に入り、青い化粧しっくいの大きな建物の前で止まった。黒人のドアマンの服についている真鍮のボタンが灯りの下できらめいた。「いらっしゃいませ」と男が言うと、黒い肌に正方形の白い歯が際立った。「今晩は」男はリンカーンのドアを引いた。

クレインは車から出ると、イマゴ・パラグアイに腕を差し出した。彼女は組んでいた膝を戻すと、クレインの方に身を近づけた。そのとき彼はちらりと見た。彼女の白い太股を、真っ赤な絹のブラウスを、そして針のように鋭い金属の輝きを。彼女の足が地面につくまでのわずかな間、彼女はクレインの胸に体をもたせかけた。ほんの一瞬、サンダルウッドのような濃厚な香水の匂いがした。

彼は腕を硬直させて彼女の体を押しやった。「蝶々は針を持っていますからねえ」

彼女は落ち着き払って答えた。「でもときには怖い目にもあうわ」

彼はぴしゃりと言った。「でも、男からということは滅多にない、そうでしょ？」

彼女はついと先頭に立つと、ひとりで建物の中に入っていった。ペン・エセックスとトニー・ランピエールと少佐が、帽子や手荷物を預かる係のブロンド女がいるブースの前で彼らを出迎えた。「レディーたちは化粧室に行ってます」ペン・エセックスがブーシェ夫人に告げた。彼女がその場を離れると、エセックスがクレインに言った。「テーブル席をとりました……まずは少しダンスでもと思いましてね」

荷物預かり係の女が鼻にかかった声で言った。「お荷物をお預かり（チェック）しますわ、お客様？」

オマリーが自分のパナマ帽を手渡した。「念のために確認（ダブルチェック）させてもらうよ、ベイビー」そういうと彼女の目をじっとのぞき込み、カウンターに肘をついた。「ああ！　きみはなんてゴージャスなんだ！」

「何言ってんだ」クレインが口を出した。

ほかの四人はすでに、廊下の少し先を話しながら歩いていた。重たいカーテンに遮（さえぎ）られたかのように、音楽がやさしく耳に流れて来た。

「なあ……」クレインが言いかけた。「きみは知ってるんだろうか？　イマゴ嬢が……？」

「俺が？」オマリーはこれ見よがしにダークグリーンの蝶ネクタイを直して言った。「彼女がエセックス邸からここに着くまでずっと俺の手を離さなかったことをか？」

「ほんとか？　あの女は俺の手も握ったぞ。それにしてもきみの腕の中には倒れこんでないだろ？　彼女が車から降りるのを手伝ったときに」

「そもそも俺は彼女が車から降りるのを手伝ってないじゃないか」オマリーが言い返した。「だからさ」

「それはともかくとして」とクレインは話題を変えた。「彼女、脚に短剣を赤いリボンで結わえ付けてたぞ」

「二人目？」

オマリーはうろたえたふうに下唇をかんだ。「これで二人目か」

「少佐がフレンチ七五ほどもある拳銃を持ってる」

「なぜそれを知ってる？」

「上着の下にあるのを見たんだ」

そのとき女たちの声がした。クレインが振り向くと、ミス・デイがエセックスがいる集団に向かって歩いて来るのが目に入った。これ以上はないような挑発的な歩き方で。それか、これ以上はないような挑発的な腰つきで。そのどちらなのか彼にはわからなかった。ある意味、その二つは結びついていたから。とはいえ、その結びつき方が尋常ではなかった。彼女の尻は炎のような色の絹で包まれていたが、その生地があまりにもぴんと張りつめているために、彼女が動くたびに生地に当たった光が波打った。彼女はガウンの下には何もつけていないようにクレインには思われた。実際、そうだったのかもしれない。ともあれ彼女の腰は――ドレスの下で、まるで重く魅惑的な液体のように、融けた金属のようになめらかに動いた。それが彼女に密林に住む大型の猫のような雰囲気を与えていた。優雅で、忍びやかで、危険な。

ほかの女たちが紫色のドアの後ろから出て来た。ブーシェ夫人と一緒に歩いて来たのはイマゴ・パラグアイだった。弓型の眉の下にある彼女の目がクレインを探していた。どこか楽しんでいるような、いたぶっているような瞳だった。彼は全身に鳥肌が立つのを感じた。

彼らのテーブルはダンスフロアの隣りだった。「ヴーヴ・クリコを」とエセックスがボーイ長に声をかけた。「六本頼むよ……ひとまず」オマリーが賛成とでも言いたげにじっと彼を見た。

黒を基調にしたダンスフロアの周囲の空間は、ほとんど熱帯のジャングルを思わせるほど何やら鬱蒼としていた。まるで羽毛のはたきのように繊細な葉をつけたヤシや竹の木々や、幅の広い緑の葉と房状の緑のバナナをつけたバナナの木が伸びている。また木々の幹にはつる植物がしっかりとからみついていて、ピンクやオレンジやブロンズや赤茶色やクリーム色のはかなげな花をつけていた。その空間の半分は屋根におおわれておらず、彼らの頭上には星がきらめいていた。

オマリーはテーブルの向こう側で、カメリア・エセックスとブーシェ夫人に挟まれて坐っていた。ミス・デイは彼を見やると、やおらクレインのほうに身を乗り出して言った。「あなたのお友だちって可愛らしい方ね」

「そう思うかね？」

「だって、すっごく可愛いことを言うんですもの」彼女がまたもクレインに寄りかかったので、四ドルくらいするエッセンス・インペリアルロシアの強烈な芳香にクレインはめまいがしそうだった。

「彼がわたしに何と言ったかおわかりになって?」

クレインはわからないと答えた。

「わたし、彼に尋ねたのよ。今夜何を着たらいいかしらって。黒いドレスかしら、それともこの服のほうがいいかしらって。そしたら彼ね」そこで彼女はくすりと笑った。「こう言ったの。〝美しいご婦人は、ご自分の美しささえ身にまとっていれば、おのずと光り輝くものですよ〟ですって」

「あの男の横っつらをひっぱたいてやればよかったのに」クレインは言った。

「あら、クレインさん! 彼は何もわたしに裸で来いと言ったわけじゃないのよ。ただ彼が言いたかったのは、わたしが何を着ようと変わりはないということなの」

「何にせよ、ひっぱたいてやればよかったんだ」

オーケストラの指揮者が両腕を上げて、指揮棒でワン、ツーと合図を送った。ドラムとバイオリンが一分間ばかりメロディーを演奏し、それから弱音器をつけたトランペットが、まるで水銀のボールのような丸くなめらかな音色で、あとを引き取った。

「来てえ、ペン」ミス・デイが叫んだ。「行きましょうよ」

クレインはイマゴ・パラグアイのほうを振り向いた。彼女の漆黒の瞳はフロアにいるダンサーたちに注がれていた。

「どうですか……?」とクレインが誘った。

「あなたがお望みなら」

クレインは彼女の体はきっと柔らかいものと想像していたが、腕に当たった背中の筋肉は引き締まっていた。また、思ったよりも上背があり、華麗に踊った。顔は彩色された仮面のようで、非の打ちどころがない。だがとりわけ注目すべきはその髪だった。まるですすのようにどんよりとした、粗い、漆黒の髪が頭にぴったりとはりつき、首筋のところで束ねられ、結いあげられている。その光沢のなさが特徴的だった。ランプの光線をどこかにしまいこんでしまったかのように。もしかしてその髪には命が通っていなかったのかもしれない。

フロアは混雑しておらず、クレインは数回ターンをして、最後にはオーケストラのそばにいた。緑色のギャバジンのスーツを着た男が、演壇の脇からクレインを睨みつけた。男が踊り去る前にクレインは、その男の耳たぶがないのに気がついた。

イマゴ・パラグアイが言った。「あなた、ダンスがとってもお上手ね」

二人がすでにフロアを三周したときに音楽がやんだ。彼らがテーブルに戻ると、口ひげをたくわえた長身の浅黒い男が、カメリア・エセックスと話していた。ハンサムな顔立ちをしており、茶色い瞳は活力に満ちていた。

「ポール、あなたにこの方たちを紹介したいの」ミス・エセックスが言った。声がはずんでいた。「ミス・パラグアイ、こちらがポール・ディ・グレガリオ伯爵よ」

ふっと笑顔が伯爵の顔から消えた。彼はダンサーから一歩あとずさった。顔色を失い、肌の色が皮をむいたバナナのような色になった。

「わたしたち、以前にお会いしたわね」イマゴ・パラグアイが、例によっての柔らかい抑揚のない声で言った。

伯爵はダンサーの手に身をかがめた。イマゴの顔は平静そのものだった。クレインは伯爵に紹介されると会釈はしたが、握手を求めることはしなかった。

瓢簞に鳥猟用の散弾を入れた楽器のシュッシュッという音がして、オーケストラがタンゴを演奏し始めた。伯爵がトニー・ランピエールにうなずいてみせ、カメリア・エセックスをフロアに連れだした。クレインもまたイマゴと踊りたいところだったが、ちょうどウエイターがシャンパンを注いでいた。ブーシェが代わりに彼女を踊れていった。

少佐がブーシェ夫人とどこかへ消えたので、テーブル席には三人だけが残された。ウエイターがシャンパンのボトルをバケットの中に戻しかけたが、オマリーが「ちょっと待った」と言って、グラスのシャンパンを呑み干して彼に差し出した。ウエイターがシャンパンを注ぐと、今度はクレインが自分の空のグラスを差し出した。「僕も頼むよ」

二人で一クォートのボトルを空にした。「もう一本呑むかい、オマリー君？」

「あたりまえじゃないか」とオマリーが二つ返事で応じた。

「もう一本持って来てくれ」とクレインはウエイターに命じた。

トニー・ランピエールは二人の様子を観察していた。「僕も仲間に入れてもらっていいですか？楽しそうだ」

「一向にかまわんよ」とクレインが答えた。「ウエイター。こちらの紳士にもボトルを一本頼む」

「僕にも一本」とオマリーが便乗した。

「そいつはいい」とクレインが同調した。「みんなそれぞれ一本ずつ頼むよ」

ランピエールがボトルの首をつかんで立ち上がった。「紳士諸君、乾杯しようじゃありませんか」

「じゃあクイーンに……」とクレインが口火を切った。

杯した。

「そう、カメリア・エセックスに」

三人で乾杯した。アメリカ合衆国に。陸軍と海軍に。そして〝海の向こうのスチュアート朝〟に乾杯した。

近くのテーブル席の客たちが彼らをじろじろ見だした。

「それではみなさん」とクレインが音頭を取った。「とっておきの乾杯を……」

彼らは注意深く合図を待って、乾杯をした。

「われわれの連隊に……第七騎兵隊に」

トニー・ランピエールが言った。「それじゃあ僕は錯乱に乾杯したいです」

オマリーが唖然とした顔をした。「錯乱だって？」

「そう。僕はポール・ディ・グレガリオ伯爵の錯乱に乾杯しますよ」

「いいね」とクレインが賛成した。

「願わくば伯爵が二度と立ち上がれないことを」とオマリーがつけ足した。

「それはいい。そう思わんかね、トニー？」とクレイン。

「ええ。思いますとも」

「そう言ってやればよかった」

「僕もです」とトニー・ランピエールが同調した。

「それは結構」とクレインが満足げに言った。

三人で呑んでいる間にオーケストラの演奏がやんだ。クレインはテーブル席を立って、ダンスフロアのはじを通り、正面玄関へつながるホールへと出た。荷物預かり係のブロンド女が目に入ったので、近づいていった。

「マダム……」と彼が言いかけた。

「左手ですわ。ホールの奥の」と女が言った。

化粧室にドク・ウィリアムズと黒人の店員がいた。ウィリアムズは顔にオーデコロンをたたきつけながら、店員にエナメル革の靴を磨かせていた。「よう」と彼が言った。

「やあ。で、用件ってのはなんだ？」

ウィリアムズは警戒するように黒人の男をちらりと見やった。「やつがここにいる」

「見かけたよ」

「三人の仲間も一緒だ。ルーレットの部屋にいる」

「まだそこにいるといいが」

店員が靴を磨き終え、緑の金属容器の回転式の差し込み口から汚れたタオルを押し込んだ。

「それからもうひとつ」ウィリアムズは店員に二十五セント硬貨を放りながら言った。「ニューヨークで知り合った男から聞いた話だが――」彼は店員に目をやって言った。「僕らが今から隅っこに行ってひそひそ話をしたら気になるかね？」

黒人は目をぐるりと動かした。「いいえ、旦那」

そこでウィリアムズは化粧室の隅でこう囁いた。「トルトーニのやつがやばい状況になっていて、二、三日中にここを発つつもりらしい」

「金の問題か？」

「ちょっとちがう。つまり、必ずしもそうだというわけでもないんだ。俺の友人の話では、あの男はずっとスロットマシーンの同業者の縄張りを荒らしてるんだそうな。それでちょいと頭に来てる人間もいると」

「どう頭に来てるんだ？」

「一週間前にそいつらがトニー・ゲヘナをばらした。トルトーニの用心棒だった男だ」

「それはかなり深刻だな」

イーストコーム少佐が化粧室に入って来た。酔って顔が赤くなっている、充血した目は怒りをたたえ、口を固く引き結んでいる。黒いディナージャケットの下の両肩はがっちりしていた。

「僕は無理かもしれない」とクレインがウィリアムズに言った。「ゴルフをやってる暇はないんだ。ここには仕事で来てるからね」

「めっぽういいコースらしいぞ」

「それは僕も聞いてるよ。でも無理だね。まあとにかく、いつか午後からでもきみを訪ねるようにするよ。ドク」

二人は握手をし、ウィリアムズは出て行った。少佐がクレインをにらみつけて言った。「今の男は誰だ？」

「ニューヨークでの知り合いです」

黒人の男がボウルを湯で満たし、その脇にフェイスタオルを置いた。クレインは両手と顔を洗うと、タオルで水分を拭き取った。長い鏡の手前にあるガラスの棚の上には、意匠を凝らした瓶やら広口瓶やら缶に入った香水やらポマードやらパウダーやらが、各種取りそろえられていた。クレインは感心したように見入った。それらを試してみたいという内心の願望と戦いながら。

鏡越しにクレインは、ディ・グレガリオ伯爵が化粧室に入って来るのを見た。伯爵はいかにもラテン系の美男子だった。すなわち、ハンサムでそれでいて女のように綺麗なのだ。長身で、オマリーと同じくらい上背があったが、ほっそりとした体つきをしていた。キューバ風に仕立てられた、分厚いキャラコのダブルのディナージャケットは、肩のところに四角く詰め物がしてあり、腰の部分でぎゅっと細くなっている。褐色の瞳はカールした長いまつげにおおわれ、クリーム色の薔薇のような色の肌はまるで女のようになめらかだった。

イーストコーム少佐は彼に一瞥をくれると、体を揺らしながら吠えた。「はん!」猛々しい表情だった。

伯爵の動きが不意に止まった。

「またうろついているのか、貴様は?」少佐が噛みついた。

黒人の店員がかがみこみ、クレインの靴を拭きだした。

グレガリオ伯爵が言いかけた。「約束しますよ……」

「この悪党めが」少佐がまるで口の中に物をいっぱい詰め込んでしゃべっているようなもごもごした口調で言った。「あの娘には近づくなと言ったはずだ」

店員の男が片膝をついて、二人の男を見ようとして振り向いた。クレインには男の白目が見えた。

グレガリオ伯爵が笑った。「いったいいつから私はあなたの命令に服従しないといけなくなったんですかね、イーストコーム少佐?」

少佐は今にも敵に襲いかかろうとする雄牛のようだった。彼は頭を左右に振ってこう言った。「貴様は今日中に町を出るか、さもなければ――」その声は怒りのためにしわがれていた。

グレガリオ伯爵はにやりとし、そのまま踵を返して化粧室から出て行こうとした。すると少佐は彼の腕をつかんで引き戻し、胸に強烈な一撃を与えた。グレガリオ伯爵が少佐に向かって来た。「この豚野郎！」と叫ぶなり、彼は少佐の顔面に手を当てて強く突いた。少佐は後ずさり、尻を磁器製の洗面台でしたたかに打ち、頭を鏡にぶつけ、鏡は縦にひび割れた。石鹸のかけらがタイルの床の上を滑っていった。

両手をそわそわと動かしながら、伯爵が目で追っていた。「ああっ！」と彼は声を上げた。少佐がいきなり洗面ボウルを跳ね飛ばした。そして上着の下から軍用の自動拳銃をさっと取り出すと、ディ・グレガリオに突きつけた。

黒人の少年がクレインの足元でうめいた。「ああ、神様！」そして並んでいる洗面台の下にずるずると這い込んだ。彼の肌の色はコーヒーにミルクをたらしたような色だった。

ディ・グレガリオ伯爵は猫のようにすばしこい身のこなしで拳銃をひったくると、銃の床尾で少佐の顔面を、鼻柱を殴った。少佐の真っ白なドレスシャツに血のしみができ、礼服の折り襟に血が飛び散った。彼は膝から崩れると、頭を洗面台に打ち付けた。ゴーンという鈍い音がした。まるで遠くの時計が時を打ったかのような音だった。

ディ・グレガリオは彼の前に立つと吐き捨てた。「豚野郎！　人殺し！」そして自動拳銃をタオルで拭き取ると、ポケットに突っ込んだ。次いでクレインに向き直った。「あなたのお友だちが僕の邪魔をすることはもう二度とないでしょうね」

クレインは少佐を見やった。「当分、誰の邪魔もしないだろうな」少佐は立ち上がろうとしてかすかな努力を続けていた。鼻からまだ血が流れ出していた。

「あなた（セニョール）ね、僕の邪魔をするのは誰にとっても得策じゃないですよ」ディ・グレガリオが言った。

「お仲間にもそう言っておいてもらいたいんだ」

「そうしよう」クレインが答えた。

「ありがとう。ではこれで失敬（アディオス）。セニョール」

「ああ」

　血を拭き取って流血を止めるよう、すみやかに冷たいタオルが少佐の頭に当てられた。額と頬に赤い傷跡ができており、左目が黒ずみだしていたが、クレインが見たところ鼻は折れてないようだった。説得されて洗面台の下から出て来た黒人の少年が、洗濯液を見つけてきた。これでディナージャケットについていた血はあらかたとれた。

「そこで最後だ」クレインが言った。「今からとるつもりだったろうけど」彼はまた別のしみを見つけ、布を持った手を伸ばした。

「もういい」イーストコーム少佐が唸った。「もういいよ」彼はクレインを押しのけた。

「金を払ってもっとひどい試合も見てきましたよ。今までに」クレインが言った。

　少佐がクレインをにらみつけた。「きみはたいした腰ぬけだ！」

　驚いたクレインの眉がつり上がった。

　怒りのせいで少佐の鼻からまたもや血がにじみ出していた。「きみはそこに突っ立ってたんだ。僕をあのスペイン野郎に殴らせて」彼はハンカチで血をぬぐった。「きみはもうお払い箱だ」彼はクレインにハンカチを振ってみせた。「お払い箱だぞ！　明朝までに家を出て行くんだ」そう言って彼はクレインを肩で押しのけて歩いていった。「さもなければ僕がきみを放りだすまでだ」ドアが彼の後ろでばたんと閉まった。

両目を堅ゆで卵の半分くらいの大きさにして、黒人の少年がクレインに向き直った。「あの男の人の下で働いているんですか、旦那さん?」

「そうじゃないと思うんだが」

第五章

ウィリアム・クレインはテーブルに戻っていったが、そこには誰の姿もなかった。彼はテーブル脇にあるボトルを物色し、シャンパンが入っているボトルを見つけてグラスに満たした。そしてそのボトルをバケットに戻すとテーブルに着いた。フロアでは大勢の客が踊っていたが、クレインの見知った顔はなかった。

クレインが酒を呑み干し、ボトルに手を伸ばそうとしたそのとき、隣のテーブルにいた一団が席を立とうと立ち上がった。緑色のガウンをまとった美しい赤毛の女が一団を離れ、クレインに駆け寄って来て、いきなり彼の首に腕を回した。

「あたしをあいつらに連れて帰らせないで」と彼女は懇願した。

たちまち大騒ぎになった。「気をつけなさいよ、ジェイニー！」連れの女のひとりが叫んだ。ほかの人間は立ち止まってくすくす笑っていた。男が二人クレインのほうにやって来た。ひとりはかなり酔っぱらっている。男たちはいたずらにクレインの首から女の腕を力ずくで引き離そうとした。

「あたし、あんたのこと好きよ」そう言うと女は、自分の頰をクレインの頭にこすりつけた。

「貴様……」酔っぱらっているほうの男がクレインに嚙みついた。「俺の女を盗るつもりか、え？」

「まあ、ちょっと待て、ジェイク」もうひとりの男がなだめるように言った。「この男は俺が何とかするから」

「あんたが好きよ。あたしをあいつらに連れて行かせないで」女はさっきまでずっとクレーム・ド・マーント（はっかの香味をもったリキュール）を呑んでいた。

酔っぱらいの男が殴りかかろうと身構えた。「俺の女を盗ろうってのか？」

「ちょっと待ってったら、ジェイク。おいジェイニー、ジェイクと一緒に家に帰りたくねえのか？」

女はクレインにさらに身を寄せてきた。「嫌よ！」

酔っぱらいの男が息まいた。「貴様、俺と戦いてえのか？　戦いたくねえのか？」

「まあ、ジェイク、この男は俺がなんとかする……」

「俺の女を盗ろうとするやつなんざ、どこにもいねえんだぞ」言いながら男は左腕を振った。

もう一人の男が女を引っ張ってクレインから引き離そうとした。クレインは怖くなった。もし女が自分から引き離されたら、酔っぱらいの男が自分を殴るのではないかと。やにわに女の体をしっかりとつかんだ。男が彼女をぐいっと引っ張って言った。「馬鹿な真似はよすんだ、ジェイニー……」だしぬけに女は手を放し、クレインの顔をぴしゃりとたたいた。「あんた、あたしをつかんでるじゃない」と彼女はクレインを責めた。そして酔っぱらいの男に駆け寄って、首に腕を回した。「ああ、ジェイク、あいつがあたしを離そうとしなかったの」女はそう泣き叫んだ。

もうひとりの男が言いかけた。「おい兄弟、あんた用心したほうがいい……」と、そのときボーイ長とアシスタントが二人やって来た。「何かありましたか？」もうひとりの男が熱心に彼らに説明し、最後にこう言った。「……で、俺たち二人がかりでやっと、この男から可愛いレディーを引っ剝がすことができたんだ」

二人のアシスタントがクレインに近づいてきた。「この男をミスター・トルトーニのところへ連れて行け」ボーイ長が二人に命じた。

彼らはテーブルを取り囲んでいる大勢の人々を押し分けて進むと、ダンスフロアの隅を横切り、分厚い絨毯を敷きつめた階段を二つ登った。それから長い廊下を進み、開いているドアの前を通り過ぎた。おりのような柵のついた出納コーナーの奥に象牙色のコインが山のように積み上げられてあるのや、ルーレットの回転盤に男女が群がっているのがクレインの目に入った。男たちの中にオマリーがいた。

「見ろよ」クレインは言った。「正気の沙汰じゃねえ……」

「黙れ」アシスタントのひとりがすごんだ。

彼らは、床が黒い大理石造りで、白い革張りの椅子が何脚か置いてある小さい部屋を通り抜けると、あるドアの前で止まった。アシスタントの一人がドアをノックした。何か言う声が聞こえ、アシスタントがドアを押し開けた。もうひとりの男がクレインの左腕を両手でつかみ、部屋に捻じ込んだ。二台のフランス製の電話機と、電気仕掛けの四角い時計が置いてある机の奥に、クリーム色のシルクポンジーのスーツに身を固めた、分厚い二重あごの男がいた。小さな目の上にあるもじゃもじゃした黒い眉毛は、鼻の上でつながっている。男はすみれ色のシルクのシャツを着て、えび茶色の蝶ネクタイを締めており、そのネクタイのそばにほくろがあった。

「どうした?」その男がアシスタントの一人に尋ねた。

トルトーニの後ろで半ば影になって、一人の女が翡翠のホルダーで紙巻タバコを吸っていた。女はイマゴ・パラグアイだとクレインにはわかった。

「ここにいる男が十一番テーブルのお客からご婦人を強奪しようとしたんでさ」アシスタントが言った。「見たこともないようなおぞましい光景で……この男は膝の上にご婦人を押さえ込んで、男二人を相手にやり合っていたんですぜ」

「大騒動でしたぜ」と別のアシスタントがつけ足した。

クレインは笑いそうになるのを必死でこらえた。

イマゴが平板なそつのない口調で言った。「一目惚れってとこかしらね、ミスター・クレイン?」彼女がしゃべると、その真っ赤な唇から煙が漂った。「こちらはミスター・トルトーニよ、ミスター・クレイン」

「ミスター・クレインとは何者だ?」トルトーニが詰問するように言った。

「ミスター・クレインはエセックスのお仲間たちに同行してるのよ」

トルトーニのしかめっつらが和らいだ。「会えて嬉しいよ、ミスター・クレイン」そう言うと彼はテーブル越しに幅広の手を伸ばした。「それで、何があったんだね?」

クレインはその手を無視して、怒っているふうを装った。「たいした店ですよねえ……こちらでは、おたくの荒くれ者たちが何の罪もない人間に因縁をつけて……」

トルトーニがぎょっとした表情をした。「では何かの間違いだと?」

「いいんです。いいんです。まあ、どう言ったらいいですかね。わたしが赤い髪の女を見たとします」そこで彼はトルトーニのほうに身を乗り出して、彼を見据えた。

「わたしが赤い髪の女を見るとどうなるかわかりますか?」

「わからんな、ミスター・クレイン」

「かっとなるんです」クレインは勝ち誇ったように言った。

イマゴ・パラグアイが説明した。「クレインさんは冗談を言ってるのよ。彼ってとってもユーモアがあるから」

トルトーニが唸った。ふくれた頬ともじゃもじゃの眉毛のせいか、その小さな目は洞穴から凝視している動物の目のようだった。彼は酒で唇を湿らせた。

ダンサーはなおも言い募った。「クレインさんのことはわたしが責任を持つわ。また彼がかっとなるのをわたしなら止められると思うし」彼女は翡翠のホルダーから紙巻タバコをはずすと、それを机にあった真鍮の皿の上で押しつぶした。「じゃあ、ミスター・トルトーニ、わたしの小切手をちょっと現金に換えてくれたら、もうこれ以上わたしたちあなたのお邪魔はしないわ」

トルトーニは机の引き出しを探り、金属の箱を取り出した。「五百ドルだったかね……」

「千ドルよ、ミスター・トルトーニ」

太くて短い手が百ドル紙幣を十枚数えて差し出した。

「ありがとう」と彼女は言った。「じゃあ行きましょうか、クレインさん?」

白い革の椅子が置いてある部屋を抜けて廊下に出るやいなや、クレインは強い安堵感を覚えた。自分でも怯えていたことはわかったが、理由ははっきりとはわからなかった。トルトーニは自分をどうするつもりだったのだろう?

彼は自分の腕にダンサーの手の感触を感じた。「ありがとう」と彼は言った。

「あんなこと何でもないわ」

「ああ、でも彼がもしその気だったら……」

「あんなの何でもないことよ」と彼女は言った。じきに彼らはルーレットのある部屋に着いた。「ギャンブルやりましょうか?」

クレインは煌びやかに灯りのともされた部屋に目をぱちくりさせた。ルーレットテーブルのはじに、エセックスの一行がほぼ全員顔を揃えているのが見えた。少佐の鼻柱には絆創膏が一枚貼ってある。カメリア・エセックスの金髪頭の後ろにトニー・ランピエールが立っていて、彼らに向かって手を振った。ほかの面々は回転盤に熱中していた。

クレインが驚いたことにイマゴ・パラグアイは千ドル分のコインを買った。彼は百ドルだけ使うつもりでいたのだが、代わりに五百ドルを男に手渡した。そして受け取ったコインをポケットに入れると、ダンサーの後について行き、彼女のための場所を見つけてやった。誰かの手が彼の肩に触れた。オマリーだった。彼はクレインをかたわらに引っ張って行った。

「ドクとエディーが伯爵を見失った」

「ほんとか?」

「彼とキューバ人のガンマン三人はきっと裏口から出たにちがいない。正面玄関はトムがずっと見張ってるからな」

「キューバ人なのか」

「らしい」

クレインは少し考えてこう言った。「まあ、俺たちは解雇されることになってるんだが、はっきりするまではこっちから辞めても何の得もないしな。ドクとトムに伯爵が逗留しているホテルに戻るよう伝えてくれないか。たぶん彼を見つけられるだろうから」

「誰が俺たちを解雇したんだ？」

「少佐さ」

オマリーがにやりとした。「そうか、あの男に殴りかかったのはきみだったのか」

「ちがうよ。でもそれも悪くはないな」クレインは彼に伯爵と少佐が殴り合いをしたことを話してやった。「……そういうわけで俺たちは今や冷や飯（アウト・イン・ザ・コールド）を食らってるんだ」

「それほど冷や飯（ナット・ソー・コールド）でもないぞ」オマリーが言った。「俺は回転盤の百ドル札を二枚ちょろまかして来た」

「それはまともなことだと思うのか？」

「俺は二百ドル稼いだ、そうだろ？」

「ミス・デイに気づかれないようにしろよ」クレインはオマリーに目配せをすると、イマゴ・パラグアイのところに戻って行った。彼女が言った。「あなた、わたしに幸運をもたらしてくれなくちゃね、クレインさん」彼女は自分の前に四百ドル分のコインだけを置いていた。

「どうぞ賭けてください」クルピエが低い声で言った。

クレインは派手なダイヤモンドをあしらった大柄な女とイマゴの間の席に収まり、赤に百ドルを賭けた。クルピエが痩せた手で回転盤を回して囁くように言った。「賭けの受付けはここまでです」彼のきらきら光る黒い目はイマゴを見ていた。

ボールが赤の奇数で止まった。テーブルのはじからエセックスがいらいらしながら叫んだ。「畜生！」クルピエがチップをクレインのほうに押しやった。彼はそれを赤にそのまま残した。イマゴも二百ドルを赤に賭けて言った。「一緒に地獄へ落ちましょう」

二度目も赤に来た。「よしそのまま行こう」とクレインは言った。

もう一度赤に来た。さらにもう一度。みんなが彼らをじろじろ見だした。タキシード姿の無表情な男がクルピエの後ろに陣取って、冷たい青い瞳で彼らを観察していた。クレインは三千二百ドルをそのまま赤に賭けた。

無表情な男が二百ドル相当のコインを押し戻した。「三千ドルが限度だ」

「ああ、わかった」とクレインは言った。「まあ、けちくさい賭け事ってわけだな?」

静寂の中、象牙色のボールが回転盤をブンブン音を立てて転がった。無表情な男は冷たい目でクレインを凝視していた。宝石で飾り立てた大柄な女は大きな息をついていた。ボールのがらがらいう音がやんだ。

「赤の奇数」

クレインはコインの山を受け取った。「僕たち、これを賭けられないんだな」彼はイマゴ・パラグアイに訊いた。「これをどうしようか?」

彼女は青味がかった黒目を輝かせて答えた。「こうするのよ」と言って三千ドルを赤に残すと、別の三千ドルは奇数に賭けた。

クレインは手元に残っている二百ドルを取ると、三十三番に賭け、クルピエに言った。「回してくれ」

クレインには回転盤が何時間も回っているように思えた。そして無表情な男の目の色はほとんど氷のような薄い色であることに気がついた。ミス・デイが自分を称讃のまなざしでじっと見ていることにも気がついた。ふと彼は、イマゴ・パラグアイのひんやりとした手が自分の手首に置かれているのを感じた。

「三十三番、赤の奇数」クルピエが低い声でそう告げた。

するとと無表情な男が言った。「今夜はこれにてクローズといたします」

「わお！」トニー・ランピエールがテーブルのはじから叫んだ。「モンテカルロで勝ちまくって胴元を破産させた男に乾杯だ」

ミス・デイが息を切らしてクレインにもたれかかった。「素晴らしかったんじゃなくって？」波打つような香水の香りが彼女の体から漂った。

宝石で飾り立てた婦人がクレインに尋ねた。「あなたがどんな手を使ったのか、お訊きしてもいいかしら？」

「最初は百ドルから始めて、胴元が破産するまでやめないんです」

イマゴ・パラグアイが言った。「現金に換えましょうか、クレインさん？」

彼らのコインは一万九千六百ドルになった——一万九千が勝利金で、四百がクレインが初めに買っていた分の残りで、二百がイマゴが買っていた分の残りだった。クレインは彼女に九千七百ドルやり、残りを自分の財布にしまった。

「これでみんなにグラス一杯のシャンパンくらいは買えるだろうね」

一同はテーブルに戻り、クレインのおごりでシャンパンを呑んだ。そしてクレインは一度カメリア・エセックスとダンスをした。

「あなたたちがもっと注意してペンのことを見ててくれるといいんですけど。わたしは兄のことが心配なの」

「彼なら大丈夫ですよ」

ミス・デイはオーケストラの演奏が気に入らず、〈クラブ・パリス〉に行きたいと言いだした。「あそこのバンドはよくスイングするのよ」

「行こうよ」エセックスが話に乗った。「まだ二時だし」そう言って彼は勘定書を手に取った。

男たちはクローク・ルームの前で女たちを待った。トニー・ランピエールは係のブロンド娘に見惚れていた。

「彼女、可愛くないですか？」

「ブロンド娘ではあるけどね」クレインが答えた。

娘が間の抜けた笑い方をした。

「彼女、可愛いなあ。可愛くないですか？」

「ご婦人方はどこにいるんですか？」とブーシェが訊いた。

「僕の帽子はどこにあるんだね？」クレインが訊いた。

「チッキ（手荷物の引換証）お持ちじゃないですか？」娘が訊き返した。

「可愛くないですかね？」とトニー・ランピエール。

「チッキが必要なんです」娘が言い張った。

「チッキなし、帽子なし」とオマリーが茶々を入れた。

「ちょっと外の空気を吸ってくるよ」とイーストコーム少佐が言い、正面入口から出て行った。

「誰もチッキを持ってないんですか？」クレインは繰り返した。「この可愛いお嬢さんはチッキが必要なんだ」

「彼女、ほんと可愛いよなあ」トニー・ランピエールはまだ言っている。

「ここは回転盤だって可愛いんだ」クレインが言った。

「律儀だし」オマリーが口を出した。

「そう、可愛いし律儀だ」とクレイン。

ブーシェ夫人がクレインのところに来た。「イマゴからあなたの武勇伝をずっと聞かされてて」彼女は自分の腕をクレインの腕に絡めた。「ねえ教えて。あなたが惹かれるのは赤毛の女だけなの?」

彼女の体からは極上のいい女の匂いがした。イングリッシュ・ラベンダーの匂いだった。

ミス・デイがイマゴ・パラグアイと一緒に現れた。一瞬、ダンサーの視線がクレインに注がれた。ミス・デイが言った。「さあ、行きましょうよ。このお店は何だかむっとするわ」

エセックスとオマリーは二人してミス・デイをドアまでエスコートしに行った。ブーシェはミス・パラグアイの相手ができて満足げだった。

「僕はあなたも好きですよ」クレインはブーシェ夫人に言った。

「そして今やあなたはお金持ちね」

彼らはトニー・ランピエールとカメリア・エセックスのあとについてドアへと向かった。

「帽子はいらないんですか?」係の娘がクレインに尋ねた。

「いいよ。記念に取っといてくれ」

「ご機嫌だこと」と夫人が言った。

車高の低い黒のブガッティがドアの前に停まっていた。車のそばにはエセックスが、妹とトニー・ランピエールと一緒に立っていた。「少佐はどこですか?」と彼は訊いた。

ドアマンが黒人から白人の男に代わっていることにクレインが気がついたその瞬間、顔の下のほうにハンカチをくくりつけた二人の男が、ブガッティの後ろ側に回り込んできた。彼らは二人とも自動拳銃を持っていた。

男のひとりがすごんだ。「強盗だ。手を上げろ」

ミス・デイが悲鳴を上げだすと、もうひとりの男が怒鳴った。「黙れ、ねえちゃん」男は彼女のそばにいたオマリーに拳銃を押し当てた。

最初の男がカメリア・エセックスの腕をつかみ、自分のほうに乱暴に引き寄せて言った。「こっちへ来るんだ、お嬢さん」つかの間、男はドアから漏れてくる光の中に立っていた。男の耳たぶが片方ないことがクレインにはわかった。

トニー・ランピエールがカメリアを助けようとして体を動かし、最初の男に銃身でひどく殴りつけられた。彼の体はブガッティに向かってくずおれて、砂利を敷いた私道に滑り落ちて行った。エセックスもまた飛び出して行ったが、やはり男に殴られた。兄が後ろによろめくのを見たカメリアが悲鳴を上げた。

クレインはオマリーを抑え込んでいる男に手を伸ばそうとしたものの、ドアマンに頬骨を殴られ、ブーシェのほうにぶっ飛ばされた。彼が体勢を立て直したときにはもうすでに、カメリアと耳たぶのない男とドアマンの姿は消えていた。顔を隠したもうひとりの男は体をかがめると、ブガッティのほうに後ずさりして言った。「動いてみろよ。気取ったやつらめ。動いてみな」と男は嘲けった。「目に物を見せてやるぜ」彼は、まるで庭の水まき用のホースを扱うように、自分の前で拳銃を振り回した。

そのとき車の警笛が鳴った。「あいよ」と男が答えた。男はブガッティの後ろを急いで走り、一瞬のちには黒いセダンは私道を轟音を立てて走っていた。ミス・デイが悲鳴を上げた。セダンは狂ったように車体を旋回させて通りに出て行った。後部座席では二人の男とカメリア・エセックスが揉み合っていた。前の座席では運転手の横でドアマンが制服を脱いでいた。

エセックスがブガッティに素早く這い上がり、スターターを押した。「さあ行こう」と彼は叫んだ。彼の青白い顔が狂気を帯びていた。

トニー・ランピエールが何とか立ち上がろうとしていた。クレインがブガッティの後部座席に彼の体を引きずりこみ、はずみで彼も一緒に革のクッションに倒れこむと、車は轟音をとどろかせて出発した。オマリーはすでに前方の座席に収まっていた。車が私道を出ると、通りのはるか向こうにセダンのテールランプが見えた。数秒間セダンは進路を変えずに走っていたかと思うと、今度は右に曲がった。一瞬ののち、タイヤが悲鳴を上げるのが聞こえた。「あの車、カウンティ・コーズウェイを走ってるぞ」クレインが叫んだ。

エセックスはうなずき、ターンするためにブレーキを踏み込んだ。ブガッティのタイヤも泣き叫び、ぎょっとした住人たちが寝室の灯りをつけ、警察に電話した。コーズウェイではブガッティがグレーハウンド犬のように跳ね、流線形のロードスターを全速力で追い越していった。セダンは依然としてはるか前方を走っていた。

トニー・ランピエールがうめき声を上げ、喉を詰まらせたような音を立てた。

ややあってクレインが訊いた。「気分はましになったかい?」

トニー・ランピエールはうなずいて言った。「あいつら、彼女を連れて行ったんですか?」

そのときオマリーが、風やらモーターやらの騒音に負けじと声を張り上げた。「方向転換したぞ!」

エセックスがブレーキを踏みながら答えた。「わかってます」瞬く間に彼らはビスケーンブールバードを中心街に向かって走っていた。

「あいつら、彼女を連れて行ったんですか？」ランピエールがもう一度訊いた。

「ああ」とクレインは答えた。

彼らはベイフロント・パークに面して建っている大きなホテルの並びに近づいた。セダンにはあと少しのところまで追いついていた。つとオマリーが座席から身を乗り出した。彼のリボルバーが耳を聾するような音を立てて三度火を噴いた。セダンは右に向きを変えた。

オマリーがクレインを振り返った。「これはもう警察にご登場願うべきだな」と彼は叫んだ。

そうなった。だが遅きに失した。セダンが右方向に曲がり、すでにマイアミの商業地区の一角を通り過ぎ、川にかかる橋に向かって左に折れようとしていたときに、一台のパトカーが横丁から現れて、カーチェイスに加わった。そのスポットライトがブガッティの後ろの窓越しに断続的に光を放ち、サイレンが吠えるように鳴ってはいたものの、じきにはるか後方に脱落した。

「お粗末なこったな」クレインが言った。

「こうなったら俺たちの力でつかまえようぜ」オマリーが叫んだ。「今は直線道路だからな」

彼らの後ろでは警察のサイレンが悲しげに遠吠えしていた。

「あいつらにどうやって立ち向かうつもりなんです？」トニー・ランピエールが訊いた。「銃を持ってましたよね？」

「様子を見てみないと何とも言えん」とクレインが答えた。

ブガッティは今や尋常でない速度で走っていた。はっきり感じとれるほどの猛烈な風が開いている側から吹き込んで、彼らを座席に押し戻した。ヘッドライトのぎらぎらした光の中で白く見えるセメントの道路が、彼らの眼下を飛び去っていった。耳をつんざくようなエンジンやらタイヤやら風やらのかん高い音が、ますます激しさをましていった。

ハンドルに体を折り曲げるようにしたエセックスがオマリーに言った。「左手のドアポケットにリボルバーが入ってます」そしてオマリーはクレインに同じ言葉を繰り返した。

クレインはリボルバーを見つけると、薬室をさっと開いた。中には弾が五発装弾されていた。弾はあると彼はオマリーに告げた。

ブガッティのライトがセダンの黒い車体をとらえ、揺れている車の屋根の輪郭を際立たせた。彼らは着実に追いつこうとしていた。

「床に伏せといたほうがいいぞ」クレインがランピエールに言った。「撃ち合いが始まるだろうから」

「ぼくは別に怖くなんかない」ランピエールはそう答えたあとで訊いてきた。「カメリアが撃たれる危険はないんですか?」

「やつらだって彼女は床に伏せさせとくだろ」

「怖いだろうな……」

そのときブガッティが思わず息をのむくらい急に道をそれ、そのはずみでクレインの体はランピエールのほうに飛ばされた。車はセメントの道路の左側にある溝に向かって進路を変えたかと思うと、今度はやみくもに右へそれた。クレインは頭を下げて、衝突はまぬかれないと息を詰めた……

が、ブガッティは衝突はせず、体勢を立て直した。今度は吐き気がするほどひどい走り方ではなく、スピードも落ちた。クレインが用心しながら頭を上げると、オマリーが座席で前のめりになっていた。

彼の両手にはハンドルが握られており、エセックスの姿はどこにも見えなかった。

「えっ!」クレインが声を上げた。「彼は死んだのか?」

「こいつはどうやったら止まるんだ?」オマリーが訊いた。

「大変だ!」クレインが叫んだ。「彼は死んだのか?」

「いいや」とオマリーが冷静に答えた。「床に転がってるよ。ハンドブレーキは一体どこなんだ?」

クレインは座席に沈み込んで、てのひらで額の汗をぬぐった。自分の汗に驚いた。「何があったんです?」トニー・ランピエールが訊いてきた。

ブガッティは止まりつつあった。クレインが答えた。「神のみぞ知るだ」そしてドアを開けるとセメントの道に歩み出た。オマリーがエセックスの体を車の床から引き上げた。「コダラ(ハドック)みたいに冷てえぞ」と彼が所見を述べた。

「医者に見せたほうがいいな」クレインが言った。

「このままカメリアを行かせるつもりですか?」トニー・ランピエールが詰め寄った。

「エセックスが死にかけてるかもしれないんだ」クレインが答えた。

「息はしてるがな」オマリーが口を入れた。

「でもカメリアが……」トニー・ランピエールの声は苦渋に満ちていた。「あの男たちは——あの連中は彼女をどうするんでしょうか?　ぼくたちはあとを追わないと」

「だが今となっては何ができるというんだね?」クレインはそう言いながら道路の先に目をやった。

「もうあいつらはどこにも見えなくなった。それに道路という道路は警察が封鎖するだろう」

「なんてことだ!」ランピエールはブガッティの前側のフェンダーの上に座り込み、両手で顔をおおった。「僕は彼女を心から愛してるんです」

「われわれの仲間が意識を回復しつつあるようだよ」オマリーが言った。

彼らは心地よいかぐわしいそよ風が顔をなでるように吹くなかで、エセックスを見守り、彼の苦しげな息づかいに耳を澄ませた。あたりにジャスミンの香りが漂っていた。ジャスミンの香りがするというのも妙なものだとクレインは思ったが。ブガッティのダッシュボードの上にある時計を見て、まだ二時三十四分だとわかった。あんな短い時間でよくあれだけ色々なことが起きたものだとクレインは驚いた。

「もう大丈夫ですよ、きみ」とオマリーが声をかけた。

エセックスは座席に起き直り、うつろな表情でまわりを眺めた。

「カム！……カム！」彼の視線がまともになった。「何があったんです？」

「きみは意識を失ったんだ」オマリーが答えた。

「運転中にですか？　どうやって車を止めたんですか？」

「俺にもわからんが」オマリーが言った。「きみの体が落ちて行ったんで、俺がハンドルを握ったんだ」

「で、あのセダンは？」

「行ってしまったよ」とオマリーが答えた。

ブガッティがいきなり道をはずれたことを思い出すと、クレインは胃がむかむかしてきた。「で、僕らはどのくらいの速度で走ってたんだね？」

「百五マイルだよ」オマリーが答えた。

「そんなに出てたのか？」クレインはこらえ切れずに言った。「僕には酒が必要だ」

「ダッシュボードの物入れにポートワインが少々あります」エセックスが言った。「でも、残念ながらカリフォルニアポートワインですけど」

「嵐のときにはどこの港だっていいんですよ」とクレインは言った。

第六章

まるでパンケーキシロップのように透明でどろりとした金色の陽光が寝室に降り注ぎ、クレインの顔はぽかぽかしていた。フランス窓からは、サテンのガウンの衣擦れのような静かな波の音やら、ヤシの葉を吹き抜ける風のささやきやら、虫の羽音やらが聞こえてきた。あたりの空気はまつわりつくように熱かった。彼は枕の下に顔を隠した。

「あっちへ行ってくれ」彼はぶつぶつ言った。「気分がよくないんだ」

オマリーがもう一度彼を揺すぶった。「いいかげんにしないか、ぐうたら。そろそろ十時だぞ」

クレインは片目を開けて枕の下から覗いた。黄褐色のプレスしたてのギャバジンのスーツを身に着けたオマリーの姿が見えた。彼は目をつむった。

「おまわりが来てるんだ」とオマリーが言った。「きみに会いたがってる」

「静かにしてくれ。起き上がれるかやってみるから」

クレインは起き直り、てのひらで頭の横を押さえた。

「これを呑めよ」オマリーが、乳白色の液体が半分入ったグラスを突き出した。「迎え酒だ」

「いやだ。俺はもう金輪際（こんりんざい）酒なんか呑まん。で、それは何だ?」

「ペルノ（フランス原産のリキュール）だ」

「まあこれ以上ひどくはならんだろう」言いながらクレインはグラスを受け取ると、あおるように呑み、ベッドにひっくり返った。

クレインの顔面が蒼白になったのにオマリーははっとした。「具合が悪くなったのか?」

「わからん」

オマリーにはまったくわけがわからなかった。胃の中で地震でもあったのかと思うほど、クレインの胃はひどくかきまわされ、彼は目を閉じてただ待った。やがて気分はましになった。

「ほらな!」とオマリーは言った。

クレインは起き直って、青みがかった薄緑色（ナイルグリーン）のシーツを払いのけた。「俺は生きてはいるかもしれんが」彼は言った。「もう二度と健康な男ではないだろうよ」

「マテカムという場所でセダンが見つかったそうだ。後部座席には血痕があった」

「もう眠れん!」クレインが叫んだ。「オマリーが俺の睡眠を台無しにする!」

「警察は彼女が船で連れ出されたと見ている。セダンが海のすぐそばにあったんでな。今、州をあげて彼女の行方を追っているらしい——警察とか、民兵とか、沿岸警備隊とか、とにかくありとあらゆるものがな。いわば史上最大の捜索だ」

「〝無垢の眠り〟」とクレインが言った。「〝悩み事でももつれた心の糸を解きほぐしてくれる眠り〟

「ドク・ウィリアムズからも電話があった」

クレインはひりひりする下顎をマッサージしながら言った。「〝一日の生の死——〟」（マクベスより）

「伯爵は今朝六時まで部屋に戻って来なかったそうだ」

「何だって?」クレインの目はオマリーに焦点が合っていた。「六時まで帰らなかったって?」

「それと彼と一緒にいたガンマン三人は姿を消した」

「それは実に興味深い」と言いながらクレインは両足をベッドのはじから垂らした。「で、エセックスの様子はどうだ?」

「彼は大丈夫だと思うぜ。ああ、そうそう彼にまた手紙が来たんだ」

「なつかしの輝かしきアイからか?」

「そうだ。今度は枕にピンで留められてた。目が覚めたときに見つけたんだと。彼は手紙をおまわりに渡したが、俺はそのコピーを取って来た。ほら」

クレインは紙片を受け取った。それにはこう書いてあった。

エセックス
妹に生きて戻って来て欲しいなら、五万……を少額紙幣で支払う用意をしたまえ……時間と方法については追って知らせる。
ザ・アイ

クレインは手紙をオマリーに返した。「これは俺がもらったやつほど傑作じゃないな」彼はそう言って枕の下から折り畳んだ紙を取り出した。「見たいか?」

その手紙にはこう書いてあった。

偏平足くん

沼のワニどもがきみらの肉を食おうと腹を空かせているぞ……まあ、いずれそうなるだろうがね……僕が二度警告するのはまれなことだ……きみの勝利金を堪能したかね……ハハハ！

ザ・アイ

クレインは窓から差し込む光線の中に片足を伸ばした。「オマリー、きみならこれを偏平足と言うかね？」

「きみの勝利金、ハハハってどういう意味なんだ？」

「やつは俺の財布を持ってったんだ」クレインは脚をまっすぐにした。「なかなかいいアーチ形をしてると思うんだが」

「九千ドル全部とられたのか？」オマリーは今にも泣き出しそうな声で言った。

「いいや、アンクル・ウィリーはそれにしては頭がよかった」クレインが答えた。「アンクル・ウィリーはだいたい七百ドルを財布に残して、あとは隠しといたんだ」

「どこに？」オマリーが訊いた。クレインが指差すと、オマリーが叫んだ。「ええっ、あきれたやつだ！」

くしゃくしゃの〈マイアミ・ヘラルド〉紙やら、一部破けた茶色の包装紙やら、ひものきれっぱしやら、爪先のところに穴の開いた黒いシルクの靴下やら、ワイシャツの厚紙やらと一緒くたになって、緑色の金属製のくずかごの中に、九千ドル分の紙幣が入っていた。

「見てのとおり、金なんてものは俺にとっては何の意味もないんだ」とクレインは言ったものの、すぐさま慌ててつけ足した。「その金に触るなよ」

だがオマリーは紙幣を回収し、化粧だんすの上に置いた。「で、きみはこれからどうするつもりだ？」

「死なないようなら泳ぎに行くよ」

「そうじゃなくてあの娘のことだ」

クレインはベッドのはじで両足をぶらぶらさせた。「トルトーニや伯爵と話をすべきだと思う。どっちかが耳たぶのない男のことを知らないか確認したいし」

「それはカメリアをさらった男のことか？」

「そうだ。あの男はきっとトルトーニとつながってると思う」

「トルトーニってやつが今回のすべての黒幕だな。そう見て間違いないと俺は思う」

「僕はそうは思わんけどな。やつが〝ザ・アイ〟などと署名した手紙を書いてるところは想像がつかない」

「おそらく家の中に、悪意(ポイズン)の手紙を書くペン(ペン)でも植わってるんだろうよ」

「かもな。でもその件については警察に調べさせよう。尋問するのはくたびれるんだ」

「ザ・アイにきみの七百ドルを持ってかれたことを忘れるなよ」

「赤インクを買うのに必要なんだろうさ」

クレインはバスルームに入って行くと、海水パンツを身に着けた。殴られたせいで十分に口を開けることは不可能だとわかり、いくぶん苦労しながら歯を磨いた。それからコップ一杯の水を飲んだ。これでかなり気分はよくなった。

バスルームを出ると、オマリーが天井を見つめていた。

「どうかしたか？」クレインは訊いた。

「天井にあるあれだが……いったい何のためだ？」

クレインは部屋の四隅にある、鋼鉄製の格子をしげしげと見た。どれも一フィート四方の大きさだった。「換気のためだろ」と彼は言った。「昨日の夜、屋根裏でファンが回ってる音が聞こえたと思う」

「そんな上のほうでファンを回して何のいいことがあるんだ？」

「それで家の中の暖まった空気を外に出して、窓から涼しい空気を入れるんだよ」そう言って彼はオマリーをしかめ面で見た。「あのリコリス（カンゾウの一種で甘味がある）水、もうないのか？」

「朝食が先だろ」

「俺たちは朝食ぬきかも。夕べ、少佐が俺に少々腹を立ててたのを覚えてるんだ」

「ところで少佐はどうなんだ？」

「たしかにな。ごたごたが始まったとき少佐はどこにいた？」

「少佐は、自分も男たちに殴られたとトニー・ランピエールに言ったらしい」

「どうだかな」

「ランピエールが聞いたところでは、俺たちがあの店の前にいた間、少佐はずっと意識を失ってたそうだ」

「ランピエールは好青年だな」クレインが言った。

「ああ、彼はいいやつだ。あの娘のことでほんとに落ち込んでるんだ」

「彼女が好きらしいのは俺にもわかった」

「ああいう娘が、いかがわしいラテン野郎にかどわかされなきゃならんとは気の毒なことだよ」

クレインはバスローブをはおると、ドアへ向かった。「彼女に必要なのは、俺みたいに上品で頼りになる男なんだがな」そう言うと彼は浜辺へと下りて行った。

青い海は燦然と光り輝いていて、目が痛いほどだった。水は温かく、きわめて穏やかで、クレインは水の中をもうそれ以上は歩けないところまで歩いていった。そして長いため息をつくと、仰向けにひっくり返り、体を浮かせた。空もまた底抜けに青かった。

彼はふと誘拐犯に拘束された女とはどういうものなんだろうと思った。女であるとはどういうものなんだろうと思うことはよくあったが、これまで誘拐と結びつけて考えたことはなかった。それはかなりまずい状態のように思えた。なにしろ誘拐された場合はそもそも、自分が男にしろ女にしろ、犯人が最終的には自分を殺すのか、それとも解放するのかに常に疑心暗鬼になるだろう。だが女だと、さらにもう一つ心配があった。わけてもカメリア・エセックスのような美しい娘なら。

みながこういうことを決して口にしないのも妙だった。まるで彼女が単独で大洋を横断する旅にでも出ているかのように。そもそも誘拐された女たちがどうやってバスルームに行くかなんて話は聞いたことがない。それは決して話題にものぼらないような些細なことではある。だがおそらくそうやって誘拐犯にレイプされていたのだ。はたして通例はどうだったのか？　彼は探偵だが、わからなかった。一体どうすればわかったというのだ？　女はわざわざ言わないだろう。あら、そうよ。どうも。わたしはレイプされたの、などとは。それでも平均的な誘拐犯が、レイプなどしないほど善良だとは彼には思えなかった。

この一連の考察にクレインはひどく動揺していて、近づいて来る白波が目に入らず、波は彼の顔に当たって砕け散った。それから彼は岸まで泳いだ。ふだんならクレインは担当している事件のことでそこまで思い悩んだりはしない。だが彼はカメリア・エセックスのことが本当に心配だった。彼女を捕らえているのがディ・グレガリオ伯爵ならまだしもだが。

浜辺の、彼が脱ぎ捨てたバスローブのそばで、オマリーとエセックスが話をしていた。エセックスが二通の脅迫状のことに触れた。彼の顔は蒼白で、憔悴しているようだった。「うちの中に、この男と通じている者がいるにちがいないです」

「それは疑う余地がないですね」とクレインは相槌を打った。「まあ、確証はないですけど」

「警察が僕らの部屋を調べてるんだ」オマリーが言った。

クレインははっとした。「九千ドルが取られてしまう」

「俺が持ってる」とオマリーが答えた。

「それは同じくらいまずいな」と言いながらクレインはキャンディーストライプのローブをはおった。

「僕たち、朝食をとっても大丈夫ですかね?」彼はエセックスに尋ねた。

「どうして駄目なんです?」

「少佐が……」

「彼とは話しました」とエセックスが言った。彼の目が怒っていた。「あなたがたはユニオン・トラスト社のために働いてるんです。彼のためではない。彼があなたたちを雇ったわけではないし、あなたたちを解雇するなんてことできませんよ」

「やれやれ。僕は少し腹が減ってるんです」

「彼に言っておきました。伯爵とのいざこざであなたたちが彼に加勢すべき理由などなかったと。彼も、自分から喧嘩を仕掛けたことを認めましたよ」

「それはよかった」

「ちょうどあなたたちが一番必要なときに、あなたたちを去らせるつもりなど僕にはありませんよ」

彼はクレインと並んで中庭（パティオ）まで歩いた。「妹を捕まえているのは誰だと思いますか?」

「ザ・アイです」クレインは答えた。

「いえ、そうじゃなくて……」

「わからないんです。自分がそれをほんとに知りたいのか」

「どういう意味です?」エセックスが訊いた。

「犯人を捜し出すことには同時に危険も孕（はら）んでます――彼女にとっては」クレインは朝食のテーブルに着き、下僕に言った。「コーヒーとトーストとオレンジジュースを頼む」

エセックスが彼のかたわらに立った。「僕には理解できませんが」

「トマトジュースも頼むよ」クレインは去って行く下僕に言うと、エセックスを直視した。「ザ・アイ本人が彼女を拘束しているわけではないのは間違いありません。だからもし彼が捕まれば、彼の手下が彼女を解放するかもしれないが、あるいは……」

そういうとクレインは指を喉に走らせた。

エセックスは椅子に沈み込むと、てのひらに額をうずめた。「そんなのむごすぎる」

男が二人、スイミングプールのセメントのふちを重い足取りで歩きながら、テーブルに近づいて来た。二人とも太っていて、筋骨たくましく、赤い顔をしていた。彼らはフェルトの中折れ帽をかぶり、黒っぽいスーツを着ていたが、まるでそれを着たまま寝ていたかのようだった。彼らは警察官だとクレインにはわかった。そのうちの一人は折れた鼻の整骨がお粗末な出来だった。

「あなたがクレインさんですかね?」曲がった鼻の男が尋ねた。彼は連れの男より年長だった。

クレインがうなずいた。

「わたしはマイアミ署から来た警部のエンライトです。で、こっちは郡保安官事務所のスローカム」

「こちらはオマリー……」クレインが言いかけた。

「オマリーさんなら存じ上げてますよ」スローカムがクレインの言葉を遮った。真っ黒な無精ひげが、ブルドッグのような顎をおおっている。「僕らから見れば、おたくらはとんでもない二人組のアマチュア探偵なんでね」

「まあまあ、スローカム」エンライト警部が低い声でなだめるように言った。「昨日何があったか——」

「あんたらの目の前でまんまと賊に娘を誘拐させた……これは全警察関係者の汚点ですぞ」

「彼らは全力を尽くしたんです、スローカムさん」エセックスが言った。「あのとき僕が気絶さえしなかったら、楽に男たちを捕まえていたでしょう。全部僕の責任です」

下僕がコーヒーを注いでいた。「角砂糖二つで、クリームは入れないでくれ」とクレインは言った。

エンライト警部が言った。「あなたを責めてるわけではないんですよ、エセックスさん」

スローカムがクレインの顔がよく見える位置に移動した。彼の黒い瞳は鋭かった。「ここにいるいんちき探偵どもが……」

「コーヒーはいかがですか?」とクレインが彼の言葉を遮った。

「なあ、いいか」とスローカムが嚙みついた。

「聞け、ゴリラ野郎」クレインが息まいた。「ここデイド郡の納税者たちはあんたらに税金を払ってるんだ、俺たちにじゃなく。自分らを守ってくれるようにな。なのになんでてめえ自身に腹を立てねえんだ？」

必要とあらばすぐにスローカムに殴りかかれるようにオマリーが身がまえたが、エンライト警部が威厳をにじませた声でたしなめた。「馬鹿なまねはよさないか、スローカム」

スローカムがとりあえず怒りの矛を納めると、オマリーが言った。「あんた方と話すとは言ったが、もし俺らを怒鳴りつけるつもりなら——」

クレインがトーストをつまんだ手を口の前で止めて言った。「こいつらには話さん」

「どうも、すみませんでしたね、ミスター・クレイン」とエンライト警部がわびた。彼はこう考えたのだ。警官が礼儀正しくしたところで一円もかかるわけじゃない。それにだいたい相手は誰に向かって口をきいてるのかわかっていないのだ。少佐には変わった友人が多いからなと。「われわれは今回のことでもちろん動転してるんですよ」

「わかりました」とクレインは言った。「おたくには話しましょう。でも」そう言って彼はトーストの食べさしでスローカムを指し示した。「このオランウータンは駄目だ」

オマリーがふたたび身がまえたが、スローカムは侮辱を甘んじて受け入れた。警部が彼の後ろ盾とならなかったことが、彼を不安にさせた。おそらくこのつるりとした顔の男はただ者ではない。自分は、挙げるべきではなかったのに挙げてしまった密輸品のバカルディの積荷に腹を立てている郡保安官のようなものだ。ここはひとつ用心したほうがいい。彼はクレインを見て顔をしかめたが、何も口には出さなかった。

クレインはトーストを食べながら言った。「おたくは何が知りたいんですか？」

警部はどうやらすべてを知りたがっているようだった。事件の前に〈ブルー・キャッスル〉で起きたことと、誘拐の一部始終を正確に。彼はすでにすべてを知っているようには見えたが、クレインは辛抱強く記憶をたどって話をした。もっとも、耳たぶのない男のことは一切しゃべらなかった。彼がちょうど車の追跡の話をしていると、ミス・デイがやって来てテーブルの前に掛けた。彼女は下僕を見やった。

「コーヒーをお願い」と彼女は言った。「たっぷりとね」

黄色い陽光が彼女の髪を赤茶色に染め、緋色のパジャマ越しに彼女の体の輪郭をおぼろげながらも浮かび上がらせていた。彼女の顔は日に焼けており、唇の色は深紅で、目は青いマスカラで隈どられている。目の詰んだ織りの緋色のシルクのパジャマの上着には、つんとした胸がきゅうくつそうに押し込められていた。

「みなさん、どうぞお話をお続けになって」と彼女は言った。彼らの熱い視線を浴びても完璧に落ち着きはらった様子で。「わたしのことはお気になさらず。頭痛がするのでここに坐ってるだけですから」

「それで」とクレインは言った。「ミスター・エセックスが気を失ったので、危うく車は転覆するところでした。体勢を立て直したときにはセダンはもう視界から消えていたんです」

「たとえあの車に追いついていたとしても、僕たちに何ができたかはわからない」オマリーが言い添えた。「たぶんあっちはトミーガンの一挺や二挺は持ってたろうし」

「批判してるととられたくはないんですがね」とエンライト警部が言った。「警察を呼ぶべきだったと思いますが。われわれなら連中の車が町を走り抜けてる際に道を封鎖することもできたでしょうから」

「どの道を走っているかも僕らにはわからなかったんだ」クレインがミス・デイの気むずかしげな表情を見てにやりとした。「それに、ブーシェさんが警察に電話するとわかってましたし」

スローカムが言った。「僕が思うに、このアイっていうやつは偏執狂だな」彼はミス・デイに向かって話しているように見えた。

下僕がミス・デイにコーヒーを注いでいた。クレインは彼女のほうに身を乗り出して言った。「不安なのかい？」

ミス・デイが答えた。「ええ、とても！」

「まあ偏執狂にせよ、そうじゃないにせよ」とエンライト警部が言った。「ザ・アイの一味がエセックス嬢を捕まえていることは認めないと」

「僕も」とクレインはミス・デイに囁いた。「いいこと教えようか？」

オマリーが警部に尋ねた。「トルトーニの野郎はどうなんです？」

ミス・デイが小指を曲げてスプーンを持ち上げた。「ええ、何？」

「あの男とは話した」とスローカムが答えた。「あいつは問題ない。自分の縄張りであああいうことをやらかしたりはしない」

クレインが言った。「コーヒーにブランデーを入れるととびきりうまいらしい」

ミス・デイが微笑んだ。「何でもよく知っているのね、あなたって」彼女は下僕に指を曲げてみせた。「ここで一番上等のブランデーを瓶ごと持って来て」

「俺もそう考えた」オマリーが言った。「でも、そうとも言い切れんでしょう」

「まあ、トルトーニからは目を離さないつもりですがね」とエンライト警部が応じた。

「例の伯爵は？」ミス・デイが尋ねた。「彼はどうなんですの？」

「なかなか鋭いところを突いてると思いますよ、お嬢さん」警部が優しく答えた。「ええ、ほんとに」

「われわれはあの男を探してるんだ」とスローカムが言った。

下僕がブランデーのボトルを持って来た。クレインはそれを受け取ると、ミス・デイのコーヒーにたっぷりと注いだ。それから自分の空になったコーヒーカップにブランデーを少し入れ、その上からコーヒーを注いだ。そして角砂糖を一つ落とし込み、スプーンでかき混ぜると、一気に飲んだ。うまかった。彼はミス・デイに向かってにやりとしてみせ、彼女も微笑み返した。

ほかのみんなは手紙の話をしていた。クレインが受け取った二通の手紙も含めてすべての手紙が、朝食のテーブルの彼らの前に置いてあった。エンライト警部は、ザ・アイはそもそもミス・エセックスの誘拐を計画していたのだと主張した。手紙でエセックスを脅していたのも彼を油断させるためだったと。オマリーは、ザ・アイがなぜ前もって誘拐をにおわせなかったか、なぜ誰にも警告せずに娘を誘拐したかを知りたがった。

「僕の考えでは」とスローカムが言った。「このアイっていうのは偏執狂ですよ」

エンライト警部はそれに異を唱えた。彼はテーブルに身を乗り出すと、秘密めかしてこう言った。ザ・アイはまさにこの屋敷の中にいて、決して誰も怪しまないような人物だと思うと。

「そんなお話を聞くと背筋が凍りつきそうだわ」とミス・デイが身震いするふりをした。

クレインはブランデーを彼女のコーヒーに注いでやり、自分のカップにも入れたが、今度はコーヒーは足さなかった。

スローカムが、これぞ偏執狂の特徴なのだと言い張った。偏執狂というのはたいがいいつでも誰も疑わないような人物なのだと。彼は偏執狂を相手にしてきた経験が豊富で、自分にはわかると思い込んでいた。たとえばマイアミのビルトモアホテルで捕まえた男を例にとるとしようと彼は言った。男は宗教上の偏執狂だった。何者かが吸い取り紙に文字を書いて、ドアの下に貼りつけているとホテルの客たちから苦情が出た。スローカムが捜査を進めていると、ある日、背中に紙片を貼りつけた人々がバーから出て来るのに気がついた。彼はバーに入って行き、ドアのところにいた一見銀行家のような老紳士を捕まえた。案の定、その老紳士が犯人だった。彼のポケットには、〝イエスは救い給う〟と書いてあるステッカーがぎゅうぎゅうに詰め込んであったのだ。

クレインは興味を引かれた。「何を救うんだ？」

「はぁ？」

「イエスが何を救うんだ？」

「なに」とスローカムが言った。「書いてあったのはそれだけだ。イエスは救い給う、ってな」

「その男に何を救うか訊かなかったのか？」

「え、訊かんよ」

「そうか」とクレインは不満げな顔をした。

エンライト警部がせっかちに体を動かして言った。「この話し合いが今どこかに向かっているとは思えん。われわれの仕事は、ここにある手紙を送りつけている男を捕まえることだ。気違いじみていてもそうでなくても。われわれはこの屋敷の人々を守らねばならないんだ」彼のぎょろりとした目がクレインをじっと見つめた。「彼らはもう十分に怖い思いをしてるんです」

「そうですわ」ミス・デイが同意した。「今朝、枕の上にあったあの手紙を見たときなんて、わたし――」

クレインはカップを持つ手を口へ持って行く途中で止め、目をぱちくりさせて彼女を見た。

エセックスが慌てて説明をした。「今朝、彼女は僕の部屋を覗いたんですよ。一緒に泳ぎに行くかどうか確認しに」

ミス・デイがくすくす笑った。「ちょっと何だかわけありげに聞こえ――」

クレインが遮った。「きみ、もう一杯呑んだほうがいいよ」

「今われわれが決めなければならないのは身代金のことです」エンライト警部が言った。「われわれがしなければならないのは……」

イーストコーム少佐がオマリーのそばにあった椅子を引いて言った。「わたしも会議に加わってかまわないかね？」二枚の絆創膏が、彼の鼻柱の上で十字形に交差していたものの、それ以外には彼の顔にも頭にも何のけがの痕跡もなかった。

「ご一緒できて嬉しいです、少佐」エンライト警部が心からそう言った。「郡保安官事務所のスローカムにはお会いになったことないですよね。今ちょうど身代金のことを話してたんです」

「お会いできて嬉しいです、少佐」スローカムはそう言って絆創膏をじろじろ見た。「男たちに殴られたあとですか？」

「そうだ」

「なんという偶然だろう」クレインが言った。

「どういう意味かね？」少佐が訊いた。

「同じ夜に二度も同じ鼻の同じ場所を殴られるとは」

少佐はテーブルの両のてのひらをついた。「きみは何か言いたいことでも……？」

「僕はただ偶然ですねと言っただけです」

「その言い方が気にくわん」

ミス・デイがなだめるように言った。「ねえ、お願い、少佐。まだ怒るには早すぎる時間よ」

イーストコーム少佐がエンライト警部に言った。「わたしはあのときのことをありのままにきみに話したんだ。わたしは入口のドアから出てブガッティまで歩いていた。男が近づいて来てこう言った。『火、ありますか？』とね。わたしがポケットの中に手を伸ばすと、いきなりその男はわたしの両目の間を殴った。気がつくとわたしは、私道のそばにある木の茂みの中に倒れていたんだ」

「恥知らずなやつめ」とクレインがつぶやいた。

ミス・デイが言った。「シーッ」

エンライト警部がやんわりと意見するようにクレインを見やって言った。「わたしたちにはあなたの話を疑うつもりなど毛頭ありませんよ、少佐」

少佐の表情がゆるんだ。

「あなたが来られたとき」とエンライト警部が言葉を継いだ。「わたしたちはちょうど身代金の話をしていました。わたしは、エセックス氏がそれを支払うのはきわめて馬鹿げたことだと言おうとしてたんです」

「そのとおりです」まるで中風でも患っているように、スローカムの頭が上下に素早く動いた。彼の首はうす汚れていた。「もしこのアイってやつが偏執狂なら、金があろうがなかろうが、エセックス嬢には自分がするつもりのことをするでしょうよ」

エセックスが叫んだ。「そんな、まさか！」ミス・デイが彼の腕を軽くたたいた。

「まあまあ、エセックスさん、そう深刻に取らないでください」エンライト警部が言った。「われわれがこの件に全力で対処しています……信頼してもらっていいです。おそらくうちの誰かが今この瞬間にも犯人を追跡していますよ」

スローカムがつけ足した。「いやもう彼女を奪還したかもしれません」

「無傷でね」とエンライト警部が不意に楽観的な調子に転じて言った。

「一晩の睡眠が失われた以外には」とスローカムが続けた。

クレインが言った。「あんたたちが彼女を奪還したなら、もう身代金のことを話し合う必要もないですな」

エセックスが言った。「どう思います、少佐？」彼の目は血走っていた。「支払いについての指示が来たら、どうするんですか？」

少佐は喉に痰でもつかえているようだった。「わたしが、世界中のほかの誰にも負けないくらい彼女を愛しているのはきみだってわかってるだろう……そう、ほかの誰にも負けないくらい」そう言って彼は拳を握りしめた。「だが、われわれが金を払って、彼女が解放される保証がどこにあるというんだね？」

エセックスはやかましい耳障りな声でがなり立てた。「ともかく、僕たちはただここに坐っていることなんてできない……」

「いえ、ただここに坐っているわけではありませんよ」エンライト警部が言った。「世界中があなたの妹さんの行方を探しています。この国の新聞という新聞が彼女の写真を載せるでしょうし。警察がありとあらゆる場所で彼女のことを気にかけているんです、エセックスさん。そして遠からず彼女を見つけるでしょう」

オマリーがブランデーのボトルを取り、タンブラーの上から半分くらいのところまでなみなみと注いで言った。「これまでに誘拐の被害者が見つかったことなんて一度もないがな」

クレインは自分のブランデーのことをすっかり忘れていた。「エセックスさん」と彼は言った。「それで身代金として五万ドルを用意できるんですか?」

エセックスが懇願するように少佐に向き直った。

「今朝、長距離電話でヘースティングズ氏と話した」そう言うとイーストコーム少佐は、頭をエンライト警部の方に突き出した。「彼はユニオン・トラスト社の社長でしてね。その彼が、金をただちにマイアミのファーストナショナル銀行に入れると言いました。ですから、今はもうそこに入ってるかと」

テーブルに置かれたエセックスの指はあまりにも力が入っているせいで、皮膚が白くなっていた。

「でも身代金の支払いを拒むつもりなんじゃあ……?」彼の目には恐怖が浮かんでいた。

「わたしは支払いを遅らせるべきだとは思う――少なくともしばらくの間」

エンライト警部が賛同してうなずいた。「おっしゃるとおりです。あなた方が五万ドルをたぶん使わなくてすむように、われわれにチャンスをください。エセックスさん」

「大丈夫ですよ。まかせてください」スローカムが請け合った。

クレインはコーヒーカップを押しのけた。彼は猛烈に頭に来ていた。「僕の意見が聞きたいですか?」

誰もそうじゃないようだった。見たところ。少なくとも誰も返事をしなかった。

「お聞かせしましょう、なんにせよ。まず第一に、司法省に助けを求めるべきです」

イーストコーム少佐がそっけなく言った。「もうしたよ」

「けっこう。たまには思慮深いところもありますね。では第二に、銀行にその五万ドルを用意させておくことです」クレインは直接エセックスに向かって話していた。「それから新聞に広告を載せるんです。文面はこうです。〝金は用意した。連絡係を選んでほしい〟と。そしてその広告には自分の名前を署名するんです」

少佐が仰天した。「だがそれでは、卑劣な輩の手に自ら飛び込むようなものじゃないか!」

「あなたたちは今まさに彼の手の中にいるんですよ」クレインは熱を込めて言った。「ここの警官たちがカメリア・エセックスの何を気にかけてるというんですか? 彼女が今しも味わっている苦しみの何を気にかけてると? 彼女はどんなに怖い思いをしていることか? 警察はただ誘拐犯を捕まえるチャンスが欲しいだけです。犯人を捕まえた場合に彼らに集まる世間の注目を考えてごらんなさい」

「お前、身代金からいくら分け前をもらうことになってんだ?」スローカムが言った。

クレインは彼を無視した。「そして指示が来たら、あっちの言うとおりに金を払うんです」

スローカムが嘲笑った。「で、男たちが彼女を解放しなかったらどうなるんだ?」

「あなたたちの暮らし向きが前より悪くなりもしないでしょう」

「五万ドルをドブに捨てて懐が痛まないとでも思うのか？」

「エセックス家の財産を考えたら、五万ドルが何ほどのものですか？」クレインはカップをさらに遠くへ押しやった。「ひょっとして一年分の収入の十分の一くらいでしょう」

「金は腐るほどあるわけですな」エンライト警部が言った。

もうすでに太陽は高く、彼らの背中をじりじりと焼いた。ヤシの葉が風でカサカサと音を立てている。プールには新鮮な水がごぼごぼと流れ込んでいた。

「そもそも彼女のお金なんですよね？」クレインが問い詰めるように言った。

イーストコーム少佐が咳払いをした。「その必要もないのに五万ドルも進んで支払うべきではないんだ」彼は断固とした調子で言った。「金を払えば彼女が必ず戻って来るとどうしてわかるんだね？」

「困りましたね！」クレインは両のてのひらを上向きにして、あきれた顔をして立ち上がった。「彼らとの契約書にサインできるとでも思うんですか？」

「そんなのはした金よ。彼が正しいとわたしも思うわ」ミス・デイが言った。「もし捕まえられたら、わたしなら解放されたいもの。わたしならあなたたちにお金を出し惜しんで欲しくないもの」彼女が身を乗り出すと、テーブルの上に乳房が載った。

エセックスは当惑しているようだった。「僕は正しいことをしたい……」

「ではお金を支払いましょう」とクレインは言った。

第七章

　メキシコ湾へと続く道は起伏に富んでおり、キーウェスト橋へ向かって物資を運ぶトラックで混み合っていた。コンバーティブルの右側にはフロリダイーストコースト鉄道の廃線の跡があった。ところどころに、ひと続きの覆われたレールがあり、赤みがかった茶色にさびついていたが、ほとんどはむきだしのまま積み重ねられているだけだった。残骸やら石のかけらやら根こそぎになった木々やら、板やら壊れた家具やらぼろきれやらが、平板な風景の中に散らばっていた。

「ここは歴戦の古参兵が全員殺された場所か？」オマリーが訊いた。

「昔、何事かあったみたいだな」とクレインも言った。

　海には小島が点在していて、海水は不透明な緑色をしていた。

「ウィリアムズは、トルトーニと耳たぶのない男のことを調べている」クレインは言った。「俺たちはディ・グレガリオに会おう」

「それにしてもあの男は何だってああいういんちきくさい名前を選んだんだろうな」

　彼らは荒れ果てた化粧しっくいの家を何軒か通り過ぎ、たわんだヤシの木が群生しているところでぐるりとコンバーティブルの向きを変え、道のはずれへ出た。右手にある運河に二隻の漁船が泊まっていた。人が何人か、一台の黒のセダンに目を凝らしていた。

彼らが近づいて行くと、長靴にカーキ色のズボンを穿き、茶色いフランネルのシャツを着た男が彼らの方を振り向いた。「タバコありますか?」彼の右の腰のホルスターには拳銃が収まっていた。

オマリーが一本分けてやった。

男はタバコに火を点けると、マッチの火を吹き消した。「あの車を見に来たんですかい?」

「ちょうどこっちへ向かってましたんでね」とクレインが答えた。

「ちょっと見といたほうがいいでさ」

オマリーが訊いた。「あれがエセックス嬢をさらって行った車かい?」

「そのとおりです」男は野次馬を何人か脇へ押しやり、セダンの後ろ側のドアを開けた。「血痕を見てくださいよ」

座席には茶色がかったしみがついていた。

「乗っていた人間の一人が銃で撃たれたんでしょう」そう言うと男は繰り返した。「見てください」

後部座席の窓の、彼が指で示した場所に穴が開いていた。

「きっと頭を撃たれたにちがいない」男は言った。

「その男を仕留めたんだといいが」日に焼けた肌に破けた白いシャツを着て、青いデニムのズボンを穿いた、裸足の男が言った。

裸足の男はサリー号という漁船の船長だった。銃を持っている男のほうは保安官代理だった。二人とも、誘拐犯の船を発見するチャンスはほぼないということで意見が一致していた。船長は、ポートエヴァグレーズとキーウェストの間にある百もの小島のひとつに隠れるのはわけもないことだと言った。

「こんもりした木の茂みの下に船があったら、誰も見つけれんわい」と彼は説明した。

クレインたちはコンバーティブルに戻り、エセックス邸への帰路についた。

「まともな予想だと思うな」オマリーが言った。

「確かに連中が小島に隠れることはできる」

「いや、俺が言いたいのは、ガンマンのひとりが傷を負ってるということだ」

「何でその男が傷を負ったらいけない？」クレインはオマリーをじっと見た。「まるで気の毒がってるように聞こえるぞ」

「いや、タイヤを撃とうとしてるときに、頭を撃ちたくはないだろ。そうとう野蛮なことだろ」

「けっ、何が野蛮だ！」クレインが叫んだ。

彼にはオマリーが嘘をついてることがわかっていた。こういうときが、オマリーという人間の本質がわかる瞬間だった。平生オマリーは自分の本質を隠し通していた。ドク・ウィリアムズもしかり、エディー・バーンズもしかり。彼らはみなよく似ていた。彼らのことは逆の見方をして初めて理解できた。つまり、彼らは折に触れて、自分がどれだけ怖かったかを自慢したが、そのことで、逆に彼らがどれほど勇敢なのかがわかる。たとえばドク・ウィリアムズが、禁酒法廃止前のニューヨークのもぐり酒場で、ブラックフット族（北米インディアン）のジョー・スタルツを捕まえたときの話。ジョーは彼に拳銃を向けていた。ドクはその話をしているときに言った。「俺が両手を上げようとすると、なんせべらぼうに怖かったもんで、ビールの入ったグラスが手からすべり落ち、ジョーの顔面に当たったんだ。それで、やつが目をぬぐっている隙に、こっちはボトルで殴った」

彼のその癖を知っていれば、ドクがジョー・スタルツを捕らえるために命を懸け、それを誇りに思っていることがわかる。オマリーとて同様で、みごとな狙い撃ちをし、それを内心では誇らしく思っていても、口では、本心とは裏腹に、セダンのタイヤを狙っていたなどと言うのだ。

「ここはおかしな土地だな」オマリーが言った。

いっときエヴァグレーズのはずれに住んでいたクレインから見ても、普通でない景色のように映った。道路の両側に運河があり、汽水が満ちていて、茶色い草がぼうぼうと生い茂っていた。運河の向こう側は、ところどころに広範囲に草の生えた一帯があったものの、大部分は人の頭ほどの高さの木々が密集している雑木林だった。すぐ手前の方では、その色は茶色か鈍い緑色だったが、遠くに行くと灰色になっていた。一度、左手の運河でターポン（フロリダ半島・西インド諸島周辺産の、2mに及ぶ釣り用の大魚）がのたうつのが見えた。

「あそこらへんにはきっと蛇がうじゃうじゃいるに違いない」オマリーが言った。

「見つけないことを願うよ」とクレインが言った。

エセックス邸に着いたのは十二時五分前だった。明るい緑の葉をつけた、小ざっぱりしたヤシの木々や、新鮮な草や、花々が、あの暗褐色の風景のあとでとてもここちよかった。右手の遠くの方には、鮮やかな色のハイビスカスに囲まれて、全天候用（アンツーカー）のテニスコートがある。そばにあの二羽のフラミンゴがいた。テニスコートとフラミンゴとハイビスカスはほぼ同じ色調のピンクだった。

「何か動きがあったか確認しよう」クレインは言った。「そのあとマイアミへぶっ飛ばそう」彼はコンバーティブルのドアをばたんと閉めた。「ちょっと用足しに行ってくると言っておいたほうがいいな」

警察官二人と、郡の検事局から手伝いに来たミスター・ペータースが、使用人たちから話を聞いていた。使用人は全部で十一人いるうえに、長身で鼻が細く喉仏の大きいペータース氏はきわめて入念だったので、一日仕事になりそうだった。彼は舌足らずに話し、聞いたとおりのことをすべて書き留めた。

エンライト警部がクレインに今までどこにいたのか訊いてきた。例のセダンからは何も手がかりを得られなかったとクレインは報告した。セダンは盗難車で三日前に届けが出ており、持ち主は医者だと、警部が言った。

ペータース氏が苦労しながら、セレストという名前のフランス人の可愛いメイドに質問していた。オマリーはさだめしその場に留まっていたかったろうが、クレインはこう言った。「彼女にはあとで質問できるじゃないか、個人的に」

彼らは中庭(パティオ)に出た。

「もっと気の利いた質問だってできるじゃないか、個人的に。なんにせよ」クレインは重ねて言った。

「きみは俺という人間をまるきり誤解してる」

「彼らがレディーに質問していたことさえ目に入らなかったんだろうね?」

「あれ、レディーだったか?」

中庭を横切って、彼らに向かってイマゴ・パラグアイが近づいて来た。彼女は紺青色(ダークブルー)のシルクのドレスを身にまとっていた。ウエストの高いデザインで、さらに明るい青の花柄のプリント模様がついている。彼女は余分な肉のついていない腰をわずかにひねるだけで、何の苦もなく、すべるように歩いて来た。クリーム色のなめらかな肌の色に、唇の色の深紅が映えていた。

「気持ちのいい朝ね?」と彼女が言った。

その顔は本当に美しかった。施されているメークアップのせいで、アジア的な趣きが取れて、中国人というよりはラテン系の雰囲気になっていた。アーモンド形の瞳といい、かすかに弧を描いている眉といい、高い頬骨の下のわずかなくぼみといい、エキゾチックで貴族的だった。その顔はクレインに、かつてベルリン博物館で見たことのあるエジプトの王女の彩色されたデスマスクを思い出させた。

ここは自分が泊まっている屋敷だと思いながらも彼の心はいつしか博物館に行っていた。

「すばらしいね」オマリーが相槌を打った。「で、今お目覚めかい」

「あら、わたしだいぶ前から起きてるわよ」彼女の声は平板で、抑揚がなかった。「ずっとあなたたちを待っていたの」

オマリーが言った。「それを知ってたら俺たち大急ぎで戻って来たのに」

彼女の漆黒の瞳がクレインをしげしげと見た。「かけて。お話ししたいことがあるの」

クレインは嘘をついていて申し訳なかったと謝った。

彼らは朝食のテーブルについた。

「あなたたちが探偵と聞いて、わたしとても驚いてるの」

「気にしてないわ」と彼女は言った。

クレインは彼女に見つめられると体の奥がぞくぞくした。彼女には一風変わった魅力があった。ミス・デイのように肉感的ではなかったが、彼女のスレンダーな体つきや、無表情なところや、そつのない物言いは、魅力的だが恐ろしい、よこしまな喜びを与えてくれることを約束していた。それでも彼女自身はそれを取るに足らないものだと考えていた。

「たぶんあなたたちのお手伝いができると思うの。ミス・エセックスを見つけたいんでしょう?」

「もちろん」クレインが答えた。

「ポール・ディ・グレガリオが彼女を捕らえてるかもしれないとお考え?」

「そうかもしれん」

「彼の居場所はご存知?」

「ああ」

「よかった。あなたたちがよければ、わたしも一緒に彼に会いに行くわ。わたしは彼に影響力があるの」

「それはいい。もっとも、オマリーと僕のほうが、彼からもっと情報を引き出せると思うけど。俺たちだけでも単刀直入に訊くことはできる」

「あなたはポールのことがわかってない。彼には怖いものなんてないの……わたし以外に」

クレインは、〈ブルー・キャッスル〉のエセックスのテーブルでダンサーに会ったときの伯爵の表情を思い出した。確かにあの男は怯えきっていた。

「きみなら俺たちの手助けになるかもな」クレインは言った。

「ええ、わたしなら手伝えるわ、あなた(セニョール)。で、いつ……?」

「イマゴ、あなた!」

女優のシビル・ラングリーが、中庭の向こう側から彼らの方に近づいて来ていた。彼女の細長い顔は断固としており、まるで歩くという作業に集中しているかのようだった。そのすみれ色の瞳には生気がなかった。彼女はデッキチェアのまわりを大きな円を描くように歩きながらも、かろうじてヤシの木を避けながら慎重に進んでいた。

「うわ！」とオマリーが小声で言った。

　黒一色のミス・ラングリーの服は、まるでワイヤーハンガーにでもかかっているように、彼女の体から垂れ下がり、重力が働いている以外には何の形もとっていなかった。粉おしろいを大量にはたきこんであるその顔は真っ白だった。彼女は彼らのテーブルでだしぬけに足を止めた。思わず彼らは立ち上がった。

「素敵な殿方たちとお話ししてるのね？」彼女が言った。

「ええ」とイマゴが答えた。

「ひどいことが起きたわね」ミス・ラングリーのやわらかな声はいささかしわがれていた。「なんてひどい」そう言うと彼女はいきなり腰を下ろそうとし、危うくクレインが薦めた椅子に坐りそこねるところだった。

「わたし、クレインさんとオマリーさんにマイアミに一緒に行って欲しいって頼まれたの」イマゴが言った。

「わたしを置いて行くの？」ミス・ラングリーがイマゴの腕に手を置いた。「わたし、この家でひとりぼっちなの？」彼女の顔は不安げだった。

　イマゴはその手を払いのけた。「そうよ。どうしても必要なことなの」

「家の中は警官だらけですよ、ミス・ラングリー」クレインが言った。「あなたはひとりぼっちじゃありません」

「男なんて！」ミス・ラングリーの目は閉じられていた。彼女は疲れ切っていた。そして低い声で言った。「あなたはきっとわたしのところに戻って来るわ、イマゴ」

イマゴはテーブルから立ち上がった。「ええ、戻って来るわ」その顔は冷やかだった。「行きましょうか、クレインさん?」

彼らは立ち上がり、「行きましょう」とクレインが言った。

「どうしても行かなくちゃいけないの、イマゴ?」ミス・ラングリーがとりすがった。

ダンサーは彼女を無視して歩き出し、クレインたちはあとに続いた。ミス・ラングリーはすみれ色の大きな瞳で彼らの後ろ姿をじっと見つめていた。

「彼女にずいぶんと気に入られてるんだね?」ダンサーのあとを追いながらクレインが言った。彼はいくぶん腹を立てていた。

「そう思うの?」

彼らがコンバーティブルに乗り込もうとしているとミス・デイが現れた。彼らは今からマイアミに行くつもりだと告げた。ミス・デイは体にぴったりした黒のシルクのドレス姿だった。

「わたしも連れてって」と彼女が言った。

「エセックスはどこにいるんだい?」とクレインは尋ねた。

「飛行機を手配しに、少佐とトニー・ランピエールと一緒にマイアミに行ってるわ」

「カメリアを探すために?」

「ええ。あの人たちは、彼女が船に拘束されてると思ってるの。トニーの考えでは、空からならその船を突き止めれるだろうって」

「でも、どうやって見つけるつもりなんだ?」オマリーが訊いた。

「知らないわ」

「俺たちと一緒に来るかい？」オマリーが言った。

「行くわ。パラグアイさんがお嫌でなければ」

「わたしは別にいいわよ」

「じゃあ一緒に行こう」とクレインが言った。

マイアミへのドライブは快適だった。頭上では太陽がじりじりと照りつけていたものの、コンバーティブルを吹き抜ける空気は涼しかった。しばらく道路沿いにライムの木々が立ち並んでいたが、やがて市場向けの野菜園（トラックガーデン）が目に入って来た。黒っぽい緑のつるに真っ赤なトマトがたくさん実をつけていた。

前の座席ではオマリーがミス・デイに、前夜のカーチェイスの模様を大げさに脚色して話していた。彼は、エセックスがハンドルに倒れかかっていた場所を指し示した。「俺がちょうど車のステップからセダンに飛びうつろうとしていたときのことだ。エセックスがフロアに膝をついたんだ。あれはまさに間一髪だったな」

「あなたのお友だちはとっても勇ましいのね」イマゴ・パラグアイが穏やかに言った。彼女はいくぶん口をゆがめていた。

「そうじゃないとは思わないでくれ」とクレインは言った。「あれはちょっと調子に乗ってるけど」

「ええ、わかってるわ。わたしはこれまで勇敢な男性を大勢見て来たの。死んでいくのも大勢見て来た」

「どこで？　中国で？」

「わたしが中国人だと思ってるの、あなた（セニョール）？」

「まあ……」

「もしかして千年前には中国人の先祖だっていたかもしれないわ。でもそれより後にはいないことは確か」

「きみは自分の家系を千年さかのぼって知ってるのか？」

「もちろんよ。ちゃんと記録を残してるのは何もイギリス人ばかりじゃなくてよ」

「ああ、それはわかってる。スペイン人などは自分の血に強い誇りを持ってるからねえ」

彼女の瞳はいつだって彼をどことなく不安なぞくぞくする気分にさせた。「わたしは、スペイン人よりももっと古い血統を持つ二人の人間のあいだに生まれたの」と彼女は言った。プライドのために、彼女の抑揚のない声が熱を帯びていた。

「もっと古い？」

「わたしの父はグラナダ（中世のスペイン南部にあったムーア人のイスラム王国）の出だったの。母方の一族がずっと以前に――千年前に――住んでたのはグアテマラ、ピエドラス・ネグラス（グアテマラペテン地方西部のウスマシンタ川北岸に位置する古典期マヤ遺跡のひとつ）の町だった。今はもう廃墟になってるけど」

「インディアンだったのか？」

「そう思いたければお好きに」彼女の非の打ちどころのない顔は穏やかだった。「わたしの先祖は、収穫の神ヤム・カアシュの神官だった。野蛮人たちがマヤ帝国を征服したときに、彼は家族を連れて逃げたの。神聖なトウモロコシと、寺院の装飾品をどっさり持って」

「それは、コルテスに率いられたスペイン人が来たときのことか？」

「コロンブスが来る六百年前のことよ」

まるでガラス細工のようなヤシの葉の間からすべり込む太陽の光が、白い歩道をうっすらと緑に染めていた。空地へと続く通りには、趣向を凝らした標識が立っていた。マイアミに近づいていた。

「退屈させてしまったわね」イマゴが言った。

「そんなことない。そのあとの話も聞かせてくれないか」

彼女は微笑み、例の抑揚のない声で言った。「その先祖の孫が、家族をパラグアイに連れて来たの。そこでそのトウモロコシが植えられて、今日まで栽培されてるわけ」

「で、装飾品は？」

「わたしの母の父が持ってるわ。シルクよりずっと洗練された生地でできた寺院の衣はもちろん失われたけど。それと頭飾りについていたケツァール（中央アメリカ産の尾の長い美しい鳥で、マヤ人が崇拝した）の羽も。でも金銀と翡翠は山ほどあるわ」

「博物館ならたんまり金を払うだろうに」

「とんでもないわ！　祖父は決して売ろうとしなかったのよ」

彼女はマイアミ川に目をやっていた。その顔は冷静で、落ち着いていて、どこかぼんやりしていた。なめらかな顔の先端にある顎の曲線や、完璧な弧を描いている眉、それに形のいい真っ赤な唇に、頬の柔らかなくぼみや、異国風の黒髪など、まったく生活のにおいを感じさせず、彼女を異国から来た貴族のような外見にしていた。クレインは彼女に奇妙な魅力を感じていたものの、彼女が話していることは果たして真実なのだろうかと訝った。

ミス・デイが彼らを見回した。彼女のヘンナ染料で染めたブロンドの髪は、風でくしゃくしゃになっていた。「わたしたち、どこへ向かってるの？」彼女は訊いた。

「〈ルーニープラザ〉だ」とクレインが答えた。

「素敵」とミス・デイが言った。「そこでランチにしましょうよ」

第八章

彼らはミス・デイをバーに残した。彼女は赤い革のクッションの上で、ひどくとりすました様子で、ストローでピンクのプランターズパンチをすすっていた。クレインは彼女に、自分たちがいなくても大丈夫かと訊いた。

「ちょっかいをかけて来る人には用心したほうがいいわね」と彼女が言った。

クレインは相手も間違いなく用心したほうがいいと思った。彼女の澄んだ青い瞳や、えくぼや、巻き毛が肩のところにほぼかかる長さに切ってある、卵黄色の髪の魅力にまいった人間は十中八九、気がつけば彼女にシャンパンと二ドルのランチを大食堂でおごってやる羽目になるのだから。

彼女はにっこり微笑んで彼に言った。「早く帰って来てね」

オマリーはエレベーターの前にいた。「八階だ」と彼は言った。「昔からある手だが電報を口実に使った」

エレベーターの中でイマゴ・パラグアイは二人の間に立った。「ミス・デイを連れて来るのが賢明なことだと思って?」と彼女は訊いた。彼女の体からはサンダルウッドの香りが漂っていた。

「彼女はとてもいい仲間だよ」クレインが答えた。

「八階です」とエレベーター係の男が告げた。

オマリーが先に立って歩いた。廊下の床に敷き詰めてある分厚い敷物のせいで、彼らの足音は不明瞭だった。彼らは海の方向に歩いており、突き当たりにある窓からは涼しい空気が入って来た。その窓から外を眺めていた茶色いスーツを着たがっしりした体格の男が、彼らのほうに向き直った。

イマゴ・パラグアイより二歩ばかり後ろで、クレインはその男に激しく頭を振った。彼はエディー・バーンズで、伯爵をずっと監視していた。

男は何気ない様子で煙草を口にくわえると、マッチに火を点け、それを両手で包むようにして顔に近づけた。彼の茶色い瞳が彼らの上をぼんやりとさまよい、ダンサーのところで一瞬ぐずつき、やがて窓のところに移って行った。彼の頰には三日月形の傷あとがあった。

オマリーは左に折れると、もうひとつ廊下を進み、右手の三つ目のドアの前で足を止めた。彼は人差し指の関節でノックをし、さらにもう一度大きな音を立ててノックした。

「誰だい?」

「電報です、旦那様」

「入りたまえ」

イマゴ・パラグアイは廊下に佇んでいた。オマリーがドアを開けて、クレインが部屋に入って行った。室内は太陽の光で明るく、二つある大きな窓はまるで青い海と空を額に入れたようだった。ベッドはまだ整えられていなかった。黄色いシルクに青のトリミングが施してあるパジャマが一着、椅子の上にあった。

彼のすぐそばにあるバスルームのドアのところに、ズボンを穿き、うね織りのシルクの下着を着たディ・グレガリオが現れた。顔の左側はクリーム状の石鹼の泡でおおわれている。手には安全かみそりを持っていた。彼の黒い目が驚いていた。

「誰だ？……」

クレインがしゃべりだす前に、ディ・グレガリオは彼だと気づいた。彼は握りこぶしでクレインの口を殴った。クレインは大の字の格好で、象牙色の壁のほうに飛ばされた。彼は、ディ・グレガリオがバス・ルームのドアから出て来たところで組打ちにしようとしたが、ラテン男はそれを振り切ってベッドへ走った。オマリーはすぐに彼のあとを追い、リボルバーを棍棒のようにして彼の後頭部を殴った。ディ・グレガリオは祈りをあげようとする司祭のように、両手でリンネルのシーツを引っ掻きながら、膝を折って、床に滑り落ちた。広げた両腕と頭と胸はまだベッドの上にあったが。オマリーは左手でシーツを探って、自動拳銃を見つけ、自分のポケットに押し込んだ。

「タフな野郎だ」と彼が言った。

クレインの口のはじのほうから血が滴り落ちていた。彼はハンカチを見つけてそれを拭った。歯がぐらぐらしていないか指で触って確かめてみた。していなかった。

ディ・グレガリオは体の向きを変えてベッドから滑り降り、床に坐った格好になって、彼らをにらみつけた。左眉ともみあげに髭剃り用の石鹼の泡が塗りつけられている。彼の瞳の奥には憎悪がくすぶっており、茶色い瞳孔をガーネットのように燃えたぎらせていた。

「何の用だ？」彼はだみ声で問い詰めるように言った。

「こんなふうに拳銃を置きっぱなしにしとくべきじゃねえだろう」オマリーが言った。「不注意だな」

ディ・グレガリオの視線はクレインに注がれていた。「きみたちは何で僕をつけてるんだ？」

「あんたと話がしたいんだ」

だしぬけにディ・グレガリオがクレインの向こう側を見た。彼の顔から次第に怒りが消え、やがて恐怖で色を失い、灰色になった。彼はあえいだ。「お前！」

クレインが振り返ると、入口のドアにもたれかかっているイマゴ・パラグアイが見えた。彼女は微笑んではいたものの、その漆黒の瞳は冷ややかだった。「ええ（シー）」と彼女は言った。「イマゴよ」

クレインは驚愕している伯爵をしげしげと見た。クレインはこの男のことを勇敢だと、それもきわめて勇敢だと思っていた。この男は少佐のことも、クレインのことも、オマリーのことも恐れてなどいなかった。それなのになぜダンサーのことはこれほどまでに恐れるのか？

「俺たちはあんたを傷つけるつもりはない」とクレインは言った。「少し訊きたいことがあるだけだ」

伯爵がベッドに片方の肘を引っかけて立ち上がった。彼の目には恐怖の色がありありと浮かんでいたが、彼はその恐れを克服しようとあがいていた。彼の皮膚は黄ばんでいた。

「すみませんが……」と彼が言いかけた。「家族に最後の手紙を書いてもいいですかね？」

クレインが言った。「どういう意味かわからんが」

イマゴ・パラグアイの笑い声はまるで老人のように乾いていた。「彼はわたしたちがキューバの秘密警察だと思ってるのよ……彼を殺しに来た」

クレインはあっけにとられて切れた唇をなめて言った。「何でそんなふうに思うんだ？」

彼女は今や両手を腰に当てていた。「かつてわたしは政府の諜報員（エージェント）だったの」彼女の光沢のある赤い指の爪がきらりと光った。

ディ・グレガリオの声が鋭く炸裂した。「嘘つけ！」彼の指はひらひら震えていた。「僕に嘘をつく必要なんかないんだ。ハバナではイマゴ・パラグアイが寝てるベッドのことを知らない者はいないんだからな」彼の顔は狂気じみていた。「どこにいる――下士官のキャビスタは？　それか、男子学生をあんなに大勢殺害したから彼は今や将軍か？」

　イマゴ・パラグアイがスペイン語で彼を制止した。

「いや、怖くなんかないぞ」彼の体は震えていたものの、声は落ち着いてきていた。彼は両手を太ももの外側に押しつけていた。「人間死ぬのは一度きりだ。どうやって僕を殺すつもりだい、イマゴ？　従弟のロベルトを殺したようにか？　お前がガーターの中につけている、あの鋭い小さい毒針でか？」そこで彼はオマリーに顔を向けた。「それとも、この男の拳銃でか？」

　彼女がスペイン語で何事か彼に言った。

「英語でしゃべれよ」とクレインが言った。

「わたしは彼に、口を慎む（ホールド・ヒズ・タング）ことを学習しなくちゃねって言ってるの。さもないと舌（タング）をなくすわよって」彼女の声は囁き声よりかろうじて大きいくらいだった。

「聞いてくれ」とクレインは言った。「あんたを殺すつもりはないんだ、ディ・グレガリオ。もし俺たちの質問に答えてくれるなら、絶対に手荒な真似なんかしない」

　ラテン男の表情はいっこうに緩まなかった。

「俺たちはカメリア・エセックスに何があったかを知りたいんだ」クレインが言った。

　磁器の浴槽と同じくらいに輝くばかりに真っ白な蒸気ヨットが、左側の窓枠に囲まれた四角い青い海の上を、船首を前にして進んでいた。ルーニープラザの浜辺で海水浴をしている人々の喚声が、彼らのところまでふわふわと届いた。窓のカーテンが海風を受けて動いている。

「カメリア・エセックスだって？」ディ・グレガリオが低い声で訊き返した。

「そうだ、カメリア・エセックスだ」

伯爵は後ずさるとベッドに沈み込んだ。額には汗がにじんでいる。「彼女に何かあったなんて知らなかった」

「彼女が誘拐されたことを知らなかったと？」

「そうです！」彼はクレインを凝視した。「僕が何か知ってるとでも思うんですか？」

「だからあんたに訊いてるんだ」

「何も知りませんよ」

「彼女がいなくなったことも知らなかったのか？」

「だから何も知らないと言ってるじゃないですか」彼の目から薄れていった激情が、イマゴを見るなり恐怖に取って代わった。「これは悪い冗談だ……」

「いや」とクレインが言った。

イマゴがスペイン語で何か言いだした。

「英語をしゃべれよ」クレインが言った。

「ほんとにミス・エセックスは夕べ誘拐されたって言おうとしてるのよ」

オマリーが脇から言った。「新聞を持って来いよ。それで彼に証明できるだろ」

イマゴ・パラグアイの腕には、ベビーブルーのスエードの小さいバッグがぶら下がっていた。「その必要はないわ」そう言うと彼女はバッグから一枚の紙を取り出して、ディ・グレガリオのほうに放った。それは床に落ちて、半分ベッドの下に入り込んだので、彼は片膝をついてそれを取らねばならなかった。彼は苦労しながら指で紙を広げた。

それは〈マイアミ・ヘラルド〉紙の朝刊の第一面だった。オマリーが油断なく目を光らせている中で、ディ・グレガリオはエセックスの記事を読み、その間にクレインはバスルームに入って行って、唇を冷たい水に浸した。血はもうどろっとしていたが、まだ傷口からにじんでいた。首筋の毛が逆立つのを感じてクレインが振り向くと、イマゴ・パラグアイが謎めいた瞳で彼を見ているのが目に入った。

彼は微笑もうとしたが、唇がずきずきした。「バルーンタイヤみたいに膨らんでるだろ?」

「とっても痛いんでしょうね?」

「こんなの何でもないさ」

「わたしだったら口なんか殴られたくないもの」

「どうってことないよ」

「勇敢なのね」

彼はタオルの上に冷たい水を流した。「ディ・グレガリオが言ったことは本当なのか?」

「彼、何を言ったかしら?」

「きみがキューバ政府の諜報員だということだ」

「いっときはそうだったわ」言いながら彼女は肩をすくめた。「でも今はもう興味ないわ」

彼は水を止めた。「それと、ディ・グレガリオの従弟の件は?」

「ロベルト・ゴメスのこと?」彼女の歯は小さくて、よく揃っていた。

「ええ、わたし彼を殺したわ。なぜいけなくて? 彼はわたしに持ってた書類を渡そうとしなかった。だから……」そう言うと彼女は手首を使って、死を意味するちょっとした仕草をした。

彼はあらためて、妙な危うさが彼女の魅力の一部であることを感じた。それこそが彼女の魔力だった。まるでサンゴヘビ（派手な横縞のあるコブラ科の小型の猛毒ヘビ。中米主産）のように危険で冷酷で。それでいてひどく官能的で。

彼女は依然として微笑んでいた。「もうわたしが怖くなった？」彼女は訊いた。

「きみの毒針には近寄らないようにするよ」と彼は約束した。そして血のついたタオルを浴槽に放った。「で、ディ・グレガリオって何者なんだ？」

「彼の一族はかつて、キューバの大地主だったの」彼女はその国の名前を言うときに、まるでクーバと綴られているかのように発音した。「最後の革命のときに、彼らはすべてを失ったけど。今、彼はフンタを率いてるんだと思うわ」

「フンタって？」

「政府の転覆を願う集団よ」

「ああ」とクレインがうなずいた。

寝室にいるオマリーが言った。「これで俺たちの話を信じるだろ、伯爵？」

「ええ、でも僕はそれについちゃ何も知らない」

クレインがバスルームから出て来た。「オマリーと僕はエセックス家の財産の管理会社に雇われていてね。きみならカメリアのことを何か知ってるんじゃないかと思ったんだ。で、俺たちがきみに会いに行くという話を聞いたミス・パラグアイが、一緒に行くと申し出てくれた。きみと知り合いだからと言ってね」

「僕に何を訊きたいんです？」ディ・グレガリオが言った。

「きみと一緒にいたあの三人の男たちは今どこにいる？」

ラテン男の茶色い瞳の中に、驚きが広がった。「出て行きましたよ――船で」

「どこへ？」

一瞬、ディ・グレガリオの視線がイマゴ・パラグアイの上で留まった。「僕は知らない」

イマゴがなじった。「嘘つき！」ものうげな声だった。「この人たちにほんとのことを話しなさいよ。わたしはもうキューバになんか興味ないの」

「だが、耳たぶのない男は彼らと一緒には行かなかったんだろ？」クレインが問い詰めるように言った。

「耳たぶのない男？」ディ・グレガリオは、何かの包みでもつかもうとするかのように、両手のてのひらを開いていた。「そんな男は知らないけど」

「まあいいさ」クレインは言った。「船はどこへ向かってるんだ？」

ディ・グレガリオが肩をすくめた。「釣りの旅でしょう、たぶん」

「おい」オマリーが嚙みついた。「白状しろ、スペイン野郎（ダゴ）。さもないと、こいつでお前の鼻をまともにぶん殴るぞ」彼はリボルバーを振りかざした。

乾きかけた石鹼の泡が、ディ・グレガリオの顔に泡の斑点をこしらえて、まだ剃っていない顔の左側の無精ひげをあらわにしていた。「誓ってもいいですよ。船にいる男たちはカメリアとは何の関係もないんだ」彼の語調は激しかった。「僕は彼女のことなんて何も知らない」

「なあ」オマリーがすごんだ。「いいかげん吐け（クリック）よ」

「どういう意味です、クリックって？」ディ・グレガリオが尋ねた。

クレインはその言葉を無視して言った。「あんた、彼女のことをそれほど心配しているようには見えんな――一カ月かそこいら前に手に手を取って駆け落ちするほど熱くなってた男にしては」

「気の毒だとは思いますよ、もちろん」ディ・グレガリオの茶色い瞳に嘘はなかった。「でも僕たちはもう終わったんです――彼女には別に好きな男がいる」

「そいつは誰だい?」

「知りません。夕べ彼女が僕に言ったんです。彼女のお仲間の中にいると」

「おや! 少佐じゃないのか!」クレインが叫んだ。

イマゴが笑った。「もっと若い人だと思うけど」

「あれ、彼女、僕のことはほとんど知らないんだが」とクレイン。

「馬鹿か」オマリーがうんざりしたように言った。

「あなたのお友だちは冗談が好きよね」イマゴ・パラグアイがオマリーに言った。「彼、トニー・ランピエールのことを忘れてるわ」

ディ・グレガリオがベッドの足にもたれかかった。「カメリアの話に戻りますが、僕が何も知らないと言ったのは本当のことです」

「でもあの船は」とイマゴが言いかけた。「あの船は今、どこなの?」

「お前になんか教えるか」彼の目は挑戦的だった。「お前は、あの悪魔キャビスタのスパイだ」彼はいつしか勇気を取り戻していた。均整のとれた顔立ちに、大きな黒い瞳と、なめらかな肌と、光沢のある黒髪を持つ彼は、どうやらすこぶるつきの美男子のようだとクレインは思った。

「俺にちょっとこの男を揉んで欲しいか?」オマリーが訊いた。

ディ・グレガリオは傲然とクレインを見据えた。「僕を殺したいなら殺したらいい。でも、船の行き先は絶対に教えません」言葉が彼の口からはじけるように発せられ、それとともにつばの飛沫が飛び散った。「このクサリヘビ(バイパー)の口車に乗せられて、誰が敵を信用なんてするもんか」彼は肘でイマゴを指し示した。「船にいる友人たちは僕を信頼してくれてるんです」

「そいつは結構なことだ」クレインが皮肉った。

「俺は仕事にかかるべきか？」オマリーが訊いた。

「いや」

「彼に口を割らせないの？」イマゴが訊いた。

「この男がどうしてもそうしたくないというなら」

「カメリアのことは僕のあずかり知らないことだと信じてくれるんですね？」

「まあな」

「でも、彼女が彼の船に乗ってないってどうしてわかるの？」イマゴ・パラグアイが口を尖らせた。

「この売女(ばいた)！」ディ・グレガリオが怒りをこめて囁いた。

イマゴがスペイン語で彼に何事か吐き捨てた。

オマリーはしぶしぶリンネルの上着の前を開けると、リボルバーを脇の下のホルスターにしまった。

「じゃあ、この男との話はこれでおしまいか？」

「ああ」とクレインが言った。「行こうか」

彼はイマゴのためにドアを開けてやった。彼女が前を通るとき、サンダルウッドの匂い袋(サシェ)の匂いがした。彼女はクレインに少し微笑んでみせた。ディ・グレガリオがバスルームのドアのところまで出て来た。

「すみませんでした。さっきは殴りかかったりして」彼がクレインに謝った。

「まあいいさ」とオマリーが答えた。「こっちこそ殴ってすまなかったな」

「俺は前にもやられてる」とクレインがぼやいた。

「ほんとにすみません」

「もういいよ」とクレインが言った。

「またな」とオマリーが言った。


彼らは駐車場に停めたコンバーティブルから降りると、〈ニューヨークバー〉へと歩き出した。そこでドク・ウィリアムズに会うことになっていた。オマリーは伯爵のことで思案にふけっていた。

「あいつはおかしなことを言う。バイパーって何のことだ?」

「フロントガラスのバイパーのことだろ?」クレインが答えた。

店の前をぶらついたり、街角でワイシャツ姿でたむろしたりしている男たちや、通行人たちが、彼らが通り過ぎるのを食い入るように見た。ミス・デイの体の曲線にせつなそうな視線を走らせたり、イマゴ・パラグアイの異国風の顔に遠慮のない色目を送ったりしながら。陽光が通り一面に降り注いでいて、足元のセメントが熱かった。

「おいおい」とオマリーが言った。

「たぶんヘビの一種だろうさ」クレインはミス・デイを先導して通りを渡った。「ほんとにあいつはメロドラマに出て来る男みたいな話し方をするぜ」

ドク・ウィリアムズは、目の飛び出た丸顔の男と一緒に、グリルの奥の大きなテーブル席にいた。

ウィリアムズが彼らに向かって手を振った。男は、灰色と白がまだら模様になったパームビーチ地（夏服用のモヘアと綿の軽い織地）のスーツの下に、濃紺（ネイビーブルー）のワイシャツを着て、カナリア色のネクタイを締めていた。彼は血色のいい顔をしているうえに、襟が窮屈すぎて、まるでタイヤのように膨らんだ肉で首のまわりを囲んでいるようだった。

クレインはウィリアムズに二人の女を紹介した。

「で、こちらはジョゼフ・ネルソン氏だ」とウィリアムズが言った。

「お会いできて嬉しいです」ネルソン氏が、ジンとジンジャーエールが半分ほど入ったグラスを握り、ボックス席の革のクッション伝いに体を滑らせながら言った。「まあ掛けてくださいよ。わたしはクリーニングの仕事をしてましてね」

彼はそうとう酔っていた。

「エリート・ランドリーでさ」ネルソン氏が言った。「マイアミで一番腕のいいクリーニング会社の。ええ（イエス・サー）、旦那、ええ（イエス・マム）、マダム。とにかくすごく腕のいい店で。ちょうど今お話ししてたんでさ。こちらのミスター……ええと……」

「ウィリアムズだ」とドク・ウィリアムズが言った。

「ウィリアムズさん、この界隈じゃ、ボスにするのに、B・J爺様以上の人間はどこにもいませんや。そちらのご婦人方は、B・Jがどういう意味かご存知ないでしょうが、でしょ？」

彼らは知らなかった。

「ベンジャミン・ジェンクスですよ」ネルソン氏が勝ち誇って言った。「ベンジャミン・ジェンクス。わかります？　B・Jはベンジャミン・ジェンクスのことなんでさ。彼はエリート・ランドリーの社長ですよ」

「これは一体どうなってるんだ?」クレインがウィリアムズに詰め寄った。

「そうだ、ドク」とオマリーも言った。「トルトーニの話はどうなった?」

「トルトーニ?」とネルソン氏が訊き返した。「トルトーニですって? そうそう! 彼のことをお話ししましょう」

「彼らにも話してやってくれ、ネルソンさん」ドク・ウィリアムズが言った。「あんたが俺に話してくれたことを」彼の真っ黒なボタンのような目が、おもしろそうに輝いた。

「わたしが見たのは……」ネルソン氏はそこで言葉を切って酒を一口呑んだ。

「何を見たんだ?」クレインが訊いた。

「何って? それを今お話ししようとしてるんでさ」

「彼に話させてやってくれ」とドク・ウィリアムズが言った。

ネルソン氏は深呼吸をして言った。「ホワイティーはオムツ部門で働いてましてね」

クレインが言った。「頭がおかしくなりそうだ」

「しゃべらせてやれ」とドク・ウィリアムズ。

「ホワイティーとはわたしの友人です。わたしたちはもう十年以上もエリートで働いてます。B・J爺様が言うには……」

「トルトーニのことを話してやってくれ」とドク・ウィリアムズが遮った。

「だから話してますよ」ネルソン氏が憤慨した。「ホワイティーとわたしは、この店のカウンターにランチを食べに来るんでさ。サンドイッチを二、三個つまんでコーヒーを飲みにね。ほんとはビールにしたいところですが、あいにくＢ・Ｊが、従業員が酒を呑むのを嫌うんです。彼が禁酒派だということではなくて。そうじゃあないんですが、なんにせよ、そのトルトーニが、わたしたちからひとつおいて隣のスツールに坐ってたんです。わたしはまったく面識なかったですけど、ホワイティーが話しかけたんです。〝わたしを覚えてますか、トルトーニさん？　二年ほど前に〈ブルー・キャッスル〉の化粧室向けに、弊社のタオルサービスを売り込んだ者ですよ。あのあとわたしはオムツ部門に昇進しましてね――それで、ずっとお目にかかることもなかったんです〟とね。

理由はわからないんですが、彼はちっともうちとけた様子を見せなかった。〝きみのことはよく覚えているよ〟と口では言いましたよ。でもまるでこっちに気を許した様子がなかったんです。〝わたしの友人を紹介させてください。ジョー・ネルソンです〟とホワイティーが言いました。それで、〝会えて嬉しいです、トルトーニさん〟とわたしは親しみをこめて手を差し出したんです。〝あなたのことはよく伺っています〟と言ってね。

まあ、ご想像どおりわたしは彼の態度にむかつきましたよ。彼は平然とただそこに坐ってたんですから。わたしのほうを見ようともせずにね。彼がもしホワイティーの知り合いじゃなかったら、きっとわたしは怒り狂ったことでしょうよ。

それでもとにかくサンドイッチを食べ終えて、ホワイティーが言ったんです。〝それで、タオルサービスの方はいかがですか？　ご満足いただけてますか、トルトーニさん？〟

そこであんたたちにお伺いしますけど、これって礼儀正しい質問じゃないですかね？　それなのに彼はどうしたと思います？　ただホワイティーをじろじろ見たんです。それまでに彼を一度も見たことがないとでも言うようにね。で、カウンターを立とうとしたんでさ。

〝なんだってそんなにうわの空なんですか?〟とわたしはたまりかねて訊きました。〝所得税のことでも考えてるんですか? それとも詩でも作ってるんですか? それか誰かに追われてるんですか?〟とね。頭に来たんですよ。彼があんまりお高くとまってるんでね。わたしたちはみんな投票権のある公民で、表向きは平等なはずなんじゃないんですか?

それでも彼は歯牙にもかけなかった。彼が背中を向けて立ち去ろうとしていたとき、ことは起きたんです。最初わたしは、彼の足が止まったのに気がついた。何とはなしにドアを凝視しているのがわかった。で、何を見ているのかと思ってわたしが振り向くと、そこには緑色のスーツの、銃を持った男が立ってたんです。男の後ろにもう一人いましたが、そっちはよく見えませんでした。とにかくこの男がトルトーニの腹を二発、銃で撃って、彼が床に倒れると、今度は頭のてっぺんを撃ち抜いたんです。拳銃を間近に構えて——」

「彼を殺したのか?」オマリーの口がぽかんと開いた。「トルトーニを殺したのか?」

「だからさっきからずっとそれを言おうとしてるんでさ。この緑色のスーツの男が——」

「イマゴ!」ミス・デイが声を上げた。「どうしたの?」

ダンサーの顔は、新たに粉おしろいをはたきこんだかのようだった。「何でもないわ」彼女が言った。「何でもないの」

「ほら」クレインがドク・ウィリアムズのウイスキーの入ったグラスを彼女に渡した。「これを呑むといい」

「死んだだと!」オマリーが叫んだ。

ネルソン氏が言った。「だからさっきからずっとそう言おうとしてるんです」

「わたしは大丈夫よ」とイマゴが言った。

「ひどいな」とオマリーが言った。

「ひどい？　まったくだ。ひどいですよ」ネルソン氏が話を続けた。「この緑のスーツの男は、ホワイティーにもわたしにも何の関心も払わなかったんです。男はトルトーニの上にかがみ込むと、彼の手のひらに真新しいバッファロー・ニッケル（表にネイティブアメリカン、裏にバッファローが描かれている五セント硬貨）を置いて囁いたんですが、十分に大きな声だったので、ホワイティーにもわたしにも聞こえました。〝これを地獄のスロットマシーンで使いな、小賢しい男（ワイズガイ）め〟そう彼は言ったんです。わたしにもホワイティーにもしっかり聞こえました。で、男は連れの男と一緒に歩いて行きました。そう、なんと歩いて行ったんですよ。男たちは走り去りもしなかったんだ」

　クレインはテーブル越しにドク・ウィリアムズと目が合った。彼は、トルトーニはマイアミでスロットマシーンの商売に強引に割り込もうとしているとウィリアムズが言ったことを思い出していた。

「ホワイティーの顔がみるみるうちにその男のスーツみたいな緑色になりましてね」とネルソン氏が続けた。「わたしはこの目でトルトーニが死ぬのを見たんです。カウンターの男が電話で警察を呼ぼうとしてました。〝あいつら何で僕らには弾をぶち込まなかったんだろう？　僕らは目撃者なのに〟とわたしが言うと、ホワイティーもこう言ったんです。〝それにほんの一分前まで僕らはトルトーニとしゃべってたしな〟それでわたしが、〝さっさとここをずらかろうぜ〟って言ったんです」

「あんたがそう言ったのか？」クレインが訊いた。

「言ってみたいですけどね、旦那。実際のとこはホワイティーにさよならと言って、通りの二ブロック先へ酒を呑みに行きました。ちょっと胃がもたれてる感じだったんで。その店で、わたしが見たことを何人かの男たちに話していたら、ミスター……ああ……」

「ウィリアムズだ」とドク・ウィリアムズが言った。

「こちらのミスター・ウィリアムズに言われたんです。こちらへ来て、その話をあなたたちにしてもらえないかとね。それでお話ししたわけです」

「彼の話にはもう一杯酒を呑むくらいの値打ちはあるはずだろ」ウィリアムズが言った。

「なんの、ボトル一本の値打ちはあるぞ」クレインは言った。「ウエイター！」

「あはっ！」とネルソン氏が声を上げた。

「ひとつ言うなら」とクレインが言った。「もうこれでトルトーニに会う必要はなくなった。ランチを食べることができる」彼はそこでダンサーを見やった。「その、イマゴが食事をしたい気分なら、だが」

「わたしなら大丈夫よ」とイマゴ・パラグアイが言った。

第九章

　彼らは腹を温かい砂につけ、組んだ両腕の上に頭を載せて寝そべっていた。むきだしの背中と脚に、熱い太陽の日差しが照りつけている。東の方角には、ホイップクリームのような雲が青い大西洋の上に浮かんでいた。ものうげなそよ風は、熱帯の花の香りでむっとするほどで、扇形のヤシの葉にそっと衣擦れのような音を立てさせ、海のしぶきの名残りで湿り気があった。午後も遅い時間になっていた。

「いい気持ちだ」クレインが言った。

「絵に描いたような仕事中の二人の名探偵だな」とオマリーが言ったものの、彼の声は砂に向かって発せられたので、はっきりしなかった。

「俺は考えてるんだ」クレインが言った。

「何について？」

「酒について」

「〝酒は人をして嘲る者とし、強い酒は人をして荒れ狂う者とする〟（聖書より）」とオマリーが言った。

　クレインが唸った。

「そういう類のことを勉強するのはそもそも俺の意図じゃなかったんだが」

「僕は間違いを犯した」

オマリーが驚いたふりをしてみせた。

「もうみんな俺たちが探偵だって知ってるしな」クレインは続けた。「そういうの全部忘れるわけにはいかないか？」

「そういうことを言えるのが何か好きなんだ。自分の階級が上がる気がしてな。貴婦人たちと同じ階級に」

「そこにイマゴはいないな」

「ああ、いないと思うな」

クレインは、自分の頭の重みで腕がくたびれてきていた。彼は寝返りをうって仰向けになると、ペパーミントストライプのビーチローブの上に頭を載せた。

オマリーが言った。「あのイマゴという女はきっとディ・グレガリオの電話番号を知ってるな」彼は紙巻きタバコを見つけて火を点けた。「彼女は何者だ？」

「スペイン人とマヤ族の血が流れてると言っている」

「マヤ族って何だ？」

「高級なインディアンだ。千年くらい前に、ユカタン半島に住んでたんだ」

「自分ではマヤ族だと思ってるんかもしれんが」とオマリーが言った。「中国人が、彼女の実家にいっとき住んでたのは間違いないぞ」

「あれは化粧のせいだ。今日は中国人には見えなかった」

「ダブリンの出身じゃないことはわかるがな」

マイアミに向かう沿岸警備隊の巨大な水陸両用飛行機が、高度を下げて海岸の近くを飛んでいて、彼らの頭上を通り過ぎた。かなりの速度で、実に安定して飛んでいる。二つのモーターからは大きな轟音がしていた。

「あれはカメリアを探してるんだろうな」オマリーが言った。

「俺にはいまだにわからん。どうすれば彼女が乗ってるとわかるのか。仮に船を見たとしても」

「ディ・グレガリオが彼女を捕まえてると思うか、ビル？」

「何で彼が彼女を誘拐したいと思うだろう？」

「五万ドルのためだ」

「そうだな。それはそうだ。でも彼にとってはあまりに危険すぎるように俺には思えるが」彼は空に向かって煙を吐いた。「彼女ならすぐ彼に気づくはずで、いつ自分を自由にしてくれるのかと始終うるさく訊くだろう」

「彼女を殺さない限りはな」

二羽のカモメが彼らの頭上で円を描いた。白い腹に比してカモメの足はピンク色だった。

「そんなこと考えもしなかったな」クレインが言った。

オマリーが喫っていたタバコを砂に押し込んだ。「誰かこれと思う人間はいるのか？」

「いや」

「トルトーニはどうなんだ？」

「やつなら、ザ・アイなんて署名のある手紙を書こうとは思うまいよ」

「思わねえだろうな。彼女をさらう前にはな。なんにせよ」オマリーは右のてのひらに顎を載せた。

「プロはああいうふうには動かんな」

　数分間、彼らは砂の上に無言で寝そべっていた。クレインは顔を空の方に向け、目を閉じていた。喫いさしのタバコが口元からぶら下がっている。オマリーは手持無沙汰な様子で指で砂に穴を開けていた。

　ようやくクレインが口を開いた。「オマリー」

「何だ？」

「アスキボー（アイルランドの香料入りのアルコール性飲料）って呑んだことあるか？」

「いや。何で？」

「ただ、どういう味なんだろと思ってな」

　そよ風は生き返ったようだった。ヤシの葉を揺らし、葉と葉を打ちつけ、誰かが新聞を広げてでもいるような音を立てていた。海の遠くの方で貨物船からひとすじの煙が上がっているのが、まるで水平線に丸太が浮かんでいるかのように見えた。

「トルトーニが死んだと知ったときのイマゴの様子が変だったのに気がついたか？」オマリーが訊いた。

「ああ」

「彼女があの男の仲間だったということもありえるだろうか？」

　クレインは寝返りを打った。「彼女は彼のことを知っていた」彼はトルトーニのオフィスでイマゴに会ったことを話した。

「彼女は仲間だったにちがいない……彼が小切手を現金に換えるための」オマリーが言った。

「小切手があったらな」

潮がゆっくりと満ちて来ていた。小さなうねりがためらいがちにクレインの足をすくおうとした。彼はもっと陸地のほうへと這って行った。

「彼女はその千ドルを確かにうまく活用した」オマリーが言った。

「たいした利益を上げたからな」

「おい！」言いながらオマリーが立ち上がった。「きみの金はどこにある？　ザ・アイはたぶん――」

「まあそう興奮するな」クレインはビーチローブを探った。「俺は危険は冒していないんだ」彼は九千ドルの札束を掲げてみせた。

「銀行に預けたほうがいいぞ」

「たぶんそうする」

「どういうふうに使うつもりだ？」

クレインは一瞬考えた。「どんちゃん騒ぎをやろうと思う」

「まったくこの六年間、何をやってたんだか知りたいよ」

「単なるウォーミングアップだ」

オマリーはしばらくじっくりと考えてからこう言った。「きみが出かけるときに会えたらと思うよ」

「きみは一緒に来るよう招待されているよ」

「いや、せっかくだが。俺はもう呑み過ぎてる」

屋敷の方向から人の声がしていた。イーストコーム少佐とエセックスとトニー・ランピエールが、砂浜を横切って彼らの方に近づいて来ていた。みな白いスーツを着ていた。

ランピエールが尋ねた。「トルトーニのこと、聞きましたか?」

苦悩が彼を老けさせており、どういうわけかそのせいで男ぶりが上がっていた。彼の顔から無感情な傲慢さが取れていた。

「ああ、二時間ばかり前にな」とクレインは答えた。

「夕刊に、彼の死は誘拐事件と関係があると書いてます」ランピエールが言った。

「どう思われます?」エセックスが訊いた。

「それはちがうと思うぜ」クレインは答えた。

オマリーが言った。「彼はスロットマシーンの商売に強引に割り込もうとしてばらされたと、我々はみてる」

「そうですか」とエセックスが言った。「彼の手下の男も一人、一週間前に殺されたんです」

イーストコーム少佐の襟元は汗でくたっとなっていた。「彼は誘拐には無関係だと思うのかね?」

赤煉瓦色の肌に鼻の絆創膏の白が映えていた。

「それはわかりませんが」クレインは言った。「彼が殺されたのはスロットマシーンが原因だと思います」

「妹さんについての新しい情報はないんですか?」とオマリーが尋ねた。

エセックスが答えた。「僕たちは飛行機で、島の上空を飛んだんですけど、その甲斐はありませんでした。いずれにしろ、そもそもごくわずかな可能性しかありませんでしたから」

「何か不審なものが見つかるかもと思ったんですけど」ランピエールが言った。

「我々は、およそ十五機ある飛行機の一機に乗ったにすぎん」少佐が言った。「まだ十分可能性はある」

クレインは立ち上がり、腕の上でビーチローブを輪のようにしてくくった。「彼らがカメリアさんを見つけてくれることを願っていますよ」そう言うと彼は、金がポケットに入っているのを確かめた。

「きみたちは、砂の上で寝そべっている以外に、一日中何をしていたんだね？」イーストコーム少佐が詰問するように言った。

「おたくにそれを話す理由を思いつきません」クレインが言った。「でも、僕たちはディ・グレガリオに会いましたよ」

「彼に会ったんですか？」エセックスの声が熱を帯びていた。「あの男から何を聞き出したんですか？」

「これといったことは何も」

「あの野郎を警察に引き渡したかね？」少佐が訊いた。

「いえ」

「あの男の居場所を教えることさえしなかったのか？」

「訊かれなかったので」

「警察はことさらわたしに要請したんだ。きみらが協力するよう命令してくれと」

「それで命令したんですか？」クレインが訊いた。

少佐が怒ったように彼をじっと見た。

オマリーが立ち上がって言った。「鼻にお見舞いされた一発のパンチの具合はいかがですか？」

「僕は疲れました」とエセックスが言った。「家に戻ろうと思います。一緒に行きますか、少佐？

トニーは?」

「すぐにあとを追いかけるよ」ランピエールが答えた。

エセックスとイーストコーム少佐が家へ向かって歩いて行った。ほかのみんなもゆっくりとあとに続いた。

「あなたは少佐にもっと寛大に接するべきですよ」ランピエールがたしなめるように言った。「彼は根はいい人なんですよ。あれはただ……」

「ああ。わかってるよ。ただ彼のマナーが残念なんだ」

ランピエールは微笑もうとしたものの、あまりうまくいかなかった。彼は実にすこぶるつきの美男子だった。骨格も見事だった。ハードルの選手並みの脚の長さに、スピードが勝負の競技が得意な男特有の肩の傾斜、しなやかな手。クルーカットにした髪型が、形のいい頭をさらしていた。

「根はいい人なんですよ」と彼は繰り返した。「彼自身は乗り気じゃないにも関わらず、身代金の五万ドルを用意する手配をしたんですから」

「それは優しい。ただ、彼の金というわけではないけどな」

「わかってます。でも彼には手配を遅らせることだってできたでしょう」

オマリーが訊いた。「彼はその金を自分で持ってるのか?」

「いいえ。銀行にあります」

「俺が、彼をかまわないようにすべきなのかもな」クレインが言った。

「根はいい人なんですから」

「なんにせよ俺は彼が好きになれない」

ランピエールの目尻に皺が寄った。「僕もです」彼らは中庭（パティオ）に入っていった。「僕が言いたかったのは彼のことじゃないんです」

「そうなのか？」

「僕が言いたかったのはただ……」彼はきまり悪そうな様子で言いよどんだ。「……もし何かあれば……もし助けが必要なら……僕に頼んでくれたらと思います」

「もちろん」とクレインは言った。「そうするよ」

「夕べあの車のあとを追ってたときの僕はかなり情けなかった。でも——」

「誰だってそうじゃないか？　あんなふうに頭を一撃されたんじゃあ」とオマリーが言った。

「いや、僕はかなり情けなかった」

「それを言うならわれわれ全員かなり情けなかったよ」クレインが言った。

「それでも、もし何かあれば……」

「きみに頼むよ」

「その、僕はこのことで最悪の気分なんです。自分がすごく無力な気がするんです」

「とにかく今は待つしかないよ」

「僕たちにできることが何か少しでもあるなら」

「でも、ないんだよ」

「最悪の気分です」

「まったくだ」

「でも、僕に頼んでくれますよね？」

「必ずそうする」

トニー・ランピエールは家の中に入っていった。太陽の日差しはまだ熱く、プールの青い水は涼しげで、誘っているように見えた。彼らはロープを下に置くと、頭から飛び込んだ。日光浴に引き起こされたものうげな気分はすぐさま消え去った。クレインが遠くに見えるプールのはじの煉瓦を目指して潜水で泳いでいる間に、オマリーは飛び込み板からえび型飛び込み(ジャックナイフ)を試みていた。彼の体は柔軟性に富み、つま先に手を触れることはできたが、その軌道が間違っていた。

聞くところによるとダイビングの名人は、空中に高く飛び上がり、飛び込み板すれすれのところに降りてくるものらしい。だがその点オマリーはざっとしたもので、プールの真ん中に向かって降りていった。

オマリーは真鍮のはしごへ戻る途中で一度、クレインのそばで足を止めた。

「俺自身、あの娘のことでは気分が滅入る」彼は言った。

彼は飛び込みを再開し、クレインは彼の体つきに見惚れた。オマリーならきっと素晴らしいボクサーになれただろう。長い両腕、力強い肩、厚い胸板、締まった腰、ぺたんこの腹。ひょっとしたら彼の脚は細すぎて、極限の耐久力には欠けるかもしれないが、そのぶんスピードはかなり出るだろう。それに彼は狙撃兵のようなブルーグレーの瞳をしていた。

しばらくすると彼らはビーチローブをはおり、部屋へ戻ってディナーのための身支度を始めた。二人とも気分は上々だった。ランチのときまでに呑んだ酒は、太陽の日差しを浴びて、水につかり、泳いだせいでほぼ抜けていて、残っているのは爽快な気分と、もっと酒を呑みたいというささやかな望みだけだった。

クレインが目を覚ますと、部屋の中にはすでに柔らかな薄闇が広がっていた。もう少し寝ていたかったが、ディナーの時間だとわかった。あたりには、寄せては砕ける波の音のもの悲しさが立ち込めていた。彼はむきだしの足をベッドの横側に回し、しばらくそこに坐っていた。カメリア・エセックスのことを考えながら。あれはとんでもない手紙だった。だがいったい何ができるというのだろう？こちらの頭があまりに切れると、誘拐犯は恐れをなして娘を殺してしまいかねない。犯人にとっては大差ないのだ。誘拐と殺人の刑罰は同じなのだから。身代金の支払いまでは手の内を見せないことが最善だった。といって何か手の内にあるというわけではなかったが。

殺人と誘拐の事件ではさらにもうひとつちがいがあった。少なくとも探偵にとっては。殺人事件だと、探偵は主観を交えない態度を取ることができた。たいていの場合、探偵は死体を見ることもなく、殺人犯の追跡はいいチェスのゲームのようなものだった。殺人犯の最初の行動はすでに終わっているので、謎解きの目的は、犯人の今後の行動の機先を制し、最終的に彼を敗北に追い込むことだ。個人的な感情が湧くことはめったになかったし、あったとしても、彼が思うにそれはむしろ殺人犯に同情的な感情だった。非常に多くの死体が当然の報いでそうなっていたから。

その点、誘拐事件の場合、被害者は生存していて、死者ではない。被害者は苦しんでいて、解放されるまでその苦しみは続くだろう。そのうえ殺害される可能性も十分にある。つまり誘拐の場合は非常に切迫したものがあるのだ。誰か面倒なことに巻き込まれている人間がいて、探偵はその人間をそこから救い出さないといけない。今、カメリア・エセックスが面倒なことに巻き込まれている。彼は、誰かほかの人間が彼女を救い出す責任を負ってくれないものかと願った。

また同時に自分が誘拐犯を捕まえられないものかと願いもした。

彼は髪に櫛を入れ、唇を冷たい水で浸してから、身支度を整えた。唇の腫れはいくぶんおさまっていた。スーツケースから懐中電灯を取り出すと、廊下へ出た。海のさざめき以外に何の音も聞こえない。彼は床の絨毯の上を静かに歩いていった。階段の前を通り過ぎるとき、階下(した)から人の声が聞こえてきた。それから彼は屋敷の左翼部分に入っていった。廊下の突き当りにあるドアをほんの少し開けると、中は真っ暗だとわかり、その部屋にすべり込んだ。部屋の三方にある、灰色の背の高い四角形はフランス窓だった。彼は窓の分厚いカーテンを閉め、懐中電灯のボタンを押した。

そこはとても大きな、実に美しい部屋だった。壁は紫檀材でできており、表面がサテンのような光沢を放つまで油をすり込まれている。床は磨き上げた黄色材マツ(イエローパイン)で、原色で粗野な味わいのあるコサックの小さい絨毯が敷いてあった。家具には赤煉瓦色のカバーがかけてあった。

彼は懐中電灯を室内のあちこちに向け、今、自分がいるのはエセックスの部屋だとほぼ確信した。右手のフランス窓は、最初の晩にそこから警備の男が彼を監視していたバルコニーへと通じていた。寝室はどこにあるのか？　暖炉に背を向けると、その部屋にもうひとつドアがあるのが見えた。彼はそちらへ向かって歩き出したが、上板がガラスになっていて一台の電話機が置いてある机が目に留まった。彼は赤い革張りの椅子に腰を掛けると、ガラス天板を支えている、丸みを帯びた赤い漆塗りの脚にはめ込み式になっている引き出しを引いた。中に入っている手紙やら、無造作に一緒くたになっている広告やら、請求書やら、招待状やらをじっくり吟味した。彼はエセックスが、ザ・アイの正体につながる何かの手がかりや情報を自分に隠している感じがしていた。ザ・アイが実際に悪意を抱いた偏執狂だったら、彼はあんな不可解な脅迫状を書く前に、何らかの方法でエセックスに連絡を取ろうとしなかっただろうか？　彼はサイというブランドから届いた二ダースのボイルのワイシャツ代三百十二ドルの請求書に目をむいた。パリのブティックのシャルヴェからの請求書もあった。三十枚の男もののスカーフ代がしめて二百二十五ドルである。またバン・シックル社からの、ボンド紙に書かれたエセックス宛ての二つの品目についての通知もあった。三着分のスーツが六百ドルで、ビクーニャの毛織物の軽いコートが二百七十五ドルだった。

金持ちとはなんと金がかかるものなのかとクレインは驚いた。彼はその引き出しを閉め、ほかの二つに取りかかった。ひとつの引き出しには左手用のゴルフの手袋と、新品のゴルフボールが八つばかり、もうひとつの方には、万年筆と封筒とモノグラムのついた用紙とインク瓶が入っていた。彼は懐中電灯をインク瓶に近づけた。紺青色（ロイヤルブルー）だった。彼は立ち上がると二つめのドアを開けた。

彼の懐中電灯が、構造用ガラスでできた白い壁や、青と白の磁器や、銀色の鏡や、青と深紅のタイルの上で、まぶしいほどきらきらと輝いていた。そこはバスルームだった。それから、壁に沿って天井から三分の一の高さまで作り付けのたんすを設えてある、小さな化粧室を通り抜けると、寝室へ出た。部屋は広々としており、一方の面にフランス窓があった。彫り物が施されているクルミ材のダブルベッドやら、白い大理石の暖炉やら、本が何冊か積み上げてあるベッド脇のテーブルやらが目に入った。その上には保温できるようになっている緑色のデカンターとグラスが二つ置いてあった。緑灰色（グリーングレー）の分厚い敷物に足を沈み込ませながら、彼は部屋を横切って別のドアまで行った。ドアを開け、懐中電灯の光を当てると、部屋の中の様子が露わになった。彼の半分開いた唇から吐息が漏れた。

「ああ！」

そこにあったのは、往年のセクシーシンボルだったふわっとした感じの女優ジーン・ハーロウの時代を彷彿とさせる部屋だった。黒の合成床を除けば、すべてが白一色だ。壁は象牙色、天井は白墨のような白、家具はクリーム色で白い革が張ってあった。ベッドの上にあるキルトの掛布団の上には、白いテディーベアが置いてある。合成床のあちこちに置かれている、毛足の長い白の敷物が、まるでブラックベリータルトに載ったホイップクリームのどろりとした塊りのように見えた。

　彼が知りたかったことはまさにこれに尽きた。ミス・デイがエセックスの寝室に出入りできたということだ。それでも彼はそのまま部屋に入っていった。スミスブラザーズコフドロップス（米国でポピュラーな咳止めドロップ）のようなテディベアの目が彼のあとを追う中を、クレインは白い書き物机のところまで行き、引き出しを調べた。手紙を一通見つけただけだった。ドーン・デイ宛てのもので、シカゴにある〈ブールバールヨットクラブ〉での素敵なお仕事にご興味はないですかと問い合わせて来ていた。給料は、十週間の契約で一週につき百五十ドルになるとのこと。もっともミス・デイはどうやら興味がなかったのだろう。その手紙は三月三日の日付だった。一カ月近くも前のことだ。ミス・デイはそのときすでにエセックスと一緒にいたのだろうか？　それなら脅迫状の謎にも説明がつく。

　昨晩、彼の枕に脅迫状を置いているミス・デイを捕まえたとしたら、彼はどうしていただろう？オマリーに大声で叫んだだろうか？　信じられん！と。

　暗闇でにやりとしながら、クレインは自分がディナーに出ることになっていたのを思い出した。彼はエセックスの部屋へ戻り、慎重に境のドアを閉めて、小さな化粧室へ入って行った。彼の懐中電灯の光が、作りつけの引き出しの上の方まで上がっていくと、クリーム色の天井が現れた。その天井の片隅にある何本かの線は、三フィート四方の正方形――屋根裏部屋のような場所へと続く天井窓（ハッチ）――を示していた。彼はその家に屋根裏部屋があることに驚いた。そんなものがあるとは知らなかったのだ。彼がバスルームを横切り、広い書斎に入ろうとしたそのとき、ある音に彼の動きが止まった。彼が後ろへ下がったのと、灯りが点いたのは同時だった。

ひとりの男が部屋に入ってきて、ガラス天板のテーブルまで歩いていった。黒っぽいスーツに身を固めたその男はがっしりした体格で、水兵のように肩を揺らしながら歩いていった。テーブルの前で身をかがめると、赤い漆塗りの台脚の三段目の引き出しを開け、その中に何かを押し込んだ。男がドアのところまで戻ってくると、男の鼻には折れたあとがあり、その整骨がいかにもまずい造作であることをクレインは見てとった。男はむっつりした顔をしており、左目の上に白っぽい傷跡があった。男は灯りを消すと、ドアを閉めた。クレインはゆうに一分間待ってから書斎に入っていった。男はエセックスのボディーガードのブラウンだとクレインには想像がついた。クレインはテーブルまで行くと、懐中電灯で引き出しを照らした。万年筆と封筒とモノグラムのついた用紙のそばに、瓶が二つあった。そのひとつに灯りを当ててみた。紺青色（ロイヤルブルー）のインク瓶だった。次いでもうひとつに光を当てた。それは赤いインクの瓶だった。

第十章

カマンベールとトーストしたクラッカーとブランデーが出される頃には、最初の緊張感はほぼなくなっていた。これは一部にはディナーと一緒に出されたカクテルとラインワイン（ライン川流域産の、主に白ワイン）のおかげで、一部はエセックスのおかげだった。彼は氷の入った背の高いグラスでトマトジュースが配られている間に、誘拐事件についての話し合いをみなに促した。

「誰かに名案があるかもしれませんし」と彼は言った。

彼はひどく具合が悪そうだったが、食べているふうを装っていた。その痩せた顔は蒼白で、目は睡眠不足のために赤くなっている。彼は誰か発言するたびに、期待を込めた視線を相手に注いだ。

クレインとオマリーは驚くばかりの食べっぷりだった。クレインは、ザリガニをとろけたバターにつけてライムジュースと一緒に食べると、ニューイングランドのロブスターのような味わいになることを発見した。ザリガニの甲羅は赤ではなく黄色で、肉はロブスターより硬かったものの、味はそっくりだった。彼もカメリアのことでは動揺していたとはいえ、食欲に影響はなかった。むろん酒量にも。

クレインは赤さび色のクラッカーに液状のカマンベールをスプレッドしながら、クレイグに言った。

「俺はB&B（ブランデーとベネディクティンを混合したカクテル）をもらうとしよう」

執事はリキュールグラスに、上質のシャンパンとベネディクティン（もともとは多種のハーブを調合した長寿の秘酒だった）を二対一の割合で注ぐと、それをクレインに差し出した。ミス・デイは味見をしなければ気が済まず、「おいしいわ」と報告した。

「確かにうまい」とクレインは言った。彼は、これできみの胸毛も伸びるだろうよとつけ加えそうになったが、さすがにそれはデリカシーに欠けるのではと思い、口を慎んだ。

「僕たち明日は何をする予定なんですか？」とトニー・ランピエールが訊いた。

彼はディナーの間ずっとしつこく、会話を誘拐の件に持っていった。ただ、彼が自分の動揺を表すのは、やや芝居がかっていた。両手を握りしめたり開いたり、五分刈りの黒髪にてのひらを走らせたり、長い指で神経質にテーブルをこつこつたたいたり、といった調子だった。もっともクレインは彼の気持ちは純粋なものだと思った。この男が立ち向かっているさまがクレインは好きだった。今回のことはカメリアを愛している者なら誰にとっても、痛烈な打撃だったが、この男には闘う用意ができていた。ただ唯一の問題は、闘うべきものを見つけることだった。

「われわれにいったい何ができるんです？」クレインが訊いた。

「それはきみが答えるべきだろう」イーストコーム少佐が言った。「きみらは一応探偵ということになっておる」

「そうです」クレインは言った。「免許証で証明することだってできます」

少佐が彼をにらみつけた。彼は一晩中むっつりしており、ほとんど口をきかなかった。食事の間に、辛口（ホック）の白ワインの代わりにウイスキーの水割りを三杯呑んでいた。

「おかしな感じだわ。わたしたちはこうして食べたり呑んだりしてるけど」とミス・デイがつぶやいた。「カメリアは今もどこかで――」

「確かに」クレインが同意した。「だが人というのはそうしたものだよ」

ブーシェがブランデーを呑み干し、ブランデーグラスをテーブルに置いて言った。「警察はずっと何をしてるんですかね？」鉤鼻がレヴァント人のような雰囲気を醸している彼の薄黒い顔は狡猾そうだ。ディナージャケットの袖の下から、毛むくじゃらの黒い手首が覗いていた。

「彼らは使用人たちを調べている」イーストコーム少佐が言った。「経歴や身元を洗ってるんだ」

「どうしてなんですの？」とブーシェ夫人が訊いた。

遠目に見ると、彼女がダイニングルームにいる女の中で一番だとクレインは断じた。まず肌が綺麗だったし、肩のラインは運動選手のようでありながら同時に女らしかった。そして卵形の顔は貴族的で、茶色い瞳には知性が感じられた。彼は言った。「たぶん警察のトップに執事が必要なんだろ」彼女はどうしてまたブーシェなんかと結婚したのだろう？　金目当てか？　おそらく。

イーストコーム少佐がブーシェ夫人に言った。「警察は、この家の人間が誘拐犯の一味とつながってる可能性があると考えとるんだ。とりわけ脅迫状のことを考慮するとな」

「それは正しいと思います」ランピエールが言った。

「わたしもそれを言ってたのよ」ミス・デイが声を張り上げた。「覚えてるでしょ、ペン？」黒いサテンの夜会服の胸のV字型の切れこみから覗いている彼女の肌が、琥珀色から青白い色に変わった。「あなたに最初の手紙が来たときそう言ったでしょ……ニューヨークの〈ウォルドーフホテル〉で」

ペン・エセックスがそわそわと唇をナプキンで拭った。「そうだった」と彼は答え、こう言い添えた。「僕が手紙を受け取った翌日に、きみに話したんだったよね？」

「あら――」ミス・デイは一瞬青い目を見開いた。「あら、そうね、そうだったと思うわ」

オマリーがクレインをちらりと見た。二人とも、エセックスがニューヨークの〈ウォルドーフ〉で誰かと一緒だったのを否定したことを思い出していた。事実、ミス・デイは彼と一緒じゃなかったのかもしれない。ともあれエセックスは、〝翌日〟という言葉を強調した。当然のことだが彼はミス・デイを守りたいのだろう。だが実際、ミス・デイが〈ウォルドーフ〉にいたのだとしたら、それは彼女にとってあまりいい状況とは思えなかった。それはとりもなおさず彼女が、エセックスが脅迫状を受け取っていた期間、常に彼と一緒にいた唯一の人間であるということだからだ。あのプロボクサーのバスター・ブラウンも当時ニューヨークにいたが、二通目の手紙が届いたときは彼はマイアミまでブガッティを走らせていた。

さっき階上（うえ）で見てきたことを考えれば、ミス・デイが〈ウォルドーフ〉にいたことは十分ありそうだった。つながっている部屋のことを知らなかったオマリーも同じ結論に達した。二人は彼女に少し時間を割いたほうがよさそうだと満足げに決定した。

イマゴ・パラグアイはずっと、ラングリー嬢から長たらしいイギリスでの成功譚を聞かされていた。彼女が演じたジュリエットやマクベス夫人をトリー（イギリスの俳優・舞台演出家・劇場経営者）がどれほどほめそやしたかだの、エレン・テリー（イギリスの舞台女優）がジョージ・バーナード・ショーのことを実は何と言っていたかだの、聖なるサラ（フランスの女優サラ・ベルナールの異名）の演技のパターンはどうだったかだの、云々。そこでイマゴはつとクレインに向き直った。「あなた、ローランド・トルトーニが死んだことにわたしが巻き込まれると思う？」

「どういう意味だね？」

「小切手よ。わたしが現金にした小切手のこと覚えてる?」

クレインはもちろん覚えていたが、あまり自分を賢く見せたくなかった。「小切手って?」

「あなたがトルトーニ氏の事務所に来たときのことよ」

「ああ、そういえば。千ドルのね」彼はブランデーを呑み干した。「そのことを警察に訊かれるかもしれないね。でも、ギャンブルができるように彼が現金にしてくれたと言えばいいだけだ」

「警察はわたしを逮捕しない?」

「もちろんしないさ。ここはキューバじゃないんだ」

イマゴ・パラグアイはにっこりした。「よかった」彼女の歯はとても小さくて真っ白でなめらかだった。「あのおかしな男からトルトーニが死んだときのことを聞かされて、わたしとても怖かったの」

彼女の青味がかった黒目がクレインの顔にぐずぐずと留まった。「あなた、気がつかなかった?」

彼女の顔は、まるで寺院にある仮面のように、超然として美しかった。まぶたの色はぼんやりした紫がかったグリーンで、絹細工のような光沢があり、漆黒の眉は風にしなう竹のように弧を描いていた。彼女の唇の色によく合っている深紅のドレスは、小ぶりのよく締まった胸に沿わせて、左肩のところを、目がエメラルドになっているとぐろを巻いた金の大蛇のブローチで留めてあった。

「ああ、気がついてたよ」とクレインは答えた。

女たちは部屋を出ていき、彼はダンサーの背中を見つめていた。彼女に強く惹かれていたが、同時に怖れる気持ちもあった。彼女はまるで少年のように細い体形をしており、歩く際にも腰がわずかに動くだけだった。だがそれでいてとても魅力があった。そしてそれは屈折した魅力だった。なぜならおそらく彼女自身がそういうものをひどく軽蔑していたからだ。その軽蔑の裏には情熱が秘められているのだろうかとクレインは訝しんだ。それと彼女の針のように鋭い短剣のことも気になった。

クレインとオマリーと少佐はウイスキーを呑んでいた。ほかの面々はコーヒーをお代わりした。トニー・ランピエールが言った。「僕はもう二度と酔うつもりはありません」

「またどうして?」オマリーが訊いた。

「夕べ、僕たちがみんなしらふだったら、連中は決してカメリアをさらえなかったでしょうから」

「間違いなくさらっていっただろうよ」クレインは言った。「もし我々がしらふだったら、あれほど闘えなかっただろうからね」

ブーシェがクレインを吟味するように見た。「あなたはどれほど闘ったというんですか?」黒くて小さい彼の目は敵意に満ちていた。

「僕は別にこの傷を歯ブラシでつけたわけじゃないんだ」そう言うとクレインは顎の傷を彼に見せた。

「いずれにしろきみは名ばかりの探偵だ」イーストコーム少佐が言い放った。彼はエセックスをじっと見て言った。「もしわたしの思い通りにできるなら、もうずっと前に彼らはクビになっていただろうよ」

「彼らはやれることはやってるんです」エセックスが弁護するように言った。

クレインは少佐ににやりとしてみせた。「あなたの思い通りにはできなかったですね」

オマリーがたたみかけた。「僕たちがこうして話してるんですから、さあ少佐、この際どうして鼻の同じ場所を二度も殴られることになったか説明してはどうですか?」

「それからたぶん勇敢なブーシェ氏が、どうして闘いに参加しなかったか説明することだろうさ」クレインも反撃に出た。

ブーシェはひきつったように肩を動かすと、ディナージャケットの袖の下から白いシャツのカフスを引っ張った。「僕はただ時間内に着かなかったんだ」彼は眉をひそめてクレインを見た。「あなたもご存知でしょう」

「あなたがその場にいなかったことは知ってます」クレインが答えた。

「泥仕合はやめにしませんか?」とトニー・ランピエールが言った。

クレインが言った。「ただ僕は、ブーシェさんのここでの立場について伺いたいんですがね。彼は誰のゲストなんです?」

「僕の妻がカメリアの親しい友人なんです」ブーシェが答えた。

「で、あなたは?」

イーストコーム少佐が目を細めて顎を突き出して、ブーシェを眺めて言った。「彼も親しい友人になりたいんだよ」

「その思惑はまったくうまくいってませんがね」トニー・ランピエールが言った。

「いってないと?」少佐がブーシェのほうに身を乗り出した。「だいたい何できみはそうカムをかまうんだね?」

ブーシェはいらいらしているようだった。「わたしはずっと彼女に礼儀正しく接していますよ。ただそれだけです」

「トルトーニのところで一晩中彼女とダンスをするのが礼儀正しいことだと思うのかね?」

「彼女はダンスが上手なんです」

「じゃあ、キスするときは?」

トニー・ランピエールとブーシェが一斉に立ち上がった。ブーシェは動転していた。「どういう意味ですか？」

「おとといの晩、バルコニーにいるきみたちを見たんだよ」少佐は椅子から離れ、テーブルにてのひらをついた。「彼女はきみから逃げようとして揉み合っていた」

ブーシェが心配げにエセックスをちらりと見た。「あれは、一瞬、分別をなくしたんです」

「ゲス野郎め」とトニー・ランピエールが吐き捨てた。

オマリーはクレインににやりとしてみせた。

「分別をなくしただと！」イーストコーム少佐が唸った。「きみのは分別をなくしたんじゃなくて計算ずくだ。きみはカメリアに一体どれだけの値打ちがあるか知り尽くしてるんだ。きみは彼女と結婚したいんだ。そうすればイヴと離婚して安楽に暮らすことだってできる、だろ？」

「彼は正気じゃない」ブーシェが訴えた

「ああわたしは正気じゃなかった。きみの財務上の格付けを調べるくらいにな」少佐は勝ち誇ったように、みんなのほうに向き直った。「どうだったと思うかね？」

「ゼロ」とクレインが言った。

「もっとひどかった。この男は今月末までに三万五千ドル必要なんだ。さもないとボルティモア銀行が、ヴァージニアにあるブーシェの地所を処分することになる」

ブーシェは少佐を殴ってやりたいと思っているように見えたが、あえてそうはしなかった。彼はぎょっとしているようだった。彼の鉤鼻の下で、唇が真一文字に結ばれていた。彼はカフスを引っ張った。

少佐がテーブルをばんとたたいた。「ウォレントンのにわか成金のためのオークションにハンターたちが売りに出したんだ。ブーシェ一族がラファイエット（フランスの軍人・政治家）をもてなしたとかいう由緒ある屋敷まで。結局、イーストオレンジから来たどっかの配管工に売り飛ばされたらしいが。だから彼がカメリアを……そして彼女の金を手に入れたいと思っても何の不思議もないことだ」

「ほんとですか、グレッグ？」とペン・エセックスが尋ねた。

「わたしはまあ少々困窮してますよ」彼はそこで言葉を継ぐ前に唾をのみ込まなければならなかった。「でも誓ってもいい。わたしはカメリアと結婚しようだなんて考えたこともない……わたしが――わたしがイヴを捨てたがってるなんて、まさか思わないでしょう？」彼がカフスを引き下ろすと、手首の黒い毛がまるでウナギのようにのたくった。

「わからない」とエセックスが答えた。「どう考えればいいのかわからないです」

「僕にはわかるよ」トニー・ランピエールが言った。

「誓ってもいい。わたしは彼女と結婚しようとなんてしていない」

「何が誓ってもいいだ！」トニー・ランピエールが声を荒らげた。

「確かにわたしはいくばくかの金が欲しかった。それは認めますよ」彼が肩を回すと、彼のディナージャケットの背中に一筋のしわが寄った。「わたしはカメリアに融資をしてもらおうとしていました」

「どうして僕のところに来なかったんですか？」エセックスが口を尖らせた。

「きみがお金を持ってたためしなんてないじゃないですか」

「カメリアは三万五千ドル持ってるんですか？」クレインが訊いた。

「まあそれに近い額は」とイーストコーム少佐が言った。「彼女は収入の一部をずっと貯金してるからね」

「母が妹に残したお金も多少ありますから」とエセックス。

「わたしは彼女に担保を差し出すことはできましたし、何ら法外なことではないですよ」

「で、なぜ彼女にキスしたんですか?」トニー・ランピエールが詰め寄った。

「さっきも言ったでしょう。彼女は魅力的だ。わたしは分別をなくしたんです」

「既婚男性は昔から娘たちにキスしようとしてきたものだよ」クレインがランピエールに訳知り顔に言った。

少佐が言った。「だが、キスしても彼は金を得ることはできなかったんだ」

「彼女は考えると言ってくれましたよ」

「でもきみはそれを待たなかった」少佐が言った。

クレインが目をしばたたいてブーシェを見ると、彼が青ざめているのがわかった。

少佐が先を続けた。「五万ドルの身代金はさぞきみの助けになるだろうね、ブーシェ君?」

だしぬけに素早くぐいっと体を動かすと、ブーシェが下手投げで水の入ったグラスを少佐の顔に投げつけた。グラスは彼の顎に一撃をくらわすと、テーブルに落ち、コーヒーカップに当たってテーブルから転げ落ち、赤いタイルの床で粉々になった。コーヒーの残りかすが白いナプキンの上にマホガニー色のしみを作った。

少佐がテーブルを回って前に出てきた。彼は半ば身をかがめ、両腕を垂らして、まるでフットボールのラインマンのように身構えた。

「やめて下さい! やめて下さい!」ペン・エセックスがテーブルをどんどん叩いて叫んだ。

オマリーが少佐の前に出て、彼の行く手を遮った。内心で彼が強硬な態度に出ることをオマリーは願った。この二日間というもの彼はこの男を殴りたくてたまらなかったのだ。

「彼をかかって来させて下さいよ」ブーシェが言った。

「だめです」エセックスが答えた。

「カメリアを誘拐したと彼がわたしを告発することなどできないんです」

「してないじゃないですか」クレインが言った。「彼は、五万ドルはきみの助けになるかもしれないと言っただけだ」

「だがその言外の意味は――」

「けっ」とオマリーが吐き捨てるように言った。「五万ドルありゃ、誰にとっても助けになるさ」彼は肩肘をイーストコーム少佐の胸に当てた。

「よしましょうよ」トニー・ランピエールが言った。

少佐がオマリーをじろりと見た。「この続きはまたあとだ、ブーシェ」

「どうして今じゃだめなんだ?」

「お願いですから、よしましょうよ」ランピエールが繰り返した。

ブーシェはもはや恐れてなどいないようだった。彼は怒っていた。今や自分のことは自分で始末できるとでもいうようにふるまっていた。彼がずっと恐れていたのは、自分が金に困っていることが露見することだったのではないかとクレインは思った。

「またあとでな、ブーシェ」少佐はそう言うなり、オマリーの体を押すのをやめた。

「二人とももうこんなこと水に流したらいいのに」

「殴られたらそうはいかん」言いながら少佐は顎を指で触った。

執事のクレイグがダイニングルームに入ってきた。彼は手に〈マイアミ・ニュース〉紙を持っていた。「外にいるリポーターたちが、この件についてお話を聞きたがっています」彼はそう言ってエセックスに新聞を渡した。

エセックスは新聞に目を通すとこう言った。「すぐに行くと伝えてくれ、クレイグ」彼は新聞をクレインに手渡して、個人広告欄に載っているある広告を指さした。

そこにはこう書いてあった。

金は用意した。連絡乞う。　エセックス

「ということは、身代金を払うことに決めたわけですね」クレインはそう言うと、新聞をオマリーに押しつけた。

エセックスが言った。「マイアミじゅうの新聞に広告を載せたんです」

「これでザ・アイが連絡してくれれば、面白い展開になりそうだ」クレインが言った。「それでも身代金の受け取りで絶対確実な方法なんて僕はいまだ聞いたことがないんですが、警察にも介入させるつもりですか？」

「僕にはわかりません」とエセックスが答えた。

「もちろんそのつもりだ」イーストコーム少佐は自分のグラスにウイスキーを大量に注いで言った。

「われわれが、またきみたちにへまをさせるような危険を冒すと思うかね？」

クレインは彼の言葉を無視した。「リポーターに何を話すつもりです?」彼はエセックスに訊いた。

「身代金を支払う用意があるということです」

「カメリアさんが戻ってくるまでは、誘拐犯から受け取ったいかなるメッセージも内密にしておくつもりだと言っておくのが賢明だと僕は思う」

「ええ、そうだと思います」

オマリーが言った。「俺なら、警察に協力を求めるつもりはないとレポーターに言うだろう。たとえ事実はそうでなくても」

「それで多少はザ・アイの疑念が和らぎますよね」ランピエールがうなずいた。

「やつはそういうとこはやけに頭が回るけど」クレインが言った。「やってみても別に損にはならないよ」

エセックスが言った。「実際に、警察には介入させるべきじゃないかもしれません」

「警察が十分な知識を持ち合わせとらん限りは、わたしも、身代金についての権限まで彼らに与えるつもりはないよ」イーストコーム少佐が言った。

「いずれ、警察は介入するでしょうが」とクレインが言った。

オマリーが言った。「やつらは無茶はせんだろう。以前ニューヨークで、フラチェッティ家の少年が誘拐されたとき、警察は身代金を持ってった男を追跡しようとさえしなかったからな」

「わたしから地方検事に話をしよう」少佐が言った。「警察がカメリアの身を危険にさらすようなことをしないよう、彼が取り計らってくれるだろう」

エセックスが言った。「身代金の支払いが終わったらすぐに、警察に知らせてもらえるよう手配できるかもしれません」

「カメリアの無事が確認できるまでは、僕たちは時間を稼いだほうがいいと思います」とトニー・ランピエールが言った。

「ザ・アイの望む身代金の受け渡し方法がわかるまでは、時間を稼いだほうがいい」とクレインも同意した。

「では僕はレポーターに会ってきます」とエセックスが言った。

「ご婦人方と合流しませんか」とブーシェが提案した。

椅子やら靴やらが、赤いタイルの床とこすれ合って音を立てた。下僕のカルロスが、食器室へ続く前後に開閉するドアから覗き込んだ。ドアへと向かう彼らの頭上で、煙草の煙が渦を巻いていた。オマリーはクレインが来るのを待った。

「あわやルール無視の乱闘騒ぎにでもなるかと思ったよ」

「少佐は確かに自分で災いの種をまきに行ってるよな」

「彼は誘拐の責任を誰かに負わせようと必死なんだ」

「馬鹿みたいに必死なんだ」

「俺、いっぺんあの男を殴ってやりたい」

「別にそうしたっていいんじゃないか?」とクレインが応じた。「ほとんど全員そうしたいと思ってる」

彼らは中庭(パティオ)に向かって歩いた。オマリーが尋ねた。「これからの予定は?」

「バスター・ブラウンを探さないといけない」クレインはオマリーに、エセックスとミス・デイの寝めないとな」

室の話と、赤いインク瓶を持ったブラウンを見たことを話した。「あれで何をしていたのか、突き止

「あの男を尋問するのはさぞ面白いだろう」

中庭の上に広がる濃紺(ネイビーブルー)の空には、半月と満月のちょうど中間の月がかかっていた。その乳白色の光はものの輪郭を際立たせ、すべてのものを写真のネガのように黒と白に見せていた。風は甘くものうげで、ヤシの木をまるでため息をついているかのようにそよがせ、夜咲きの夕顔やジャスミンの香りを運んでいた。

クレインはイマゴ・パラグアイのほうに金属の椅子を引っ張っていった。「ちょっといいかい?」

「もちろんよ」

クレインは彼女のそばに腰掛けた。「きみのガールフレンドはどこ?」

「わたしのガールフレンドって?」

クレインは彼女に煙草を差し出して言った。「ミス・ラングリーだよ」

月光の下の彼女の顔はこのうえなく美しかった。大理石のように青白く、ひややかで、肌の質感は完璧だ。「どうしてミス・ラングリーがわたしのガールフレンドだと思って?」煙草を取るときに、彼女の指が彼の指をかすめた。

彼はマッチを手でおおうと、彼女のほうに身を乗り出した。「明らかじゃないか……彼女に執着心があるのは」マッチの炎が、彼女の深紅の唇と、瞳の下の青い影と、頬のくぼみをあらわにした。

彼女はクレインの手に自分の手を添えて、煙草に火を点けた。そして上体を後ろにそらし、指の間で煙草を持った。彼がマッチの火を吹き消すと、彼女の顔はまたもや大理石のようになった。彼の鼻

孔にサンダルウッドの香りが入ってきた。

　彼女の口調にはそつがなかった。「あなたの結論は、二日間の観察に基づくものよね、クレインさん?」彼女は怒っていた。だがどの程度怒っているのか、クレインには測りかねた。

　月が浜辺にクリーム色の光を投げ、砕ける波の頂をクロミウムのように煌(きら)めかせた。時折り磯波が、大型動物が息を吐きだすようなシューッという穏やかな音を立てた。中庭(パティオ)は、つぶやくような様々な声に満ちていた。

「人からもそう聞いたしね」クレインが答えた。

「ミス・デイ?」

　彼は黙っていた。

　彼女の声は低く、熱を帯びていた。もはや気取ったものうげな口調ではなかった。「あなたは、わたしがあの女みたいに大きな胸をしてないし、みごとなお尻の持ち主でもないから、殿方には興味があるはずないとでも思ってるの?」

「どうかな」

　彼女は口から煙を吐き出した。「胸が大きいことと、男性に関心があることとは関係ないわ」

「僕から見ればあるんだ」

「あなたはわかってない。わたしがどういう――」

「いや、わかってるよ」クレインは煙草を中庭の敷石に落とすと、足の下で踏みつぶした。「こんなこと言ってすまなかった。ミス・ラングリーへのきみの友情をとやかく言うなんて、僕は下劣だ」

　彼女は硬い声で言った。「彼女の友情よ。わたしのではなく」

「え？」

「わたしは自分の性別だって好きじゃないの」

「好きじゃない？」

　彼女は肩をすくめてみせた。「まあわたしにはどうでもいいことなの。あなたが考えてるようなことは」彼女の話すテンポがいつのまにかゆっくりになってきていた。「わたしにはほかに気がかりなことがあるの」

「小切手のことかい？」

「いいえ」彼女の声が囁き声に変った。「わたし、脅迫されてるの」

「誰に？」

「あなたにはお話ししないほうがいいと思うわ」

「ディ・グレガリオかね？」

「あなたにお話しするつもりはないの」

「彼は一体何をしようとしてるんだ？」クレインは興味をひかれた。「今朝の彼はきみを心底怖がっているようだったが」

「わたしはあなたに何も話してないもの、クレインさん」彼女の声には若干面白がっているような響きがあった。「後でお話ししてもいいわ、今晩。でも今は……」

「理解できないな」

「できないでしょうね」彼女は喫っていた煙草を彼の前に落とした。「それ、踏んでくださる？」彼女が立ち上がると、例によってその背の高さに彼は驚いた。「あなたにお話しするわ。今晩、すごく大切な情報をお教えするわね」

　彼も立ち上がり、足の下で煙草を踏みつぶした。「いつ？」

「二時でどうかしら？」

「わかった。で、場所は？」

　一瞬、彼女は彼の手に触れ、わずかに力を込めた。「わたしの部屋に来ていただいてかまわないわ」

　彼女は手を放して歩み去った。サンダルウッドのかすかな香りだけが残った。

第十一章

オマリーとクレインは、階上(うえ)にあるブラウンの部屋の外の廊下で落ち合った。かなりの暑さで、オマリーは額の汗をシルクのハンカチで拭った。

「オランダのビールでも欲しいとこだ」

「俺たちにはあれよりもっと強いのが必要だぞ」クレインが言った。彼の指の関節が木のドアから三インチのところで躊躇していた。「きみならどこへぶっ飛ばされたいかね?」

「くだらん」そう言うとオマリーは脇の下のホルスターからリボルバーを取り出し、ベルトに差し込んだ。「やつが強硬な態度に出て来やがったら、俺が仕留めてやる」

クレインがノックした。彼の指関節がドアの上でうつろな音を立てた。「ああ?」としゃがれ声が聞こえた。

クレインがドアを押し開けた。

チェスター・ブラウンはベッドで本を読んでいた。頭のそばにあるテーブルの上のランプが、右頬のジグザグの傷跡の輪郭を際立たせ、胸の上で本をつかんでいる刺青のある両手を照らしだしていた。紫色のパンツを穿いており、脚は毛むくじゃらだった。

「何の用だ?」彼がクレインに訊いた。

「二、三訊きたいことがあってな」

彼は二人を見てもことさら驚いているようではなかった。彼が起き直ろうとすると、筋肉がこぶのように盛り上がったり、なだらかになったりした。

「あんたらは探偵、だな?」彼の右耳はまるでひどい凍傷にかかったことがあるように見えた。

「ああ」とクレインが言った。

オマリーがドアを閉めた。

「こっちはあんたらに話すことは何もないんだが」

「俺たちが何か訊くまでは待てや」オマリーが言った。

「まあ気が向けば話すさ」彼は両足をベッドから床のほうに回した。「警官で腹一杯だ」

「坐っとけ」オマリーがすごんだ。

ブラウンは目をオマリーの銃に据えたまま、ベッドに沈み込んだ。

「俺たちは警官じゃない。エセックス氏の依頼で仕事をしてるんだ」クレインはそう言うと、背もたれの高い垂直な椅子に腰掛けた。「だからあんたがこのまま彼のもとで働きたいなら、俺たちに手を貸そうとするだろうさ」

「お前が五体満足でいたいなら、そうしようとするだろうさ」とオマリーが言った。

ブラウンがぶすっとして答えた。「何が知りてえんだ?」

クレインはすぐに動けるように椅子のはじに坐った。「ザ・アイのことを何か知らないか?」

ブラウンは顔をしかめてオマリーを見た。「その拳銃(ショー)を下ろしてくれ。知ってることを教えるから(ショー)」

「お前がバーニー・ベネットにしたようなことを、俺たちにもしてみせるんだろう」オマリーが言った。

「やつは決して俺の動きを封じられなかった」

「お前をこてんぱんにやっつけたじゃないか」

「やつは決して俺の動きを封じられなかったんだ。俺に一杯食わすのに十年かかったしな」

「なに、あの男は十年前からやってただろう」オマリーが言った。「お前はな、絶対ああいう左利きの男を殴れるほど近づけなかったんだ」

「俺にできなかったかどうかバーニーに訊いてみな」

「おい聞くんだ」クレインが言った。「俺たちは二、三質問したいことがあってここに来た」

「そこのアイルランド野郎（ミック）に銃をどかすように言ってくれ」

「銃をしまうんだ、オマリー」

オマリーが上着のポケットに三十八口径をしまった。

「これでいいだろ」クレインが言った。「俺たちには少々助けがいるんだ」

「人にものを頼むにしちゃひでえやり方じゃねえか」

「あんたに殺されるんじゃないかと心配でな」

「そうかもな」

オマリーが試すように言った。「いや、お前はやらんだろう」

「穏便にいこうぜ」クレインが言った。「俺たちはエセックス嬢を取り戻そうとしてやっている。あんたもその点については異存はないだろ？」

「彼女はいい娘だからな」

「お前の口からそんな言葉を聞くとは涙がちょちょぎれるよ」とオマリーが言った。

ブラウンがベッドから半ば立ち上がった。

「坐れよ」クレインが命令した。「あんたをゴミ容器に投げ入れてやろうかと思ったぞ」

「このアイルランド野郎(ミック)に嫌がらせをやめるように言ってくれ」

オマリーが訊いた。「この男に何を訊きたいんだ、ビル？」

「例の手紙のことだ。この男は、〈ウォルドーフ〉でエセックスのベッドに手紙をくっつけることができた唯一の人間だからな」

「ああ、そうなのか？」ブラウンが言った。

「そうだ」

ブラウンがベッドから身を乗り出した。「二通目の手紙はどうなんだ？」彼の両手は膝の上に置かれていた。「あの手紙が来たときは俺はリッチモンドにいたんだぞ」

「お前には共犯者がいるんだ」オマリーが言った。

「おそらくあの小さくて可愛いフランス人のメイドだ」クレインはすべてわかりかけてきたとでもいうようにうなずいた。「あのセレストだ」

「こりゃ驚いたね！」ブラウンの指関節の傷跡の組織はポークリンド（カリカリに焼いた豚の皮）みたいな色だった。

「女と逢引きしたからといって、なにも俺たちが誘拐を計画しているということにはなるまい」

「だが形勢はよくないぞ」

ブラウンのしかめつらがはっとした顔に取って代わった。「まさか俺があんな手紙を書くと本心では思ってねえんだろ？」

「さあな」とオマリーが答えた。

「あんたの態度が」とクレインが言った。「あんたは協力したがっているようには見えんからな」

「それはまったくの誤解だぞ。あんたらがここに押し入ってきたやり口ときたら……あれは誰だって我慢ならんぞ」

「へっぽこボクサーめが！」オマリーが吐き捨てた。「コーナーに行くまでは持ちこたえろや」

ブラウンの目が光を放ったが、彼はその言葉を受け流した。この連中はたいして頭が切れないと彼は踏んだのだ。彼らが自分の弱みを握っていると思っているのでもなければ、ここは穏やかにいったほうがいい。自分は今、窮地にあるのかもしれないが。

「手を貸そう」と彼は言った。「だが、無駄話はいらん」

「では、一連の手紙について何を知ってる?」クレインが尋ねた。

「俺は何も知らん」

「この家の何者かがあの手紙を配達しているんだ。それが誰か推測もできんのか?」

ブラウンは頭を振った。セレストを除いて、この家の誰のこともあまりよくは知らないと彼は言った。彼がエセックスのもとで働くようになってまだ一年と経っておらず、常雇いのほかの使用人たちにはあまり関心を払ってこなかったのだと。また、彼とクレイグは折り合いがよくなかった。クレイグはこの家の預金口座から勝手に多額の金を引き出したり、デイルの店から手数料を取ったり、貯蔵品やら酒やらリンネルやらをくすねていると彼は考えていた。

「例の二人のラテン男、カルロスとペドロも袖の下を受け取っている」と彼は言った。

「あいつらはエセックス嬢の誘拐に関係(コネクション)があると思うかね?」クレインは訊いた。

「ラテン男にどういう交友関係があるかなんざ、どうやったらわかるのかね?」

「どっちかがトルトーニのことを話してるのを聞いたことはないか?」

「そのことは俺も考えたさ。だがやつらはスペイン人だ。トルトーニは――同じラテン系でもイタリア人だ。あの人種は交流しねえんだ」

「クレイグが拳銃を持つようになってどのくらい経つんだ?」

「例の手紙が来だしてすぐだ」と言いながらブラウンが脇の下をかいた。「エセックスは俺ら全員に拳銃を持たせた」

「僕たちが到着するのを監視していた男は誰だ?」

「俺だ」

「それと別の男――あのバルコニーにいた男は?」

「それも俺だ」

「へえ、違う男に見えたぞ」

「いや、俺だった」そう言うとブラウンはにやっとした。「あんたたちが探偵のふりをしてるんじゃないことをエセックスは確信したかったんだ」

「彼はまだ確信してないよ」オマリーが言った。

「それと、手紙がどうやって届いてるのか何か思いあたらんかね?」とクレインが訊いた。

「推測はつくさ」

「それを話してくれ」

「エセックスが手紙を受け取るたびにそばにいた人間だ」

「誰かね?」

「まあ、女だ」

「ミス・デイ?」

「ああ、それがあの女の本名だとすれば」

「だがエセックスは、〈ウォルドーフ〉では誰とも一緒じゃなかったと言っている」オマリーが言った。

「彼女はあそこに部屋を取ってたんだ」

「そうか」クレインは指の爪を噛んだ。「何か彼女のことで情報でもつかんでるのか?」

「いや。ただあの女は手紙を配達するのに便利だからな」

「配達するだと? 彼女は一連の手紙は書いてないと思うのか?」

ブラウンが蚊をぴしゃりとたたいた。「あの女一人で誘拐の筋書きを考えたりなんぞできないさ」

死んだ蚊は彼の腕に鮮やかな赤い塊りを残した。

「あんたの考えが正解だろう」クレインは椅子にゆったりともたれた。「彼女が一枚噛んでるとしても、誰かに指示されてやってるんだろう」

「で、あの赤インクはどうしたんだ?」オマリーが訊いた。

「お前、何言ってんだ!」ブラウンがそう叫んで立ち上がった。「ああ、思い出した」

彼は体格のよい、がっしりした男だった。脚は短く、敏速に動くには向いてなかったものの、そのぶん頑強だった。またなかなかのくせ者で、どの角度からでもパンチを繰り出すことができ、両肩は筋肉で盛り上がっていた。彼の胸骨からズボン下の一番上のボタンのところまで、まるで狼の縞のように濃い一片の黒い毛が走っていた。腹は何層もの脂肪で丸くふくらんでいた。

「今朝少佐に、赤インクがいると頼まれたんでな」

一陣の空気の流れが西側の窓のカーテンをはためかせた。

クレインが訊いた。「彼にそれを持って行ったのか？」

「エセックスさんの書斎にひと瓶あったんで」

オマリーが訊いた。「何のために必要か、あの男はあんたに話したか？」

ブラウンは頭を振った。

「彼はまだそのインク瓶を持ってるのか？」

「いや。ディナーが始まるちょっと前に、俺がエセックスさんの机に戻しにいった」

「どうやら少佐とおデートをしなくちゃならねえようだな」オマリーが言った。

クレインはうなずくと、ブラウンに訊いた。「ほかに何か言っておくことはあるか？」

ブラウンにはなかった。

「まあ、ありがとうよ」そう言ってクレインは立ち上がった。「これで何かに行き着くかもしれん」

「そう願うよ。あの娘が気の毒だ」ブラウンが言った。

「誘拐されるっていうのはあまりいいもんじゃないだろうからな」

「女にとってはなおのことだ」ブラウンが言った。

オマリーがクレインの後についてドアから出た。ブラウンがドアの隙間から彼をにらみつけた。

「路地裏で貴様をぼこぼこにしてやりてえよ、アイルランド野郎（ミック）」

オマリーが切り返した。「絶対、路地裏には行かねえよ」

階下へ向かう途中で二人ともハンカチで顔の汗を拭かなければならなかった。あたりの空気は蒸し暑く、嵐でも来そうな気配だった。

「命に別状はなかったな」オマリーが言った。

「だが今度は少佐に話を聞かないといけなくなった。おまけに向こうは俺を嫌ってるし」

「きみが送りつけた電報が気に入らなかったんだ」

「いやそれだけじゃないさ。あの男は金目当てでカメリアと結婚しようとしてるんじゃないかと思う」

「誰だってそうだろ」

「トニー・ランピエール以外はな」

オマリーがリボルバーをホルスターに戻した「ブラウンがセレストとつき合ってると何でわかった?」

「もしきみがここで働いていたら」クレインが言った。「誰とつき合ってると思うね?」

「頭いいなあ」

「そんなこと思いつくのに頭はいらん」

「あのセレストなら、それはそうだな」

蚊のせいで、みな中庭(パティオ)から家の中へ入って来ていた。ブーシェ夫妻とミス・ラングリーと少佐がブリッジをやっていた。ミス・デイはラジオで、ベニー・グッドマンが『シング・シング・シング』を演奏するのを聴いていたが、嬉しそうに叫び声を上げて彼らを呼んだ。「さあ、踊りましょうよ。今、一番ホットなバンドよ」

クレインは彼女を手伝って、ラジオの前から敷物を蹴とばしてどかした。そして彼女を抱えると、くるりと回転させてフォックストロット（短歩急調の活発なステップ）をやり出した。クレインの手の中にある彼女の背中はひんやりとして引き締まっていた。

「いい音楽だな」クレインが言った。

彼女はさらに身を寄せてきた。「ほんとに」

彼女はしっかりした体つきをしていた。イマゴ・パラグアイのような、ほっそりしたしなやかな筋肉質の体ではなかったが。あのダンサーのように完璧なテンポを刻むわけではなく、彼女なりの直観でステップを踏み、なかなか上手にダンスを踊った。ただ三十五歳になる頃には太りだしそうな感じだった。

「何を聞き出したの？」と彼女が訊いた。

「どういう意味だね？」

「あのボクサーからよ」

部屋の隅の長椅子の上では、イマゴ・パラグアイとエセックスが話をしていた。エセックスが何ごとか言った。イマゴの顔は冷たいほど落ち着きはらっていた。

「俺たちがブラウンに話を聞きに行ったのがなぜわかったんだい？」

「トム・オマリーに、彼の部屋はどこか訊かれたのよ」

「あの男からはほとんど何も聞き出せなかったよ」

クラリネットがリフを奏でていた。音楽が即興的で激しい調子に変わり、今度はドラムとクラリネットだけが演奏していた。

クレインはフロアの空いているスペースの、外側のはじの方を見事に回転しながら、ゆっくりと移動していった。「ブラウンはきみがあの手紙を配達していると考えてる」

彼女のテンポには何の変化もなかった。「それはあの男のほうでしょう」と彼女は言った。

「つまるところ、多少の根拠はある。きみは、エセックスが手紙を受け取っていた期間、ずっと彼と一緒にいたんだからね」

「ブラウンがそう言ったの？」

「ああ」

「まあ、それは正しいわ。わたしはずっと彼と一緒にいたもの」彼女は今や彼をリードしていた。彼女の腕の筋肉が緊張していた。「でも、彼がわたしを陥れたい理由はそのことじゃないわ」

「違うのかい？」

「違う。彼は、わたしが気のあるそぶりをしようとしないので頭に来てるのよ」

「そりゃあ男はさぞ頭に来るだろうなあ」

「そんな皮肉を言わなくてもいいでしょ」

「言ってないさ」

イマゴ・パラグアイの視線が彼に注がれていた。その瞳には何の表情もなかった。彼女の顔はまたしても彼に、完璧に彩色された象牙の仮面を思い起こさせた。エセックスはまだ彼女に話をしていたが、彼女は退屈しているようだった。

ミス・デイの緊張がいくぶん和らいだ。「あの役立たずはほかに何て言ってるの？」彼女は彼のリードにまかせた。

「最初の手紙が来たとき、きみは〈ウォルドーフ〉にいたと主張している」

「何の話？」

「エセックスは僕に、あのときkimiはいなかったと言ったんだ」

「彼はわたしを今回の件に巻き込みたくなかったのよ」

ベニー・グッドマンのバンドは、ジャズではないストレートなメロディーを演奏していた。音楽はさっきまでよりゆるやかで、心地よく、激しくなかった。彼はハーフテンポで踊った。

「それは紳士的だったな」

「でもわたしは別にかまわなくてよ」

彼はツーステップを二度使ってスローターンをするのに成功した。

「だって、もしわたしがあんな手紙を置いてる張本人だとしたら、その場にわざわざいないでしょ？」

「そうかもな」

音楽が止み、鶯嬢のような美しい声が、放送局からのお知らせのためにこれからしばらくの間番組を中断しますと言った。オマリーが彼らのところに来た。さらに別の鶯嬢のような声がこう言った。「お聴きになっているのはWQAM、マイアミです」と。

ミス・デイが言った。「誰を監視すべきか教えるわ」

「誰だい？」

「あそこにいるあの女よ」彼女はイマゴ・パラグアイのほうに親指をぐいと動かした。「彼女にはどこか妙なところがあるわ」彼女の親指の爪は血のように赤く塗られていた。

「どういう点で?」

「まあ、ひとつには、彼女はここで一体何をしてるわけ?」

「彼女はここで一体何をしてるんだ?」クレインが詰め寄った。

「わたしがあなたにお訊きしてるのよ」ミス・デイは、オマリーがひどくがっかりしたことに、肩ひもを直した。「彼女はペンのお客様ということになってはいるけれど、彼は彼女を怖がってるわ」

「誰だって怖がってる」クレインが言った。

カルロスが部屋を横切ってエセックスのところまで来た。「お電話です、旦那様。ここでお出になりますか?」

エセックスはぎょっとしているようだった。「玄関広間のほうで出るよ」そう言って立ち上がり、心もとなげに部屋のそこかしこを見つめると、カルロスの後について玄関広間へ向かった。

「たぶん身代金についての指示ね」ミス・デイが囁いた。

オマリーがラジオのスイッチを切った。ブリッジのテーブルに着いていた面子(メンツ)はゲームをやめ、玄関広間のほうへ首を伸ばした。少佐は立ち上がりかけたが、すぐに気が変わった。ミス・デイとオマリーはクレインのあとから、長椅子に固い表情で坐っているイマゴ・パラグアイのほうに歩いて行った。

長椅子のそばには、ウイスキーのデカンターやクロミウムのサイホン、砕いた氷の入った銀製のボウルが置いてあった。同じテーブルの上に背の高いグラスもあった。「呑みますか?」クレインがイマゴ・パラグアイに尋ねた。

「ありがとう」と言って彼女が微笑むと、例によってとても小さいなめらかな歯が見えた。「いただくわ」

「四人分作ってくれ」オマリーが言った。

クレインは四つのグラスにスリーフィンガー分のウイスキーを注ぐと、そのうちのひとつの匂いを嗅いだ。ウイスキーはスコッチだった。

イマゴがミス・デイに囁いた。「楽しいわね？」

「お酒を呑む競争ならいつでもお相手するわよ」とミス・デイが答えた。

クレインはグラスに氷を入れ、水を加えて満たした。ひとつのグラスをイマゴに、もうひとつをミス・デイに渡し、オマリーには残りの二つから選ばせた。

「健康を祝して」と彼は言った。

彼らが呑んでいると、エセックスが部屋に戻ってきた。

「ちょっと警察が」彼はブリッジをしている面々に言った。「僕が何か連絡を受けてないか知りたかったようです」

彼が長椅子のところに来ると、ミス・デイが自分のグラスを彼に手渡した。「あなたにはこれが必要だわ、ベイビー」

「ランピエールはどこですか？」クレインが訊いた。

「横になると言って階上に上がって行きました」エセックスが答えた。彼は不自然なほど青ざめていて、顔面がほとんど蒼白になっていた。「彼は疲労困憊してるんです」そう言うとウイスキーを一気に呑んだ。

「そりゃそうだろう」オマリーがうなずいた。「おとといの夜から一睡もしてないんだから」

「それにあのときだってたいして寝てなかったしな」フラミンゴを追いかけたときのことを思い出しながらクレインはつぶやいた。

「僕も書斎のカウチで横になろうと思います」エセックスが言った。「どなたか僕に用があれば、そのときはいつでも応じますから」

「あなた、ちょっと眠ったほうがいいわ」とミス・デイが気遣うように言った。

「眠れないよ」

「わたし、少し睡眠薬を持ってるわよ」とイマゴ・パラグアイが言った。「とってもいい薬なのよ。毎晩灯りを消す前にカプセルを二つ飲むの」

ブリッジのテーブルにいるブーシェが四枚のカードを下に置いて宣言した。「ラバー（トランプの三回勝負で二番勝つこと）です」どうやら彼と少佐は和解したようだった。

「睡眠薬を飲むと頭痛がするんだ」エセックスが言った。「それに、眠りたいわけじゃない」

ミス・デイがイマゴに尋ねた。「そういうもの飲んでて癖になるのが怖くないの？」

「もうなってるわ」

ブリッジテーブルではスコアを合計していた。クレインは少佐から目を離さずにいた。彼に逃げられたくなかった。

エセックスが訊いた。「ところでその薬、頭痛はしないのかい？」

「全然」イマゴ・パラグアイが答えた。

クレインがブリッジテーブルのほうへ移動しかけた。イマゴが彼に声をかけた。「わたしたちのデートのこと、忘れてないでしょうね？」

「もちろん忘れてないさ」

　彼は少佐を廊下でつかまえた。「お話したいことがあるんですが」

「何の話だね？」

「プライベートなことです」

　少佐は顔をしかめた。「では、わたしの部屋まで来てくれ」そしてクレインの返事を待たずに、振り向いて階上(うえ)へと上がっていった。

第十二章

二時十五分前、オマリーが彼らの部屋に戻ってきた。彼はクレインを見て驚いた。「てっきりきみはもう寝てると思ってた」彼のワイシャツの胸には口紅がついていた。

クレインは上着も靴も脱いでベッドに横になっていた。「そうしたかったんだが」と彼は言った。ベッドのそばのテーブルの上には、〈デュワーズホワイトラベル〉の半分入ったボトルとグラスが置いてあった。彼は〈ブラックマスク〉を読んでいた。

オマリーは上着を脱ぐと、黒いネクタイをぐいっと引っ張ってはずした。「今から泳ぎに行く」

クレインはベッドに起き直った。「酔ってるじゃないか」

「酔ってないさ。ミス・デイと一緒に行くんだ」

「この雷雨の中をかい？」

「なに、雷は三十マイル向こうだ。月が出てるよ」

クレインはベッドから降りて、フランス窓の外を眺めた。月が右手のほうの、水平線よりわずかに上に浮かんでいた。乳白色の雲の堤のすぐ上だった。

「俺も出かける」と彼は言った。「ちょっとデートがあるんだ」

オマリーがバスルームから水泳用のパンツを持ってきた。「誰と？」

「イマゴと」

「気をつけたほうがいいぞ。例の短剣で刺されないように」

「その手のデートじゃない」クレインは、月が黒い海面にこしらえた道をじっと見つめた。「……少なくとも俺はそう思ってない」

「けっ！　じめっとしてるな」水泳用のパンツを穿きながらオマリーが言った。「少佐から何か聞き出せたか？」

「何も。一切何も」

「赤インクは何のために使ったんだ？」

「帳簿の帳尻を合わせるためだと。それを俺に見せてくれたよ」

「手ごわかったか？」

「いつもと同じだ」

「彼は潔白か？」

「残念ながらな」

「ま、そのうちあの男の弱味をつかめるさ」オマリーは期待をこめて言った。

　遠くで雷がゴロゴロ鳴る音がした。風も強まっているようだった。ヤシの木がカサカサ音を立て、フランス窓が勢いよく揺れて閉まりかけた。クレインは窓がばたんと閉まる前にそれを固定して言った。「もう出かけたほうがいいぞ。さもないとそのうち嵐になるだろう」

　オマリーはビーチローブをはおると、オレンジと白のタオルを腕に掛けた。「そのウイスキー、全部要りそうか？」

「要らないと思うよ」言いながらクレインはタンブラーにウイスキーを満たすと、ボトルをオマリーに渡した。「エセックスに捕まらないようにしろよ」

オマリーがにやりとした。「あの男は正体もなく眠りこけてる。書斎のカウチの上で、毛布をかぶって寝てるよ」

また一人になったクレインは腕時計を見た。そろそろ二時だった。彼はベッドに坐って靴を履き、黒の蝶ネクタイをつけて上着を着た。グラスのウイスキーを四分の一ほど呑み、ベッド脇の魔法瓶から水を飲んだ。それでかなりいい気分になった。

彼は残りの酒を寝酒用に残し、玄関広間に出て、イマゴの部屋のドアを見つけるとそっとノックした。

ややあってドアが開いた。イマゴ・パラグアイが部屋の中から彼をじっと見た。「ああ」と彼女は言った。「あなたなの」彼の目に見える限り、彼女は薄いナイトガウンしか身に着けてなかった。彼女の頭と、片腕と、肩の一部だけが見えていた。その部屋のばら色のシェードのついたランプの灯りが、彼女の肌を染め上げていた。

クレインは低い声で言った。「僕に何か話してくれるつもりだと？」

「いえ。気が変わったの」

「ああ、僕はてっきりきみが……」

「ごめんなさい」

「では、誰にも脅されてなんかないんだね？」

「ええ、誰にも」

彼は踵を返そうとした。「じゃあ僕はこのまま失礼したほうが——」

「待って」彼女の指が、彼の左の手首をつかんだ。「あなたはわたしを……おかしいと思ってるんでしょ？」

「そんなことはないよ」

彼女は彼を自分のほうに引き寄せ、両手で彼の上着のボタンをはずした。「いいえ、思ってるんだわ」彼女の黒髪はラックスのシャンプーで洗ったかのような匂いがした。

「まあ、ひょっとしたら……」

「そうなの？」彼女は彼の肩をつかみ、唇にキスをした。「そうなの？」そしてもう一度キスをした。クレインには、曲線を描いている彼女の肩越しに、透き通ったナイトガウンの下にある、彼女の裸の背中の優雅なカーブが見てとれた。彼女は荒々しく彼から手を放した。「これでもまだ思ってるの？」

「わからん」

「わからないの？」彼女は彼のシルクのワイシャツの前を引き裂いた。「わからないの？」彼女は彼のむきだしの胸を、手で線を引くように引っ掻いた。

彼女の爪がひどい傷をつけた。クレインが目を落とすと、日焼けした肌にできた四本の水平な傷あとから血がにじんでいるのが見えた。

「悪い女だ」と彼は言った。「きみは魅力的で、可愛い、悪い女だ」彼は彼女を部屋の中に押し戻すと、ドアを閉めた。「俺には今もまだわからん。でも必ずきみの正体を見極めてやるからな」

第十三章

目を覚ますと彼はベッドの中にいたが、隣にいる女に触れるまで自分がどこにいるのかわからなかった。彼が肩に触れても、女は微動だにしなかった。指に触れた女の感触はひんやりしていた。彼は女の上に掛かっている絹のようなシーツを引っ張った。彼女の肌はきめ細かで、高価な石鹸で洗い上げた匂いがした。

ベッドに起き直ると、彼の鼻孔はサンダルウッドの香りで塞(ふさ)がった。女はイマゴ・パラグアイだった。彼は暗闇でにやりとした。疲れ切っていたものの、これは記念すべき夜になったと思った。彼女のほうはどうだろうか？　いったい今は何時だろうか？　彼女は目を覚ましているのだろうか？　ためらいがちに彼女に触ってみたが、何の反応もなかった。だが別に驚きはしなかった。彼女が飲んだ睡眠薬のことを思い出したのだ。それより酒が呑めたらいいのにと思った。

テーブルに置かれていたウイスキーのデカンターのことを思い出し、ベッドの頭のところにある灯りを点けた。黄色い光線がダンサーの上に落ち、その丸みを帯びた肩や、鎖骨の優美なVのラインや、シーツの下で隆起している胸の輪郭を際立たせた。もっとも頭の部分は影になっていて、彼女が光で目を覚ますことはなかった。

彼はベッドから降りると、酒を注いだ。部屋を見渡すと、自分のワイシャツや靴下や下着が、フランス窓の脇の椅子に投げ散らかされているのが目に入った。枕の上にあるイマゴ・パラグアイの黒髪が、まるで雪の上にある煤(すす)の汚れのように見えた。イマゴのそばにあるテーブルの電気仕掛けの時計に目をやり、四時二十分であることがわかった。彼はイマゴを見やった……

　彼はもう一杯酒を呑み、イマゴに視線を戻した。彼女のすらりとした体はシーツの下で物音ひとつ立てなかった。彼女の肩のあたりは非の打ちどころがないほど美しかった。彼は再びいい気分になってきた。彼女は一体どれほど深く眠っているのだろう？　睡眠薬のカプセルを飲んだ人間を簡単に起こせるものなのだろうか？　彼女はそれを嫌がらないだろうか？

　まあなんにせよ、それがわかる方法はひとつしかなかった。彼は最後のスコッチを呑み干すと、部屋を横切ってベッドまで行った。彼女のそばに腰を下ろして待った。だが彼女はぴくりともしなかった。彼は体をかがめて彼女の肩にキスをして言った。「はい、ベイブ」彼女に動きがないので、彼は灯りを調節して、彼女の顔にレモン色の光線が行き渡るようにした。彼女は仰向けに横たわっており、その漆黒の瞳は大きく見開かれていた。彼女の肌は通常なら淡い象牙色だったが、今は血のように赤いクラレットワイン（ボルドー産の赤ワイン）のような色をしていた。ぎょっとした彼は、彼女のむきだしの肩に触って、荒々しく揺さぶった。何の反応もなかった。彼女は死んでいた。

　最初に頭に浮かんだのは逃げることだった。この部屋にいるところを誰かに見られたら、彼はきっと窮地に陥るだろう。とんでもないスキャンダルになるだろう。彼は自分の服のほうへ行きかけたが、途中で足が止まった。イマゴの肌が不自然に紅潮していたことが鮮烈によみがえってきた。彼はベッドまで戻ると、床に膝をつき、鼻を彼女のサクランボ色の唇に近づけた。かすかに苦い匂いがし、アーモンドを連想させた。これはシアン化カリウムだ！

彼はあまりの驚きに、自らの危険を忘れた。彼女のそばにある小さなテーブルには、魔法瓶と、水の半分入ったグラスと、白いボール紙の小さな箱が置いてあった。彼は魔法瓶の匂いをかぎ、次いでグラスの匂いもかいでみた。どちらも何の匂いもしなかった。箱を開けてみて、中に入っていた一ダースほどのカプセルのうちの三つを取り出した。そのカプセルを開け、中に詰まっている灰色の粉末の匂いをかいだ。無臭だった。箱のラベルには〈ヴェロナル〉（ドイツのバイエル社が発売したバルビタールの商標名）と書いてあった。彼は眉間に皺を寄せて、死んだ女をつくづく眺めた。

　自殺か？　彼女は彼を窮地に陥れるために自殺を図るような女だろうか？　そうは思えなかった。ドアまで行くと、内側から差し錠で締まっているのがわかった。フランス窓の外を見た。中庭（パティオ）からバルコニーへ飛び移るのは不可能だった。屋根からバルコニーへの距離もまた、飛び移るには長すぎた。その経路で出入りできた人間などどこにもいまい。イマゴのベッドのすぐ後ろで、彼は死体をじっと見下ろしていた。墨のような瞳を紫色のまぶたで閉じたい衝動に駆られたが、彼女に触らないほうがいいと決心した。自ら命を絶つなんてただごとではなかった。とはいえ、何者かが彼女に毒を盛るために、この部屋にどうやって入ってこられたというのだ？

　彼は〈ヴェロナル〉と記してある箱を指で触った。その箱には、まるで誰かがはさみで切りかけたかのような小さい傷が二つついていた。何者かが〈ヴェロナル〉と一緒にシアン化物のカプセルを一錠すべりこませたのだろうか？　それは彼女を殺害するひとつの方法だろう。もっとも、殺人犯が急いでいる場合はあまりいい方法とはいえない。最後の二つないし三つのカプセルになるまで、彼女はシアン化物に行き着かないかもしれない。一週間かそこいらはそれに到達しないかもしれない。いや、それなら自殺の線のほうが――。

不意にドアをそっとノックする音がした。

彼は文字通り直立不動になって息を詰めた。心臓の鼓動が耳元で聞こえた。突如として全身に鳥肌が立った。彼はそのまま待った。それでもとうとう息をするために唾をのんで咳払いをしなければならなかった。

再びノックの音がした。低い声がこう言った。「イマゴ」

彼はその声がミス・ラングリーのものだとわかった。彼は口を開けて息をしながら、できる限り音を立てないようにした。怖かった。

「イマゴ」ミス・ラングリーがもう一度ノックして言った。「中に入れて」

それから長い間(ま)があった。

「わかったわ」ミス・ラングリーは言った。「きっとあとで後悔してよ」

彼女のナイトガウンがシュッシュッといって遠ざかっていく音が聞こえた。

気がつくと彼はまだ〈ヴェロナル〉の箱をつかんでいた。ベッドのシーツで箱を拭くと、それで箱をつかみ、テーブルの上に戻した。そしてイマゴのすらりとした体にそのシーツをかぶせた。とっととここから逃げ出したほうがいいことはわかっていた。自分がこの部屋で何をしていたか言い訳しようとはしたくなかった。

彼は椅子のところまで行くと、シルクのパンツと靴下を身に着け、エナメル革の礼装用の靴を履き、ワイシャツを着た……ところで一体ズボンはどこにあるのか？　彼はそれを椅子の背に掛けたことを覚えていた。だがもはやそこにはなかった。彼は床の上やベッドの下やテーブルの後ろを確認した。……上着と一緒にある可能性もあるのか？　上着を放り投げてある緑色の長椅子のところへ急いで行った。果たしてそこにあった。しわくちゃの白い上着が。だが、ズボンはなかった。彼は猛烈な勢いでクローゼットの中を探した。サンダルウッドの香りのする服をどかしたり、帽子箱をいじったり、靴に触って調べたりしながら。バスルームへ続く小さい化粧室にある整理だんすのひきだしの中を捜し、そのたんすの上も下も気をつけて見た。次いでバスルームにも目を凝らした。それから彼はベッドのシーツを持ち上げ、床に投げ飛ばされている桃色のブランケットを拾い上げ、絹のようなベッドカバーを広げてみた。そこでふと彼は、さっきまで自分の服が掛かっていた、今はむきだしの椅子を振り返った。

ある考えが脳裏をよぎった。彼は上着のところへ走っていくと、内ポケットに手を突っ込んだ。ほっとしてため息が漏れた。九千ドルはまだそこにあった。

それにしても彼のズボンは？　椅子に掛けたことまではわかっていた。とするとどっかのろくでもないやつが盗んでいったのだ。それはとりもなおさずイマゴは殺害されたということだ。何者かがこの部屋にいたということだ。彼はひどく憤慨した。この世界では犯人は探偵に対して大いなる敬意を払っていたんじゃないのか！

彼は上着を着ると、最後に部屋の中を一周した。部屋には内側から錠がおろされていた。外にはエセックスの警備の人間がいるので、屋根や中庭(パティオ)からバルコニーへ移ってくることは誰にもできなかったはずだと彼には確信があった。近くにほかにバルコニーはなかったし。バスルームの窓には内側から鍵がかかっていた。化粧室には窓はなかった。彼は寝室の天井を凝視した。白い水性塗料が塗られており、彼の部屋にもあるように、隅のほうに四フィート四方の正方形の通風孔があるだけだった。天井のほかの場所にはまったく何の跡もなかった。彼はベッドの上の通風孔をじっと見上げた。猿より大きい生き物はとうてい入っては来られまい。天井からこの部屋に入って来た者が誰もいないのは間違いなかった。

　時計を見ると四時四十五分を指していた。もう行ったほうがよさそうだ。ドアへ向かう途中、彼はイマゴ・パラグアイの死体のそばで佇んだ。柔らかな光の下で見る彼女の顔は奇妙だった。東洋の人形の顔のようだった。はかなげで、穏やかで、無表情で。冷淡で、人間離れしていて。眉より上の肌は青白かったが、頬と首はピンク色だった。これは毒物がもたらした結果だ。彼女の唇は、ラズベリーをつぶしたような赤い色で、ライラック色のマスカラが瞳に影をつけており、眉は炭色の曲線を描いていた。柔らかな胸の隆起がシーツからほんの少し覗(のぞ)いていた。彼女の瞳を閉じたいという衝動に彼は耐えた。

　ドアから出ると、彼は自分の部屋まで廊下を急いだ。ズボンを穿いていないことで、自分が好色漢か何かのように感じた。部屋に入ると、服を脱ぎ、あえてパジャマは着ずにベッドにもぐり込んだ。そして豚革のケースに入った旅行用の小型の時計の目覚ましを、九時十五分前に合わせると、グラスのウイスキーをひと口呑み、灯りを消した。そして精も根も尽き果てたように、深々と息を吐きだした。

　ほんとにとんでもない夜だった。

第十四章

オマリーが彼を揺すぶって言った。「起きろよ、ビル」興奮しているせいで声が高くなっていた。

「起きろ。えらいことが起きたぞ」

クレインがどこへ体を動かそうが、太陽の日差しがサーチライトの光のように彼の目に入って来た。そのせいで眼球が痛かった。口の中は、安物の釘が一晩中入っていたような味がした。頭も痛かった。ひどい気分だった。

「いいかげんにしないか、このぐうたら」言いながらオマリーは、彼の体を引っ張って坐らせた。「水をぶっかけなきゃならねえことになるぞ」

「具合が悪いんだ」とクレインは言った。

「起きてるのか?」

「ああ、だが具合が悪い」

「イマゴ・パラグアイが死んだぞ」

クレインは背中から枕に沈み込んだ。

「聞いてるのか?」オマリーが訊いた。「イマゴ・パラグアイが——」

「聞いてるよ」クレインは目を閉じ、顔を枕に埋めた。

ややあってオマリーが言った。「もう知ってたんだな」

クレインが訊いた。「今、何時だ?」

オマリーが腕時計をちらりと見た。「八時二十分だ」そう言うとベッドのはじに腰掛けた。「あの女が死んだことを何で知ってたんだ?」

「彼女は昨晩死んだんだ」

「彼女と話はしなかったのか?」

「いや、話したよ」

「お前さんが彼女をばらしたんではないのか?」

クレインは片目を開けた。「みんな、彼女は殺されたと言ってるのか?」陽光はさっきまでよりぼんやりしていた。一片の雲が太陽の前にさしかかっていた。

「いいや。警察は彼女が毒を飲んだと考えてる」

「誰が彼女を発見したんだ?」

「ミス・ラングリーだ……今朝早くにな」

「は!」とクレインは叫んだ。

オマリーがうさんくさそうに彼をじろじろ見た。「どういう意味だ? 〝は!〟って」

「〝は!〟は〝は!〟だ」

「彼女、きみに何か話したのか?」

「いや。気が変わったんだ」

オマリーは煙草に火を点けてクレインに渡した。「さぞ楽しいひとときを過ごしたんだろうね。あの女から何の話も聞き出さずに」彼は片方の膝を上げると、両手で抱えた。「俺が入って行ったとき、きみはベッドにいなかった」

「僕がベッドにいなかったとどうしてわかる?」

「きみはこのベッドにはいなかったんだ」

「確かに」

昨晩の嵐のせいで波が立っていた。荒波というのでもなかったが、シューという音を立てながら素早く打ち寄せてきた。フランス窓のすぐ外で、一匹の蝶が太陽の光を浴びながら、アメリカノウゼンカズラの黄色い花の内側をためつすがめつしていた。

「お前さん、彼女が自殺したときその場にいたのか?」

「わからん」

「彼女はがっかりして死んだのか?」

「どういう意味だ?」

「俺が訊きたいことはひとつしかない」

「言ってみろよ」

オマリーが訊いた。

「紳士は黙して語らずだ」

クレインが風呂に入って髭を剃っているかたわらで、オマリーは死体が発見されたときのことを説明した。ミス・ラングリーの悲鳴を聞きつけて、みなイマゴの部屋に集まって来たのだと。そして少佐が警察に電話をかけ、彼女の部屋が念入りに調べられた。手紙などは何も見つかっていなかったが、今のところ、警察の見解では自殺ということだ。

クレインは慎重に、傷ついた頬骨の上をかみそりで髭をあたった。「その部屋でズボンなんかは見つからなかったかい？」

「いいや。何でだ？」

「ただそう思っただけだ」そう言って彼はため息をついた。「これは実にいまいましい事件だ」

もうひとつディ・グレガリオの件でニュースがあるとオマリーは先を続けた。エディー・バーンズから電話があり、伯爵は夜陰に乗じて姿を消したが、今はキーウェストにいるらしいことがわかったという。現在ウィリアムズが、彼を見つけるためにパンアメリカン航空機で現地へ向かっていた。

「あいつらの尾行ぶりには恐れ入るな」とクレインが言った。

「誰かに昼も夜もはりつくなんてタフな仕事だぞ」

「そう思うよ」クレインは洗面用のタオルに熱いお湯を流した。「いずれにしろ、俺もキーウェストに行かないとな」

「ディ・グレガリオに会いにか？」

クレインは滴のしたたっている布を顔に押し当てた。「ああ」

「彼とイマゴが何か関係があると思うのか？」

「その可能性はある。俺らに仲の悪さを見せつけるために、あいつらがわざとひと芝居打ったんかもしれん」

「わかったぞ」オマリーはバスルームのドアにもたれかかって言った。「あの女がディ・グレガリオに指示したんだ。カメリア・エセックスを犯行目標にするようにな。それで自責の念にかられて自殺したんだ」

「彼女は殺されたんだ」

バスルームのドアが後ろに振れ、オマリーは危うくバランスを崩しそうになった。「どうしてそう思うんだ?」

クレインはやけに謎めいたふうを装って、指を唇に押し当てた。「神様のお告げがあったんだ」

オマリーはリンネルのダブルのスーツの上にコートをはおって言った。「で、いつ出発する?」

「きみは行かないんだ」クレインは茶色いネクタイを直した。「俺がきみをミス・デイから引き離そうなんて思うわけないじゃないか」

「ミス・デイはきっと今日一日相手をしてくれんよ」

「何でだ?」

「彼女は足を引きずりながら歩くことになるだろうからね。俺が思ってるよりタフでない限りは」オマリーは思い出し笑いをして言った。「夕べひと泳ぎしてウイスキーを流し込んでから、俺が部屋まで彼女を送って行ったんだ。そしたら彼女は締め出されていた。それでエセックスの部屋を通って中に入った。バスルームを通り過ぎたところの、あの化粧室みたいなとこで、彼女が椅子につまずいて、もう少しで首の骨を折るとこだったんだ」

「その騒動の際、エセックスはどこにいたんだね?」

「階下の書斎で、ぐっすり寝ていたよ」

「まあ、きみはいずれにしろ行けないんだ」クレインはクローゼットの棚からパナマ帽を取った。「きみにはマイアミでやってもらいたい仕事がある」

クレインはイマゴの千ドルの小切手が、トルトーニの銀行か彼の持ち物の中に見つかってないか知りたいと話した。「それと、二人がどの程度の知り合いだったか調べてみてくれ」

「わかった。ところでちょっと朝食でもどうだ？」

「大変だ！」クレインが叫んだ。「めしにありつけなくなるところだった」


人の住んでいない灰緑色（グレーグリーン）の小島が点在する青緑色（ターコイズ）の海の上を一時間ばかり飛んだあとでは、キーウエストはやけに巨大に見えた。シコルスキー（シコルスキー・エアクラフト社製の軍用および民用のヘリコプター）は、わらぶき屋根の小屋のある海岸や、庭園とテニスコートのあるホテルや、崩れかけた赤い要塞を通り過ぎ、潜水艦基地への入口の外側の、穏やかな海に着水するために旋回した。パイロットは器用に機体を海に接してゆるやかにすべらせ、マイアミ－キーウェスト間を往復する十四人乗りの水上飛行機から二、三ヤードのところを通過しながら、その水陸両用機を着陸用の埠頭へと疾走させた。青いつなぎを着た二人の男がロープを持ち、機体を埠頭へと慎重に動かした。

パイロットがクレインににやっとした。「悪くない旅だったでしょう」彼は青い目をしていた。

「素晴らしかったよ」クレインが言った。

トニー・ランピエールが立ち上がった。「僕が同行してもほんとにかまいませんか？」

「ああ。心から歓迎するよ」

「ほんとですか？」

「ああ、ほんとだ」

パイロットが尋ねた。「戻りはいつ頃になりますか？」

「昼飯が終わるまでは戻らんよ」

「了解です」

彼らは木の埠頭に飛び移り、桟橋へと続く階段を上った。彼らの右側を、沿岸警備隊の灰色の監視船と、二隻の白とマホガニー色のすっきりしたクルーザーが通り過ぎ、人々が泳いでいた。左側には、ひとつらなりの桟橋に係留されているほかの船が見え、なかにはかなり大きい船もあった。また遠くのほうには、ヤシの木で半ば隠れた黄色い壁のホテルが見えていた。ホテルの名前はどうやら〈ラ・コンチャ〉というらしかった。桟橋のあたりでは魚の匂いがしていた。

埠頭を半分ほど進んだところで、クレインはウィリアムズの姿をみとめた。「こっちだ」彼はトニー・ランピエールに声をかけ、ウィリアムズのほうへ歩いていった。

「やあ、ドク」

ウィリアムズは緑色のギャバジンの上着を腕にかけて持っていた。彼の黄褐色のシルクのワイシャツは、襟は開けていたが、汗で湿っていた。「やあ」彼は首をハンカチで拭きながら言った。「ここは暑いな」そして伯爵は船の上だと彼は言った。

「どの船だ?」クレインが訊いた。

「緑の塗装のぼろ船だ」

その船はずんぐりしており、すすで汚れていて、巻かれていないロープがデッキに置いてあった。船首には黒い文字でシルヴィアと書かれている。前の方で、オリーブブラウンのズボンを穿いた色黒の二人の男が煙草を吸いながらくつろいでいた。銅色の煙突からはうっすらと煙が漂い、明るい陽光を浴びたそばから消えていた。

　クレインはみんなの先頭に立ってデッキに飛び移った。彼らの足が木の床でやかましい音を立てた。男たちの一人が彼らに近づいてきた。

「誰に用だい？」

「ディ・グレガリオだ」クレインが答えた。

　男はキューバ人で、むきだしの足が汚れていた。「ここにはそういう名前の人間はいねえな」男は左足が槌状足指症（親指以外の指がくの字型に曲がってしまう病気）になっていた。

「俺は彼が乗り込むのを見たぞ」ウィリアムズが言った。

「いいや、旦那（セニョール）。そういう名前の人間はいねえ」

「捜させてもらうぜ」クレインが言った。

「どうした、フランク？」言いながら別のキューバ人が彼らに近づいてきた。「何かあったか？」彼はがっしりした体格で、腹に白い長い傷があった。まるで雄牛に角で突き刺されたかのような傷だった。

　最初のキューバ人がスペイン語で何か言った。

「いいや。そんな名前のやつはここにはいませんや」がっしりしたキューバ人が答えた。「さあ、お引き取りを」

「船長はどこにいる？」クレインが訊いた。

「どうぞお引き取りを」がっしりしたキューバ人が繰り返した。

　もう一人のキューバ人が立ち去りかけた。ウィリアムズが彼の前に立ちはだかった。彼は上着の下にリボルバーを持っていた。「ここにいるんだ、ラテン野郎（スピッグ）」

キューバ人は二人ともリボルバーを見て震えあがった。彼らは目をぐるりと回し、がっしりしたほうが尋ねた。「これはどういうことだ？」

「こいつらがここから動かないようにしといてくれ、ドク」クレインが言った。「俺たちは下へ行く」

主船室はワインとにんにくと汗の匂いが立ち込めていた。中央にあるマホガニー材の丸テーブルに、白髪で灰色の顎髭（あごひげ）をたくわえた年配の男と、ディ・グレガリオが坐っていた。二人は地図を見ていた。彼らの前には、やなぎ細工のカバーのついたバカルディの酒瓶と、グラスが二つ置いてあった。舷窓（げんそう）にはすりきれた赤いベルベットの布が垂れ下がっていた。

ディ・グレガリオがはっとして椅子を後ろに引いた。「あんた！」

頭上にあるほの暗い電球の銅色の光を浴びている年配の男は、どうやら名士のようだった。リンネルのスーツは仕立てがよく、顎鬚は切りそろえられてブラシがあてられていた。アーチ形の鼻と目には傲慢さが漂っていた。「何事だね？」と彼は言った。

「そこのディ・グレガリオに昨晩どこにいたか訊きに来たんですよ」とクレインは答えた。

「きみは誰かね？」

「彼はアメリカ人の探偵です」ディ・グレガリオが答えた。彼が椅子から動こうとする気配はなかった。「僕がカメリア・エセックスを誘拐したと思い込んでるんです」

「そうか」年配の男は眉をしかめた。「それは穏やかじゃないな」

「彼はイマゴ・パラグアイの友人でもあるんです」

海水が船底を洗う音が、ちょうど誰かが酒を注ぐ音のように聞こえた。エンジンルームからはポンポンと連打するような音が聞こえていた。トニー・ランピエールがクレインの脇で不安げに体を動かした。

とうとう年配の男が口を切った。「ディ・グレガリオが昨晩どこにいたか、きみはなぜ知りたいんだ？」

「彼が答えたら、言いましょう」クレインは言った。

ディ・グレガリオがテーブルに身を乗り出した。「カメリアは戻ってきたんですか？」

「よく聞け。俺の質問に答えたくないなら、はっきりそう言え。それなら、俺はお前を郡保安官事務所に引っ張っていくこともできるんだ」クレインはそう言ってディ・グレガリオをにらみつけた。

「話したほうがいいですよ」トニー・ランピエールが言った。

年配の男が言った。「ディ・グレガリオ君は昨夜はキーウェストにいたよ。彼は〈コロニアル・ホテル〉のわたしの隣に部屋をとっていた」

「そうなのか？」クレインがディ・グレガリオに訊いた。

「そうですよ」

「だからイマゴ・パラグアイは殺してないと？」

トニー・ランピエールがぎょっとして息をのんだ。

「イマゴ・パラグアイが殺されたって？」ディ・グレガリオは椅子の中でいったん硬直したかと思うと、すぐに体の力を抜いた。「僕をからかってるんだ」

「いや」

ディ・グレガリオの白い歯がきらめいた。「じゃあ僕としては嬉しい」

年配の男が言った。「彼女はキューバ人民の敵だったからな」

「ホテルのどの部屋をとってたんだ?」クレインが訊いた。

「まだとってますよ」とディ・グレガリオは答え、テーブルに鍵を放った。クレインはそれを拾い上げた。四一〇号室の鍵だった。「それが僕の部屋です」

「一晩中そこにいたのか?」

「われわれは一時を回ってすぐにベッドに入ったよ」年配の男が言った。

「こいつがお前を吐かせるだろうよ」クレインは上着のポケットから、固めたこぶしを出してみせた。

「少なくともパラグアイ嬢の件に関するかぎりはな」

「あんた、まだ僕がカメリアを誘拐したと思ってるんですか?」ディ・グレガリオが訊いた。

「この船は彼女を隠しとくには格好の場所だろうが」

年配の男とディ・グレガリオは顔を見合わせた。

「実際」とクレインは言った。「この船を調べさせてもらいたい」

ディ・グレガリオと年配の男はもう一度見交わした。

「誓って言うが、彼女はこの船には乗ってない」年配の男が言った。「それじゃ不十分かね?」

「そうですね」とクレインは答えた。

ディ・グレガリオがスペイン語で何か言い、年配の男がそれに答えた。そしてディ・グレガリオがこう言った。「あんたを信用することにしますよ」

「それは結構」

「この船には武器を積んでいます」

「ほお」とクレインは言った。

「僕たちはそれをある国まで運ぶ計画なんです。もしこのことがその国の役人に知られると、この仕事が非常にやりにくくなる」

「俺たちは銃器の密輸なんぞに関心はない」とクレインは言った。「俺たちが関心があるのはカメリアのことだけだ。そうだろ、トニー？」

「それしかありません」

ディ・グレガリオが言った。「あんたに船内を捜索させたら、このことには口をつぐんでおいてもらえますか？」

「カメリアを見つけでもしない限りはな」

「彼女は見つかりませんよ」

「では俺たちが調べてもいいんだな？」

年配の男が答えた。「かまわんよ」

「これでよし」とクレインはディ・グレガリオに言った。「ただ、あんたの手下の二人がデッキで騒ぎを起こしたがってる。あの三下どもにそのくらいにしとけと言ってもらえんかね？」

太陽の光を浴びて、彼らは目をしばたたいた。潮と魚とタールの混じったような匂いが漂っていた。ドク・ウィリアムズと二人のキューバ人は船首にいた。がっしりしたキューバ人の額には傷ができていて、彼の頬は血で汚れていた。ドク・ウィリアムズがにやりとして言った。「ラテン野郎のひとりがちょいと元気を取り戻しやがってな」

ディ・グレガリオがキューバ人たちにスペイン語で何か言った。彼らは三人のアメリカ人がまた階下（した）へ降りていくのをぶすっとして見守った。「腰抜けのアメリカ人めが！」とがっしりしたキューバ人が悪態をついた。

結局、黄色い壁のホテルが〈コロニアル・ホテル〉だとわかった。そこのフロント係と話したあと彼らは、〈スロッピー・ジョーズ〉という店までデュバル・ストリートを歩いていった。みちみちディ・グレガリオのアリバイについて話し合った。

「彼は白だな」とクレインが言った。

「残念ながらそうですね」トニー・ランピエールが同意した。「フロントの女性も夜勤のベルボーイも、彼は間違いなくホテルにいたといってますから」

ウィリアムズが言った。「ホテルのフロントが女の子だなんて楽しいな」

クレインは、ブルゴーニュ産のワインのような色のブーゲンビリアの花にすっぽりとおおわれた一軒の田舎家に目を奪われていた。「彼が銃器の密輸に誘拐を絡ませるとは思えん。それと殺人も」その家の屋根はてっぺんしか見えていなかった。

「見栄えも悪くなかったし」ウィリアムズが言った。「彼女は何て名前だったっけ?」

もう一軒のもっと大きい家では、無数のハイビスカスの花が彼らに向かって深紅の舌を突き出していた。

「イマゴは殺されたとどうして思うんですか?」ランピエールが訊いた。

「勘だよ」

その通りは熱帯の花でひとつの集落のようになっていた。あたりは熱帯の香りでむせかえるようだった。木造の家々の脇にある花壇の花など、爆発的な色彩を持つつる植物や木々の前ではとるにたらないものだった。赤紫色（マゼンタ）や、黄土色（オーカー）や、クリーム色や、群青色や、レモン色や、明るい茶色や、鮮紅色や、赤茶色が、町の中にさながら亜熱帯のタータンチェックをこしらえていた。その色合いはみずみずしくて、明るくて、鮮やかだった。

　ウィリアムズが訊いた。「ホテルのフロント係の名前は何て言った？」

「ミス・シャープレーだよ」クレインが答えた。

「ああ、やっぱり」ウィリアムズがにたりとした。「そう思ってたんだよ。確かミス・シャープレーだと」

　電報局のほうへ角を曲がると、〈スロッピー・ジョーズ〉があった。「バカルディ三丁」クレインは、バーの奥にいる痩せた赤ら顔の男に言った。男は白い上着姿の黒人の男に肩越しに言った。「バカルディ三丁」黒人の男がおうむ返しに言った。「バカルディ三丁」

　地元の男が三人、バーのはじでビールを呑みながらしゃべっていた。ひとりの男が、ターポン（フロリダ半島・西インド諸島周辺産の、２ｍに及ぶ釣り用の大魚）が産卵のために姿を消したという話をしていた。「それで川底には一匹もいねえんだ」

　黒人の男がバカルディを注いだ。クレインは彼に五ドル紙幣を渡して言った。「あと三丁な」

「このあとの予定は？」ウィリアムズが訊いた。

「きみには引き続きここにいてもらわないといけないだろう」クレインは酒を味わった。「伯爵が明日ほんとに出航するか見届けてくれ」酒はうまかった。口あたりがよく、それでいてぴりっとしていた。

「俺はかまわないよ」ウィリアムズが答えた。

「彼はほんとに伯爵なんですか?」ランピエールが訊いた。

「いいや」そう言うとクレインは酒を呑み干した。「あの男はホテルでは本名を使ったようだ。ポール・ロペスとな」

「彼が出発したら、俺は何をしたらいいんだ?」ウィリアムズが訊いた。

「電話をくれ」とクレインが答えた。そして黒人の男がまたグラスを満たすのを見守って言った。

「ずっと満杯にし続けてくれないか」

黒人の男は驚いたようだった。「それは、ずっと三杯ずつ酒を作るということですかい? 今みてえに?」

「そのとおりだ」

痩せた男が言った。「まとめて作りゃいいんだ、スキナー」

「そうじゃない」とクレインは言った。「一度に三杯だ。そのほうがより新鮮てもんだ」

スキナーはライムを絞りだした。

ターポンが産卵のために姿を消した話をした男が言った。「俺の話が間違いねえことはわかってる。おとといルーサー船長が一行を連れて船で出たんだが。船長は何百匹ものターポンがのたうってるのを見たってよ……確かにメキシコ湾流の海域でな」

「産卵にはちと早すぎるぜ」と二人目の男が言った。

三人目の男は丸顔で眼鏡をかけていた。男の顔は、帽子で囲んでいる額の線まで赤かった。「そりゃルーサー船長なら何だって見えたろうさ。へべれけに酔ってたからな」

「いや、船長はしらふだった」一人目の男が言い張った。

スキナーがクレインのグラスを満たした。「五ドル使い切ったら教えてくれ」三人の男の会話を聞きながらクレインが言った。

「わかりました、旦那」とスキナーが答えた。

「船長が呑んでたのはわかってる」眼鏡の男が頑張った。「船の上から機関銃で魚を撃ち殺してる男を見たと言いだしたからな」

「その話は俺にもしようとしたな」と一人目の男も認めざるをえなかった。外では雨が猛然と降りだした。たたきつけるような雨に、開け放してある戸口はさえぎられた格好になり、歩道は灰色から白に色を変えた。空気がひんやりしてきた。

「たぶん船長はアーネストを見たんだ」二人目の男が言った。

「なんでも、その男はバショウカジキを釣り針で釣るらしいぜ」眼鏡の男が言った。「で、バショウカジキが飛び跳ねたら撃つんだとさ」

「ルーサー船長がそう言ってんのか?」二番目の男が訊いた。

ウィリアムズはスロットマシーンのところへ行って、十セント硬貨を入れた。レモンが一個見えた。彼はもう一枚十セント硬貨を入れた。もう一個レモンが見えて来た。「すげえや!」と彼は叫んだ。

「アーネストだったにちげえねえな」二番目の男がうなずいた。

バーの奥にいる男が口を出した。「いや、それはない」男の瞳の色はペールブルーだった。「アーネストならバショウカジキを撃つようなまねは絶対にしない」

トニー・ランピエールが言った。「エセックスの家のほうに何か連絡があったでしょうか?」

クレインの耳には三人の男たちの話しか聞こえていなかった。

「アーネストはサメにトミーガンを使うだけだ」バーの奥の男が続けた。「だいたい、ルーサー船長はアーネストの船なら知ってるからな」

「あんたの言うのが正しいと思うよ、ジョー船長」と二番目の男が言った。

「俺が正しいことくらい百も承知だ。それにアーネストはこの国には銃を持ち込んでない」

黒人のスキナーがもう一巡して酒を注いだ。「五ドル分はもうこれでおしまいです、旦那」彼の眉毛が汗で湿っていた。

クレインは彼にもう五ドル渡した。

「まあ、とにかく」と二番目の男が言った。「産卵には早すぎることだけはわかってる」

「だったらターポンはメキシコ湾流で何やってるんだ?」一人目の男がもどかしげに言った。

「何か手がかりがつかめるといいんですけど」トニー・ランピエールが嘆息した。

「はあ?」とクレインが訊き返した。彼はすっかり三人の男の話に聞き入っていた。

雨はやみ、太陽が顔を見せていた。また暑くなっていた。スキナーがさらに一巡して酒を注いだ。

排水管を流れ落ちる雨水がごぼごぼと音を立てていた。

「ルーサー船長は酔ってたんだぜ」眼鏡の男がまた言った。

「カメリアのことを考えると気分は最悪です」トニー・ランピエールがうめいた。

「それは僕もだ」クレインがうなずいた。

「産卵には早すぎるんだ」と二番目の男。

「だったら何でターポンは餌に食いつかねえんだ?」と一人目の男。

「そろそろ帰りましょう」とトニー・ランピエールが言った。

「もうちょっとだけ」クレインは自分のグラスをスキナーに突き出した。
「昼飯はどうする？」ウィリアムズが訊いた。
クレインは満杯になったグラスを口にあてがった。「昼飯なんか知ったことか」

第十五章

クレインが私道に雑然と停まっている警察車両を縫うようにコンバーティブルを操っていると、ミス・デイが戸口のところに現れた。彼女はフレンチブルーのスラックスに、縄のサンダルを履き、グレーのセーターを着ている。髪の色はちょうどバターのような色で、唇と指の爪はまるでブラッドオレンジのような色だ。

「こんにちは」と彼女が言った。

クレインは入口のひさしの前で車を停めると、エンジンを切って言った。「やあ。俺たちが家に入るのを手伝ってくれるんだね」

「それができないのよ。わたしとしたことが足を引きずっちゃってるのよ」

「それは聞いてる」

「通路のまん中に椅子を置いておく馬鹿がいるなんて想像できて?」ミス・デイはスラックスを太ももまで引っ張り上げた。「見て」彼女の両方のむこうずねと日焼けした左膝には、黒と青のあざができていた。「どこも折れなかったのが不思議なくらいよ」

「それでもきみはきれいだよ」とクレインはお愛想を言った。

トニー・ランピエールが車から降りた。「僕は階上(うえ)に行きます」彼の顔は青ざめており、目の下にはレバーのような色のしみがあった。新しくできた皺が彼を老けさせていた。「疲れました」
ミス・デイが来てクレインのそばに座った。「彼、そうとうショックを受けてるのね」と彼女が言った。マイ・シン（ランバンの香水。現在は廃盤）の香りが彼女を包んでいた。

「無理もないよ」

「彼がカメリアにそんなにお熱だとは知らなかったわ」

「俺だって彼女のことでは気分が滅入るよ」

「あら、あなたが！」

「まあ、そうだ」

「でもあなた、イマゴのことではもっと気分が滅入るわよね」

「彼女のことでも気分は滅入る」

「あなたは彼女が好きだったんでしょ？」

「俺はただ……面白い女だと思ったんだ」

「どうして彼女は自殺したんだと思う？」

「さあな」

「中で言ってるわ」ミス・デイは明るい色の頭を家のほうにぐいと突き出した。「彼女はザ・アイと関わりがあったって」

「たぶんそうだったんだろう」クレインはミス・デイに煙草を渡し、コンバーティブルのダッシュボードにある電子ライターを押して点火させた。「俺は彼女がこの家で何をしていたかを知りたいんだ……エセックスがどうして彼女を招いたかを」彼は彼女の煙草に火を点けると、自分の分にも火を点けた。「エセックスはどこにいるんだね？」

「彼は警察と一緒に計画を立ててるわ」

「計画？」

「ザ・アイが身代金を受け取りにきたときに彼を捕らえる計画よ」

クレインは鼻孔から煙草の煙を吐き出させた。「ザ・アイがどうやって身代金を受け取ろうとするかわかるまでなぜ待たないんだ？」

「だってわかってるもの」彼女は驚いた様子で彼をまじまじと見た。「あなた、聞いてないの？」

「聞いてないって何を？」

「ペンに身代金受け渡しについての手紙が来たことよ」

「なに、来たのか！」

「間違いないわ。会議をしてるのはそのことでよ」

「そうか」そう言うとクレインはハンドルからぱっと手を離し、革のクッションに体を押しつけた。

「手紙には何て書いてあったんだ？」

「お見せするわ」彼女は体をSの字にねじらせると、腰のポケットから一枚の紙を引っ張りだした。

「これがその写しよ」

クレインは彼女からその紙を受け取った。「どうしてきみがそれを持ってるんだい？」

「ペンがわたしに書き写させたのよ。手紙の現物はたぶん警察が持って行ってしまうだろうって考えてね」

クレインはその紙を広げた。白い紙の表面に太陽の光が反射して、クレインの目をしばたたかせた。

ミス・デイがその手紙を正確に書き写そうとしたことは明白なようだった。その紙にはこう記されていた。


エセックス――

以下、指示を与える……五万ドルを防水布で包み……箱に入れ……明日の朝十時にその箱を、キラーゴ道沿いのホームステッドから十二・三マイル南にあるコンクリートの橋まで持って来て……橋のちょうど中央部のすぐ下にある運河の土手に箱を置き……車で走り去れ。しくじったらカメリアの命はないものと思え……誰もお前の車に同乗してはならない……誰もお前のあとからついて来てはならない……誰も橋に近づけてはならない。

カメリアは元気でいるが幸せではない……どうか助けてほしいと言っている……フロッギーのことを思い出すと言っている。

ザ・アイ

クレインはその紙をミス・デイに戻した。「フロッギーとは誰のことだ？」

「わからないわ」

「その手紙はどうやって届いたんだ？」

「ほかの郵便と一緒に朝食のテーブルにあるのをペンが見つけたの」

郵送されたのではなく、ただそこに置いてあったのだとミス・デイは説明した。使用人たちが尋問されたが誰ひとりその手紙のことを知らなかったと、彼女は言った。テーブルに郵便物を置いたのはクレイグだったが、そのときには間違いなくその手紙はそこになかったらしい。それからエセックスがそこに坐るまでの三十分ほどの間、そのテーブルには誰も近づかなかったので、そのすきにザ・アイか、彼の手の者がそこに手紙を置いたと警察はみている、と彼女は言った。

「で、警察はどうするつもりなんだ?」クレインは訊いた。

「橋のまわりに警察の人間を隠しておく方法を考えてるわ。でもペンはそれに反対してる。彼はそんなことしたらカメリアの命を危険にさらすと思ってるの」彼女は向き直ると大きなブルーの瞳で彼を興味深げにじろじろ見た。「で、あなたは何をするつもりなの?」

クレインはコンバーティブルのドアを開けて言った。「酒を調達するよ」

それからクレインはオマリーに、ディ・グレガリオとの一件と、身代金受け渡しについての手紙のこと、ミス・デイから仕入れた一切合切の話をしてやった。スイミングプールの脇のテーブルでサンドイッチをつまみ、オランダビールを呑みながら。黄色と青のパラソルが彼らに影を投げかけていた。

「きみのほうは何か収穫があったのか?」

「どっさりとな」言いながらオマリーはグラスにビールを注いだ。「まず第一に、小切手はない」

「ない?」

「それに、あった痕跡もなかった」

クレインは興味をそそられた。「どうしてそう言い切れる?」

「イマゴはトルトーニのガールフレンドだったんだ」

クレインはビールグラスを下に置いた。「それは考えたこともなかった」

オマリーが満足げに言った。「サラトガで知り合いだった男から情報を得た。ダン・グレーディーという男で、パームビーチのブラッドリーで働いてる」

「クルピエ（賭博台のゲーム進行補佐）か？」

「ああ。そいつなら何かゴシップを知ってるかもしれんと思ってな、車を転がしていった。案の定、彼はトルトーニの店で働いてる男から話を聞いてたよ。イマゴは彼の女だったと。つき合いだしてもう一年くらいになるらしい」

　クレインは眉をしかめた。「それでことがもっと簡単になるとは思えん」

「結局のところ、イマゴとトルトーニは誘拐事件に関わってたように見えるな」

「必ずしもそうとは限らんが」クレインはサンドイッチにマスタードを塗った。「たぶんトルトーニを殺ったのと同じ連中が彼女のことも殺したんだろう」

「あの女が殺されたんだとすればな」とオマリーが言った。「だがどうして？」

「おそらく彼女が知り過ぎていたからさ。おそらく彼女は誰がトルトーニを殺したのか知っていたんだろう」

「可能性はあるな。それにしても彼女はここにいて一体何をしていたのかね？」

「それがわからん。エセックスに訊いてみないと」

「トルトーニのためにエセックスを監視していたんかもな――ギャンブルの借金をどうするつもりか見届けるために」

「彼女にならできたろうよ」

「それに一方ではカメリアのことも見張っていたのかもしれん。いつでも彼女の身柄が押さえられるように」

「つくづくきみには助けられるよ」

「まあ、お前さんにはその線を調べてもらわないとな」

クレインは冷えたビールを一気に呑んだ。「俺はむしろ、あの曲線を拝むほうがいい」

「ミス・デイのことか?」

「彼女なら言うことなしだ」

「彼女の足首の具合はどうなんだ?」

「大丈夫だ。椅子につまずいたくらいじゃ彼女はびくともせんよ」

オマリーはこの情報に満足げだった。「このあとの予定は?」

「さあな。警察が俺を会議に参加させようとしないからな」

「極秘なのか?」

「ああ。ジーメンまで来てるらしい」

「やつらは何をしてるんだ?」

「ミス・デイの話では、ザ・アイが身代金を受け取ったあとに彼をとっつかまえる方法を画策しているらしい」

オマリーが提案した。「エセックスが金を置いて来ることになっている橋をちょっと下見に行こうぜ。そう遠くはないさ」

「オッケー」クレインはビールの瓶を四本とも自分のグラスの上で傾けたが、瓶は空だった。「さあ行こう」

彼らはホームステッドまでずっと車を走らせ、その町の二つの通りが交差する地点で、コンバーテイブルの走行距離計をゼロの位置にセットした。それからキーラーゴへと折り返した。午後も遅い時間になっていたが、途中でしばらく、太陽を真正面に見ながら車を走らせた。黄色い光で彼らの目は刺すように痛かった。ほとんど風はなく、まだひどく暑かった。

　オマリーが速度計に目をやった。「十マイルだ」

　土地は平坦そのものだった。左側の、一マイル向こうには海があった。湿地から次第に青い海になっている。右側には、灰色の広大な平原が地平線に溶け込むところまで一面に広がっていて、唯一パルメットヤシと低木性のマツの木立が顔を覗かせていた。ところどころで茶色い草がほとんど腰の高さまで伸びていた。小さな黄色い花々が、アスファルトの道路沿いの地面を際立たせていた。

「前方に見えるのがそうだ」とオマリーが言った。

　粗い湿地の草が生え、ペールグリーンの海水で満ちている、鎌の形をした入江は、その背を道路の左側に押しつけていた。入江の中央にほど近い地点から、幅が三十フィートある運河は水がなくなっていて、その運河の上にコンクリートの橋があった。クレインはコンバーティブルを橋の少し手前に停めると、走行距離計に目をやった。十二・二マイルだった。

　彼らは車を降り、橋のアーチの一番きついところまで歩いていった。セメントのひび割れからはタールがしみ出している。潮が引いている最中で、運河を流れる紺青色(ダークブルー)の水が、茶色い草やら泡沫やら小枝やらを運びながら、すさまじい速さで海に流れ出していた。

　オマリーが橋の欄干にもたれて言った。「〝ああ、黄色は避けられ、緑は嫌われる。だが青は身につけるととてもいい色だ〟」

「なんとね！」とクレインが叫んだ。「きみはあの引用の本なんぞとうの昔に捨てちまったと思ってたぞ」

「捨てちまうだと?」オマリーはひどいショックを受けたふりをした。「俺のような教養のある男がそんなことはするまいよ」

「ほら」とクレインは言った。「あの本代として二ドル五十セント渡すよ。まあそんなもんだろ」

「十ドルでないとあの本は手放さん」

「じゃあ三ドル払うよ」

「十だ」

「しょうがないな。十だ。だがそのかわり約束してもらう。その手のことはもう二度とべらべらしゃべらないとな」

「十ドルで落札と」

「はいはい」クレインは懐中時計用のポケットから紙幣を何枚か引っ張りだして、オマリーに渡して言った。「もうこれで静かにしろよ」

オマリーが紙幣を財布に入れながら言った。「例の九千ドルはどこにあるんだい?」彼は財布を腰のポケットに突っ込んだ。「きみの部屋に置きっぱなしじゃなかったか?」

「ここにあるよ」言いながらクレインはコートの内ポケットを軽くたたいた。「ピンで留めてある」

「それにしても」とオマリーが言った。「あの引用はぴったりはまってたな。海が底抜けに青いぜ」

「運河の水深が深いからだ。人の頭の高さは超えてると思うぞ」

彼らの車を停めてあるほうの側では、コンクリートの橋の土台に海水が打ちつけていた。また反対側には土手があって、橋の土台から海へと傾斜していた。橋を渡り、この斜面を降りていくと、橋の下に出た。彼らの足元の地面は柔らかかった。

「きっとここだろう」とクレインが言った。

少し身をかがめると、橋の下にある運河の土手を人が歩くこともできた。湿気のせいでアーチの部分のセメントが黄色に変色し、地面に接している土台の部分にはカビが生えていた。湿っぽい、じめじめした空気が彼らの鼻を詰まらせた。

「ザ・アイの野郎はこんなところまでどうやって金を取りにくるつもりだ?」オマリーが訝しんだ。

「確かに妙だな」

「しかも真っ昼間に」

彼らの後ろ側には運河があった。運河は二百ヤードばかり向こうで、パルメットヤシや、サトウキビや、背の高い雑木林のジャングルに消えていた。どのくらい先まで続いているのか、彼らの目には判然としなかった。前方にはペールグリーンの湾があり、その先には大西洋が広がっている。橋の陰から出るとやけに明るかった。

「やつは船を使うつもりにちがいない」とクレインは言った。

「どっちへ向かうんだろう?」

「まあ、海のほうへだろう」クレインはてのひらで、コンクリートの橋の下の面に触ってみた。「もしやつが運河を通っていくなら、警察が罠を仕掛けられるだろう」コンクリートの感触はじめっとしていて冷たかった。

「海路で逃げるなら、速い船が必要だろうな」

「もしかしてやつは飛行機を持ってるかもしれん」

「つまり、それで入江に着水するということか？ ここに？」

「そうだ」依然としてクレインはてのひらでコンクリートを触りながら、土手に沿って移動した。

「彼はここに着陸して、岸に飛び移り、金をひっつかみ、ずらかることができる。すべてあっという間だ」

「やつはどこへ行くつもりだろう？」

「行く場所ならきっとたくさんあるさ。たとえばエヴァグレーズ。それかさびれた小島とか。あるいは、もっと遠くのイギリス諸島のひとつとか」

「で、お前さんは何をしてる？」

「どういう意味だ？」

「さっきからずっと手で触りながら歩いてるが」

「ああ」クレインは橋の先端に着くと、両手をハンカチで拭いた。「コンクリートが固いかどうか確かめたくてな」

「何でだ？」

「橋の中に、ザ・アイの隠れ場所があるんじゃないかと思ってね」

一羽のカモメが橋を通り抜けかけたものの、彼らを見て旋回し、鋭い鳴き声を発して飛び去っていった。

「悪くない考えだ」とオマリーが言った。

「でも、いい考えでもない。むろん、橋の中にある隠れ場所からこっそり出て来て、金をとることはできる。だがな、いったいどうやってそこから橋の外へ出て来るというんだ？」

「夜まで待つんだ、たぶん」

「まわりにはおまわりがいるだろうし」

「二、三日待つんだろ」

クレインはため息をついた。「それじゃ飢え死にしてしまうぞ。もっとも、脱出する別の方法があるのかもしれんが」

「なんだか嘘くさいな」

クレインは先に立って橋の下から出た。「ああ嘘くさい」彼は土手で足を滑らせ、リンネルのズボンの膝を泥で汚した。「いずれにしろ船か飛行機かどちらかだ」

「はたまた潜水艦か」とオマリーが言った。

第十六章

あたりの空気は静謐（せいひつ）で、海の上にはオレンジ色の雲が立ち昇っていた。クレインは夕暮れどきのプールで泳ぎながら、イマゴ・パラグアイの姿を探している自分に気がついた。彼女が中庭（パティオ）を横切ってすべるように近づいて来る姿が見えるのを、ものうげに話す彼女の声が聞こえるのを、彼はほんのつかのま期待していた。彼女が死んだことがどうにも信じられなかった。彼女には、どこか硬質で、何も受け付けない、確固としたものがあった。彼女には、死のようなありふれたものの手の及ばないところにあるように思わせる何かがあったのだ。彼女は本当にマヤの僧侶の末裔だったのか？　もしそうだったとすれば、そんな由緒ある血統を持つ人間が、何という最期を迎えたことか！　残念だった……

彼の物思いはオマリーによって遮られた。「ここは夕焼けがやけによく見えるじゃないかね？」と彼が言った。

何といっても雲が素晴らしかった。水平線の上にそびえ立ち、町全体を燃えているような色彩に染め上げていた。下のほうは薄紫色にぼんやりしていたが、塔のような尖端部は、深紅やら、ばら色やら、サーモンピンクやら、オレンジやらで実に鮮やかだった。その上にはサファイア色の空が広がっていた。

「何とも華やかだな」とクレインが言った。「まるでサム・ゴールドウィン（アメリカの映画プロデューサー。一八七九～一九七四）が演出に一役買って出たみたいだ」

ゆっくりとした静かな横泳ぎで、彼らはプールのはじまで泳いだ。水が肌に冷たく感じられ、彼らはすがすがしいさっぱりした感覚を覚えた。下僕がプール脇のテーブルに、バカルディとライムジュースと粉砂糖と氷を置くのを、彼らは横目で観察した。

「この家に俺たちの友人がいるらしいな」オマリーが言った。

「クレイグに、入り用なものを持って来させるように頼んどいた」クレインが言った。「彼と少し話をしたときに」

「食料品をちょろまかしてることを認めたか？」

「ああ。俺にひと切れくれさえしたよ」

「びびってたか？」

彼らは、呑み物に一番近いプールのはじまで手足をぱちゃぱちゃやって近づいていった。

「ああ、ものすごく。だがそれでも、腕利きの執事なら誰だって買ったものに歩合はとると開き直った。彼が言うには、それでもこの家が払う代金にちがいはないんだと」

「ブラウンから聞いたことを彼に話したか？」

「その必要はなかった」クレインはプールサイドにしがみついた。「彼の話では、ブラウンはぼろい商売に割り込もうとしていたらしい」

オマリーはプールのふちに両手を置くと、水中から体を引き上げ、足をプールのふちに乗せて立ち上がった。「クレイグが金をかっぱらってるという件はどうなった？」

「彼は潔白だと思う」クレインはバカルディの瓶をつかむと、茶色い液体でグラスを満たした。「あの男はこれまでの人生のほとんどを召使として働いてきたんだ」そう言うと彼は別のグラスに、六分の一のところまでライムジュースを入れ、スプーン一杯の砂糖を加えた。「彼はジャージーシティの郊外に、家を一軒持っていて、その支払いもすっかり終わっている。自分の預金通帳も見せてくれたよ」彼はそのライムジュースとバカルディをひとつのグラスに混ぜ合せ、別のグラスに注ぎ分けた。

「いくらあった？」

「一万八千ドルあった」クレインは二つのグラスを砕いた氷で一杯にした。「ここ二十年間ずっと、一年に千ドル近く蓄えてきたらしい」彼はライムジュースとラムを、砕いた氷の上から注いだ。

オマリーが満杯のグラスを受け取った。「俺、執事になろうかな」

「俺も」とクレインが言った。

彼らが二杯目の酒を呑んでいると、エセックスと三人の男が家から出て来た。「彼らはここにいます」とエセックスが言った。

クレインは男の一人がマイアミ警察のエンライト警部だとわかった。彼の折れた鼻と汚れたワイシャツに見覚えがあった。連れの男たちは、郡検事のオズボーンと、司法省を代表して来ているミスター・ウィルソンだった。

「きみたちは私立探偵かね？」ウィルソンが訊いた。彼は暗い灰色のスーツをきちんと着こなし、黒髪にはつやがあった。

「そうですけど」とクレインが答えた。

「あまりはかばかしくないようだな」

「そうですね」

「使用人からの聴き取りの手伝いをなぜ買って出なかったんだね？」

「僕たちは僕たちなりの方針で捜査してますんで」

「それはともかく、今は酒を呑んでるじゃないかね」

地方検事のオズボーンは、きっとエイブラハム・リンカーンに似せたかったのだろうというような風貌だった。長身で、大きな頭をしていて、鼻も大きい。黒い髪には櫛も入れていなかった。彼が尋ねた。「犯人は身代金をどうやって手に入れるつもりだと思いますか？」歯の一本が変色していた。

「その男は船か飛行機を使わないといけないだろうと、僕とオマリーは結論を出しました」

オズボーンがうなずいた。「可能性はそれしかないように思えますね」彼はテーブルに椅子を引き寄せて坐った。「昼の日中に……朝の十時に金を届けさせたいとはなんとも妙ですが」

エセックスはテーブルの下をじっと見ていた。ついに彼は電気仕掛けのブザーを見つけ、つま先でそれを押した。

「飛行機を使うのが理にかなってると思うんです」クレインは言った。「日中なら着陸するのもずっと簡単でしょうし」

オマリーがつけ足した。「パイロットは、橋のそばに警察が隠れてないか確認することもできるし」

白いお仕着せを着たペドロが、テーブルに近づいてきた。エセックスがグラスとスコッチを持ってくるよう彼に命じた。

わずかに体をひきつらせると、ウィルソンが尋ねた。「きみならどういう行動をとるのがおすすめかね、ミスター・クレイン？」彼の顔は小さくて尖っていた。

クレインは肩をすくめた。「さあ。身代金を受け取ろうとしている人間を捕まえるのはかなり危険なことでしょう——少なくともエセックス嬢にとっては」

オズボーンの野太い声が中庭（パティオ）に響き渡った。「われわれはこの男を逮捕するつもりはありません。エセックス嬢が解放されるまで行動に出るつもりはないのです」その声は、まるで政治的な演説でも始めようとしているかのように聞こえた。

「彼のあとを追う考えだ」とウィルソンが言った。

クレインが言った。「でもそれは難しいでしょう」

「男に感づかれるだろう」オマリーが言った。

「周到にやればそんなことはないさ」とウィルソンが答えた。

彼は警察の計画を彼らに話し、それを聞いたクレインは、賢明な策であることを認めた。それは、飛行機を使用し、その飛行機と地上とを双方向の無線でつなぐ通信手段を使った計画だった。高速の飛行機を十時前後にマイアミの上空でホバリングさせる、とウィルソンは言った。そしてその無線は、ホームステッドの給水塔にある移動式の警察無線の受信機とつながっていると。

クレインがオマリーをじっと見た。二人とも、橋から見た塔のことを思い出していた。

塔にいる監視役は、身代金が引き渡された瞬間、飛行機にそれを知らせる、とウィルソンは続けた。すると依然としてかなり上空を飛んでいる飛行機が、橋に向かって急降下し、誘拐犯の飛行機かあるいは船をおさえることができると。「現場に急行するのにものの六分とかからないだろう」と彼は説明した。

オズボーンが言った。「だから誘拐犯には、金をとって、飛行機を海から離陸させるのに、ほとんど時間の余裕はないでしょう」

「犯人がもし車を使った場合は?」オマリーが訊いた。

「道路のいたるところに無線を装備した車がいますから」オズボーンが答えた。

ペドロがトレイを持って現れた。彼は胴のくぼんだ酒瓶から四杯分のスコッチを注ぎ、炭酸ソーダと氷を足した。彼はクレインとオマリーには、バカルディを用意しかけたが、クレインが言った。

「気遣いは無用だ」彼は歩み去った。

「もし男が小さい船を持っていて、運河を上って、下生えの藪(やぶ)の中に消えたらどうします?」クレインが訊いた。

「それも見越していますよ」オズボーンが言った。「運河に沿って男たちを潜ませておくつもりです」

クレインはラムの残りをオマリーと自分とで均等に分けた。「もしザ・アイがそっちの方向から来たら、男たちを警戒しないですかね?」

「彼らは橋からはだいぶ離れてるだろう」ウィルソンが答えた。「それに彼らなら上手に隠れるさ」

「彼らはどうやって男のあとを追うんです?」

「男がエヴァグレーズを越えていくのに、彼らよりスピードを出すことなどできんよ」

「もし男が回り道をして道路へ出て、車を使ったらどうします?」

「彼らはわれわれの管理下にある車に通知できるから、われわれで彼をつかまえる」

クレインはバカルディをストレートで呑んでいた。「すべてぬかりないようですね」酒は口当たりがよかった。「あとは、男にあんたたちを見つけさせないようにすることですね」

「大丈夫ですよ」とオズボーンが答えた。

「その男が潜伏場所に行ったらどうするんで?」オマリーが尋ねた。

エンライト警部が答えた。「エセックス嬢の安全が確保され次第、男は逮捕する」

ウィルソンがクレインに視線を当てて訊いた。「何か提案はあるかね?」

「カメリア嬢には身の危険があると思うんですがね」

「エセックス氏はわれわれに全幅の信頼を置いてくれてるよ」ウィルソンが答えた。

「きみが?」とクレインが訝しげに言った。

「ええ、そう思ってます」エセックスはクレインからウィルソンに視線を移しながら言った。「ウィルソン氏のほうが経験も豊富ですし、それに……」

「要はこういうことだよ」とウィルソンがあとを引き取った。「連中がエセックス嬢に危害を加えるつもりなら、もうとっくにそうしてるだろう。だいたい誘拐の被害者で身の危険がないのは、すでに死んでいる人間しかいないよ」

エセックスの顔が青ざめた。「現実を直視しなければなりません、エセックスさん」とオズボーンが言った。

「たとえ彼女が死んでいたとしても」ウィルソンが続けた。「われわれは連中を法の下で裁きたいんだ。一番の好機は、身代金を取りにきた男のあとを追うことだ」

彼らは明らかにこの理屈をさっきも使っていたが、オズボーンがつけ足して言った。「彼らがまだ彼女の命を奪ってないなら、そもそも彼らにそのつもりはないんでしょう」

「だから、われわれはさほど彼女の命を危険にさらすわけではないんだ」とウィルソンが平然と言った。

クレインは肩をすくめてみせた。エセックスが彼らの言い分を信じるなら、クレインにはどうすることもできなかった。「フロッギーとは誰なんです？」と彼は訊いた。

エセックスが答えた。「カメリアのテディベアです。僕がそれに緑のペンキをこぼしてしまったんで、フロッギーと名前をつけたんです。だからごく秘密の名前です」

「じゃあ彼女はたぶん生きてるな」とオマリーが言った。

「確かに」とウィルソン。

クレインが訊いた。「ほかにフロッギーのことを知っている人は？」

「シビル叔母さんが――ミス・ラングリーが知ってます」

クレインがうなずいた。「ほう！」

「金を防水布で包むよう指示してきたのはどうしてですかね？」オマリーが訊いた。

「橋の下に置いた金が濡れるのを心配してのことだろう」ウィルソンが答えた。

「段ボールの箱は持ってますか？」クレインがエセックスに尋ねた。

「ちょうど持ってました。プルーンが入ってた箱ですが」

「五万ドルといえば大金だな」とオマリーがつぶやいた。

「まるで国王の身代金だ」とウィルソン。

「女王の身代金でしょう」とクレインが言った。

グラスを持ち上げるたびに小指を立てながらエンライト警部が言った。「大丈夫、ちゃんとその箱に収まるでしょう」

クレインはウィルソンに視線を当てて言った。「紙幣の番号は控えてあるんですか？」

「もちろんだ」

オズボーンが酒を呑み干して立ち上がった。「われわれはこれで失礼します」

クレインが訊いた。「僕とオマリーも一緒に、給水塔から監視してもかまいませんか？」

「入る余地があればかまいませんよ」

ウィルソンはまだ席に着いていた。「あともうひとつ。クレインくん、ミス・パラグアイのことだが、きみは何か知ってるかね？」彼の声は鋭かった。

クレインはぎょっとした。それで答えるまでに時間を要した。彼がイマゴの部屋にいたことを誰か知っているのだろうか？　警察は知っているのだろうか？

「ほとんど知りません」

「彼女が——その——トルトーニの友人だったというのは知っていたかね？」

「今日の午後初めて知りました」

「じゃ彼女の自殺の理由に何も心当たりはないと？」

「まったく」

オマリーの目が事を面白がっていた。ウィルソンは怒っていた。

オズボーンが尋ねた。「彼女は誘拐犯を知っていたと思いますか？」

「トルトーニがそれに関与していたなら、彼女も知っていたでしょう」

「そんなことはわかりきっている」とウィルソンが吐き捨てた。

「確かに」

エンライト警部が落ち着かなげに体を動かした。「明日の用意をするんだったら、そろそろ行ったほうがほうがいいです」

ウィルソンが立ち上がった。「わかった」彼はクレインの顔に視線を当てて言った。「ではまた明日」

「了解です」とクレインが応じた。


ほがらかで清潔感のある顔をした看護師が、部屋のドアのところまで来てクレインに言った。「くれぐれも慎重にお願いしますね。彼女はひどいショックを受けてますから」

「わかってます」とクレインは神妙に答えた。

看護師はさっと動いて脇へ寄った。「少しだけですよ」と彼女は念を押した。彼女は石鹸の香りがした。

カーテンを引くと部屋が薄暗くなった。まるで死体のように顔を天井に向け、大きなすみれ色の瞳を見開いて、ミス・ラングリーはダブルベッドに横たわっていた。「どなた?」と低い声で訊いた。小さい皺が彼女の首を取り巻いていた。

「ウィリアム・クレインです」

「あら、そうなの」

「僕に手を貸してもらえますか?」

彼女の鼻は皮膚があまりにもぴったりとくっついているため、黄色い骨が透けて見えそうだった。

「どうやって?」と彼女は訊いた。白い粉おしろいが、顔にも首にも分厚くはたき込んである。「どうやって?」と彼女は繰り返した。「どうやって?」

「イマゴは殺されたと僕は思ってるんです」

引いてあるカーテンの一枚が、空気の流れに内側に引っ張られ、擦れるような音を立てた。

「あなたの見立ては正しいわ」

「どうしてわかるんです?」

彼女の薄い唇が震えた。「わたしにはわかるの」すみれ色の瞳が、頭を少しも動かすことなく、彼の顔に向けられた。

「だけどどうして?」

彼女の瞼が忙しくぱたぱたと動いたかと思うと、閉じられた。そしてもう一度目を開けると、すみれ色の瞳は天井を凝視していた。「どうしてわかるかですって?」口元の両側に、皮膚が袋のように垂れ下がっている。

「ええ」と彼は言った。

「わたしにはいたるところに死が見えるの」彼女が囁いた。「死が……いたるところに」

「それにしても誰がイマゴを殺したんだね?」

彼女が彼をじっと見つめた。彼女の瞳は夢遊病者のそれのようだった。「わたしは怖くて……怖くて」軋るような耳障りな声だった。「わたしには死が見える……イマゴに……カメリア……」

「そうだね、ミス・ラングリー。ところで、フロッギーのことを覚えてる?」

「フロッギー?……フロッギー?……いいえ」彼女の体はぶるぶる震えていた。「わたしには死が見える。次は誰?」彼女の声はさらに大きくなり、震えていた。「誰なの?」

看護師が彼の腕に触った。「彼女が興奮してますわ」

「この忌まわしい家」ミス・ラングリーは起き上がろうとした。「この忌まわしい家」

「もう行ってくださいな」と看護師が言った。

「まだ終わってないわ」ミス・ラングリーの腕は、かさかさしていて、もろくて、しなびていた。

「もっと続くわ」

クレインは部屋を出ると、後ろ手に注意深くドアを閉めた。そしてハンカチを取り出すと、額を拭った。

エセックスはプールのところまで出て来ると、椅子にくずおれた。「ただカメリアさえ……」その声は疲れ切っていた。

「明日には終わるはずです」クレインが言った。

「どういう意味です?」エセックスが顔を上げた。「あなたはもう……?」

「いや。僕が言いたいのは、あなたが金を払って、カメリアさんが解放されるということですよ」

「ああ」

ペドロがテーブルに近づいてきた。「お電話です。クレイン様かオマリー様に」

クレインが言った。「きみが出てくれ、トム」

オマリーが席を立ち、しばらく彼らは無言で坐っていた。あたりの空気は柔らかで、湿っぽくて、芳香を放っていて、けだるかった。彼らのまぶたは重くなり、動きは緩慢になり、声はものうげになった。クレインにできたのは、呑み物に手を伸ばすことだけだった。

気がつくとクレインは半ば眠りかけていたが、やっとのことで訊いた。「イマゴ・パラグアイはどういう経緯でこの家にいたんですか、ミスター・エセックス?」

「僕の友人のチャーリー・ボーシャンが、パリ時代の彼女の知り合いだったんです」エセックスは自分でウイスキーを注いだ。「彼が僕宛ての手紙を彼女に託しましてね。あ、それはニューヨークでのことなんですけど。三月に彼女がマイアミに来るつもりなのがわかったので、ここに逗留するよう僕が招待したんです」

「彼女がトルトーニの親しい友人だということは知ってました?」

「彼らが顔見知りだということすら知りませんでしたよ」

クレインはあくびをした。「あなたを見張らせるためにトルトーニが彼女をここへよこしたと思いますか?」

「いいえ。彼がなぜそんなことを?」

「例の借金ですよ」

「彼はあの金の回収はきれいさっぱりあきらめたんです」

「それは確かですか?」

「間違いないです。これを見てください」エセックスは腰のポケットから財布を取り出し、中から三枚の紙を引っ張りだした。「もう二週間以上も前に、トルトーニが僕に借用証書を渡してくれました」

クレインはその紙をためつすがめつした。借用証書の一枚は額面が六千ドルで、ほかのものはそれぞれ九千ドルずつになっていた。そしてすべてにペン・エセックスの署名がしてあった。

「じゃあ、大きな借金はないとあなたが言ったのは嘘じゃなかったんですね」

「もちろん嘘じゃありませんよ。だいたい何で僕があなたに嘘なんかつくんですか？　あなたは僕の味方なのに」

「道理で妙だと思ったんですよ」クレインは証書を彼に返した。「でも、あなたが借用書を持ってることをなぜイーストコーム少佐に言わなかったんですか？」

「彼の知ったことではないと思ったんです」

「そうかもしれませんね」

いつのまにかプールの周辺では灯りがともされていた。青いつなぎを着た男が彼らのほうに近づいてくるのが見えた。男は年老いており、褐色の顔には皺が刻まれ、麦わら色の口ひげが垂れ下がっていた。男は足を引きずるように歩いてきた。手には紺青色（ダークブルー）のビーズでできた女物の鞄を抱えている。男は彼らから三ヤード離れたところで足を止めると、おずおずと言った。「エセックスさん？」

「何だね、フリッツ？」

男が鞄を差し出した。「こいつを薔薇（ばら）の茂みで見つけたんでさ」男が動くとビーズがきらきら輝いた。

エセックスが立ち上がって鞄を受け取った。「イマゴのもののようだな」彼はテーブルに鞄の中身を空けた。赤い漆塗りのシガレットケース、金属のおそらくはプラチナ製の口紅入れ、それに赤いコンパクト。見事なレースのハンカチには口紅のしみがついていた。「持ち主を特定できるようなものは何もないですね、でも」

「僕に貸してください」クレインが言った。「当ててみましょう」

濃厚なサンダルウッドの香りが鞄にしみついていた。

「イマゴのだ」とクレインが言った。

エセックスが男に向き直った。「これをどこで見つけたんだい、フリッツ？」

「こっちの、中庭(パティオ)のそばでさ、エセックスさん」

クレインが言った。「僕らに場所を教えてもらえるかね?」

「いいですとも。ご案内します」

彼らがちょうどテーブルを離れようとしていると、オマリーが家から出て来た。「どこへ行くんだい?」

「すぐこの先だ」クレインはそう答えて彼が来るのを待った。「電話、誰からだった?」

「ドク・ウィリアムズだ。警察がディ・グレガリオを逮捕したらしい」

「ははあ!」とクレインは首を縦に動かした。「それでジーメンは、俺が握ってる彼についての情報に食いついて来なかったんだな」

「ドクは、警察が彼をどうするか成り行きを見守ると言ってるよ」

「了解だ」

彼らは中庭(パティオ)を横切っていった。男は一叢(ひとむら)の薔薇(ばら)の木を指し示した。「ここでさ」

クレインは家の白い壁を見上げた。「あの上に見えるのは俺の部屋じゃねえか、オマリー?」

「そうだな」

エセックスが尋ねた。「誰かがあの鞄をここに投げ捨てたんだと思いますか?」

クレインは藪(やぶ)を調べながら言った。「ハンドバッグを落とすにしちゃあ、なんともおかしな場所ですからね」

男がエセックスに言った。「わしが見つけてよかったですよ。あのガルシアの野郎なら、女にくれてやりまさあ」

「鞄を持って来てくれて礼を言うよ、フリッツ」

「あのガルシアの野郎め」言いながら男は立ち去った。

エセックスが言った。「でもどうして、その誰かは、イマゴの鞄が欲しかったんでしょう?」

クレインは家に向かって歩き出した。「あの鞄に彼女は、トルトーニの店で儲けた九千ドルを入れといたにちがいない」

「絶対そうですね」エセックスの声にはまた気力が戻っていた。「警察はその金を見つけられなかったんですね」

「もし見つけたとしてもそのことには触れてないな」

「彼女が部屋で死んでるのを誰かが見つけて、金を抜いてハンドバッグを捨てたんだと思いますか?」

「ありえる話です」

彼らはフランス窓を通って、居間へ入った。「ガルシアとは誰です?」オマリーが尋ねた。

「庭師の手伝いの男です」エセックスが答えた。「フリッツは彼のことが好きじゃないんだ」

クレインは腕時計に目をやった。「僕はディナーの前にちょっと昼寝しますよ」

エセックスがつぶやいた。「僕も眠れたらなあ」

「夕べ眠らなかったんですか?」

「少し薬を飲んだんですけど、起きたら、前よりもっと気分が悪くなっていて」

「極度の緊張ですね」

「僕たちに何かできたら、これほどひどい気分ではないんでしょうが」

「明日になればあなた自身でできるじゃないですか」とクレインは言った。

「そうですね。明日になれば」とエセックスが答えた。

クレインは先に立って自分の部屋へ戻った。そこは中庭(パティオ)より涼しかった。外の空気が窓から流れこんでいた。ほぼ満月の、かぼちゃ色の月が、水平線上にある土手のように盛り上がった雲の上に昇っている。月はそこから屋敷まで、濃紺の絹のような色と質感を持つ海を越え、銀色にきらめく白波や白い塩のような砂浜を際立たせながら、薄い金色(ペールゴールド)の舌を伸ばしていた。それはヤシの木が見えるくらいに十分明るかった。

オマリーはバスルームに入って行くと体を洗いだした。クレインは靴と上着を脱ぎ、襟元をゆるめ、ベッドに横になった。オマリーがバスルームから出て来た。「どこへ行くつもりだい？」クレインは訊いた。

「ミス・デイの様子を見に行こうと思ってね」

クレインはあくびをし、安心したようにため息をつき、頭を枕に沈み込ませて目を閉じた。イマゴのハンドバッグは彼の窓の下にこっそりと仕込まれていたのだろうかと、彼は訝しんだ。まるで、彼女の死に彼が関わっているとにおわすために、誰かが仕組んだ小細工のようだった。だしぬけにある考えが頭に浮かんだ。彼はベッドから滑り降りて上着をつかんだ。そして安堵のため息をもらした。彼の九千ドルは少なくとも無事だった。彼は上着からその金を取りだすと、ズボンに突っ込んだ。それにしても、彼にどうしてもわからないのは、何者かがあの金を盗むためにイマゴの部屋にどうやって侵入できたかだった。さらに言えば、彼とオマリーが受け取った二通の手紙をザ・アイがどうやって置いて行ったのかもわからなかった。中に百ドル入っていた彼の財布を、ザ・アイがどうやって取っていったのかもまた。彼はベッドに戻ると、目を閉じた。まったくもってひどい事件だった。

誰かがドアをノックする音で目が覚めた。「どうぞ」

下僕のペドロだった。彼は金属製のハンガーを持っていて、それには青い紙が垂れ下がっていた。その紙には〈ライトウェイ・クリーニング、マイアミ〉と印刷してあった。「こちらがクレイン様あてに届いております」とペドロが言った。

「へえーっ」クレインは起き直った。「僕はクリーニング屋に何も出してないんだが」

「今朝送られてきたと運転手が申しておりました。大至急と注意書きつきで」ペドロが言った。「そこにクレイン様のお名前が書いてあったそうです」

「で、ものは何だね？」

ペドロは青い紙を持ち上げた。

「どうやら僕のみたいだ」と、クレインは下僕からハンガーを受け取った。「ありがとう」

ドアが閉まるなり彼は叫んだ。「くそっ！」そしてクローゼットにズボンを吊るした。二の句が継げなかった。それはイマゴの部屋から消えたあの礼装用のズボンだった。

これは最高にいまいましい事件だった！

第十七章

午前九時四十分

減速したブガッティのエンジンがダッダッ……ダッダッダッダッと音を立てた。排気管から青い蒸気が出て来た。

イーストコーム少佐が黒い旅行鞄を開けた。「ここにある」ゴムバンドで束ねられた緑色の紙幣は、太陽の光を受けてつやつやしていた。彼はエセックスを手伝って、その金を黄色い防水布でおおい、その包みを茶色い段ボールの箱に入れた。「五万ドルだ」彼の鼻には真新しい絆創膏が貼ってあった。政府の役人のウィルソンが、上着の袖を手首から引っ張って言った。「あと二十分ですよ」彼は興奮していた。

エセックスはその箱を前の座席の彼の隣に置いた。「そろそろ運転していきますよ」

十時前でもすでに太陽の日差しは熱かった。ぎらぎらとまぶしい光に、私道の小石はまるでチョークで白く塗ってあるように見えた。噴水のところからあの二羽のフラミンゴが彼らをじっと観察していた。

ビーチ用のパジャマ風の花柄のドレスを着たミス・デイが、クレインとオマリーの間に立っていた。

彼女の髪は濃厚なはちみつのような色で、時間をかけて櫛が入れられてあった。彼女が言った。「気をつけてね、ペニー」

エセックスの足がブガッティのスロットルを不安げに踏み込むと、エンジンがグルルルと喉を鳴らすような音を立てた。「大丈夫だよ」と言いながらも彼の顔は青ざめており、唇は藤色だった。怯えているようだった。

イーストコーム少佐は旅行鞄を家の中に持っていった。ウィルソンが車の幌(ほろ)屋根に肘をついて言った。「金を置き次第、あなたも監視塔に来ますよね？」

エセックスがうなずいた。

クレインはオマリーの腕に触って言った。「コンバーティブルを転がしていって、彼が金を置いたら、迎えに行ってやれよ」

ミス・デイがはっとした様子で訊いた。「あの連中が彼を拉致しようとするとは思わないの？」

「それは誰にも予測がつかんよ」とオマリーが答えた。

「彼が金を置くまでは、ザ・アイだってめったな行動に出ようとはすまい」とクレインが言った。「もしエセックス君が橋のところに現れなかったら、警察が異変に気がつくだろうからね」彼はそう言ってミス・デイに微笑んだ。「もし何か起きるとしても、彼が橋を出てからだ」

「あなたは確かに心配しているようだわね」ミス・デイがぷりっとして言った。

「こんなの大して珍しくもないことだよ」

少佐が家から出て来ると、車に近づいた。彼はエセックスの肩を軽くたたいた。「ではまた(チェリオ)」

エセックスがブガッティのギアを入れた。ウィルソンが肘を幌屋根から離して言った。「幸運を祈ります」ブガッティは忍びやかに出ていった。黒いボンネットに、太陽の光が光輪をこしらえていた。

「あんたらはきっと彼が大西洋横断便にでも乗ると思ってるんだろ」とオマリーが言った。

午前九時五十六分

給水塔の監視用バルコニーからだと、フロリダは気球から撮った赤外線写真のように見えた。塔はクレインが思っていたよりもはるかに高く、鋼鉄製の階段をたくさん上ったせいで、まだ息が切れていた。彼は手すりにしがみつくと、西海岸を眺めようとした。かすかな青いもやに妨げられてはいたものの、はるか遠くのエヴァグレーズまで見晴るかすことができ、ヤシや松の木が群生している一画や、茶色い水がたまっているところを識別することもできた。一カ所、雑木林から火が出ているところがあり、その煙で地平線が不鮮明になっていた。

ウィルソンが袖をまくって腕時計に目をやって言った。「あと三分だ」

クレインが大西洋のほうに目をやると、地球の表面のカーブが実際に見てとれた。メキシコ湾流の境界に沿って、貨物船がゆっくりと進んで行くのが見えた。近くの船ははっきりと見えたが、そうでない船は遠くなるほどぼんやりしていて、しまいには煙とマストの先端しか見えなかった。彼の後ろ側にはマイアミの煙が見えた。

「あと二分」とウィルソンが言った。

ウィルソンと一緒にバルコニーにいるのは、郡検事のオズボーンと、郡保安官事務所から来た色黒の太った男と、無線の通信士だった。全員、その男が使っている移動式の通信機のそばで、双眼鏡で橋を見ていた。クレインも通信機のほうへ移動した。

「デッドラインが近いぞ、マーク」無線の通信士が送話口に向かって言った。

クレインはマイアミの上空で停止している飛行機を見ようとしたが、見つけられなかった。マイアミに向かって雲が小さな土手のように広がっていたので、飛行機はおそらくその上にいるのだろうと彼は思った。

「あと一分だ」とウィルソンが言った。

「彼が見える」とオズボーンが声を上げた。

クレインは双眼鏡を持ち上げて目に当てた。それはなかなか意匠を凝らした造作で、片目ずつそれぞれ調整する必要があった。右目はすぐに合わせることができたが、左目を合わせるのにずいぶん手こずった。ようやく調整できたときには、エセックスはすでに橋に到着していた。道の真ん中に停められたブガッティは、まるでガーゼの包帯の上にいるかぶと虫のように見えた。

「スタンバイしろ、マーク」無線の通信士が言った。

エセックスは車を降りると、運河の土手まで歩いていった。彼の右腕の下に茶色い段ボール箱があるのがクレインには見てとれた。エセックスは靴のへりを使って足元の勾配を確認しながら、土手を横向きに降りていくと、橋の下に消えた。彼はまるでおもちゃの兵隊くらいのサイズに見えた。

「ぴったり時間どおりだな」とウィルソンが言った。

エセックスが再び姿を現して、土手を四つんばいになって素早く這い上った。そしてきびきびした調子でブガッティまで歩き、車に乗り込むと、給水塔へ向かって車を走らせた。クレインには彼がその八マイルをだいたい十分で走るだろうと思われた。

「スタンバイしてるか、マーク?」と無線の通信士が尋ね、「了解」と答えた。

ウィルソンが言った。「全員、目を皿のようにしといてくれよ」

みな手すりに身を乗り出して、双眼鏡を目に当てた。

午前十時十三分

オマリーのすぐあとに続いてエセックスが、鋼鉄製のはしごからバルコニーへと移ってきた。「何か動きはありますか?」と彼が訊いた。そして上着のポケットから白いハンカチを引っ張り出すと、顔を拭いた。

「今のところ何の気配もありませんね」とウィルソンが答えた。

クレインは双眼鏡を下におろした。「これでちょっと見てみますか?」とエセックスに言った。いずれにしろ彼は双眼鏡のせいで目が痛かった。

「ありがとうございます」

クレインがオマリーに訊いた。「道中、何か変わったことは?」

「何もなし」

無線の通信士が訊いた。「まだ、スタンバイしてるか、マーク?」無線の男がそれ以上何も言わなかったところをみると、マークはそうしていたようだった。

「それにしてもここは馬鹿に暑いな」とクレインがぼやいた。

午前十時三十分

「スタンバイしろ、マーク」無線の通信士が言った。

野菜を積んだ一台のトラックが道路を走っていた。トラックは橋をのろのろと渡ると、南へ向かって走り続けた。

「別のトラックが来るぞ、マーク」

「男はきっと時間をかけて金を取りに来るつもりだな」とオマリーが言った。

郡検事のオズボーンが言った。「おそらく彼は橋のそばに警察車両が隠れてないか、確認できるまで待ってるんでしょう」

「あっちが待つ以上こっちだって待つさ」とウィルソンが言った。

午前十一時三十分

「ここにバーでもあればなあ」とクレインがつぶやいた。

午前十一時五十六分

郡保安官事務所から来た男のシャツは汗で胸に貼りついていた。彼は双眼鏡を下げた。「もしかして男はあの運河を泳げたと思いますか?」彼は両目を右手の手の甲でこすった。「ちくしょう、ほとんど見えない」

「あの運河は両側ともわれわれからよく見えるがな」とウィルソンが言った。

真昼の猛烈な暑さに全員が汗をかいていた。直射日光と、銀色の大きな貯水槽からの照り返しが、直火の炎さながらに彼らの肌をこんがりと焼き、彼らの目をくらませ、バルコニーのまわりの鋼鉄製の手すりを触れないほど熱くした。

「俺はあの運河を泳ぎたいよ」とオマリーが言った。

クレインがせつなげに大きな貯水槽をじっと見つめた。それが水で満タンになっているところを思い描いた。

無線の通信士が言った。「スタンバイしてるか、マーク?……了解」

頭上にある空は明るい青緑色(ターコイズ)だったが、今は地平線の上には雲しか見えず、マイアミの上空にはもやがかかっていた。

郡保安官事務所の男が双眼鏡を持ち上げた。「われわれに何か指示を出してください」

ウィルソンが言った。「今はただ待つしかない」

十二時二十分

「ああ!」とエセックスが叫んだ。「何で彼は来ないんだ?」

「まあ落ち着けよ、きみ」とオマリーが言った。

「利口な男で、われわれの計画を察知したんだろうか?」郡保安官事務所の男が言った。

ウィルソンが言った。「あくまでも計画を遂行しなければな」

十二時三十一分

無線の通信士がイヤホンをはずした。「ミスター・オズボーン」

「何だね？」

「マークが、給油のために降下する必要があると言ってます」

オズボーンが双眼鏡を下ろした。ひとふさの黒髪がひいでた額に垂れ下がっていた。「どうしたというんだ？　飛行機は三時間以上は上空にとどまることができんのかね？」

「できます、ミスター・オズボーン。でもマークが言うには、補給しないと、別の飛行機のあとを追うだけの燃料はないらしいです」

「うむ、ウィルソンさん……？」

「着陸しないといけないだろうな」

クレインが言った。「飛行機が地上にいる間、僕たちが橋のたもとに行って、万事変わりないか見ていたらどうですかね」

「で、誘拐犯を警戒させるのかね？」

「なんですと！　彼は今まさに警戒しているか、暗くなるのを待ってるんですよ」

オズボーンが訴えた。「いずれにしろわれわれは一日中ここに突っ立ってるわけにもいきませんよ」

「わかった」暑さのためにウィルソンの顔は青くなっていた。「ブロック、きみは無線係と一緒にここに残ってくれ」そう言うと彼ははしごに向かって歩き出した。

無線係の男が言った。「降りてきても大丈夫だ、マーク」

ブロックとはどうやら郡保安官事務所の男のことらしかった。彼は置いて行かれるのが気にくわなかった。ウィルソンの背中をしかめつらで見たが、何も言いはしなかった。ほかの人間もウィルソンのあとに続いてはしごを降りた。

彼らは警察の車に乗るよりもむしろコンバーティブルを選んだ。エセックスは後部座席のオズボーンとウィルソンの間におさまった。オマリーが運転席で、クレインは彼の隣に坐った。「ここは世界中でデスヴァレー（カリフォルニア州とネバダ州にある酷暑の乾燥盆地）の次に暑い場所だな」とクレインが言った。

「きみはまったく口が減らないな、クレインくん」とウィルソンが言った。その口調は鋭かった。

「ああ！　これを終わりにできたらなあ」とエセックスがため息をついた。

彼らは車の向きを変え、橋へと続く道へ出た。エセックスは具合が悪そうだとクレインは思った。確かにここ二日間で彼はほとんど生気を失っていた。どんよりした瞳といい、不健康そうな肌の色といい、ものうげな仕草といい。カメリアを奪還するという望みを彼はほぼ捨ててしまっているかのように思えた。

前方に橋が見えた。「どうします？」オマリーが訊いた。

「渡ってくれ」とウィルソンが答えた。

オマリーは橋を渡ってすぐのところで、コンバーティブルを静かに停めた。ウィルソンがドアを開けて、舗道に踏み出した。「一緒に来てもいいよ、クレインくん」

わずかに潮が満ちてきていたが、運河の水は青々として透き通っていた。茶色で、エンドウ豆くらいの大きさの赤い実でおおわれている海草が二、三片、土手のへりの近くに浮いていた。彼らは注意深くかかとに体重をかけながら、一緒に斜面を降りていった。下に着く手前で、ウィルソンが足を滑らせかけたが、クレインが彼を支えた。

「助かったよ」とウィルソンが礼を言った。

彼らは体を傾けて橋の下を覗き込んだ。暗がりに目の焦点を合わせるのにしばらくかかった。あたりの空気は湿っぽく、ひんやりとしていた。潮流がごぼごぼと音を立てていた。

「なくなってる！」ウィルソンが叫んだ。「ないぞ！」

「箱も何もかもだ」とクレインが言った。

第十八章

それは確かに謎だと全員が認めた。きわめて大きな謎だと。部下であるマイアミ署の刑事の分隊とともに道路の五マイル先までずっと潜伏しており、ちょうど状況判断しようとしていたエンライト警部はこう言った。「ほとんどありえないことだ」

実際ありえそうになかった。とはいえ金は消えていた。五十人近くも刑事やら保安官代理やら、ほかにも警官たちが橋のまわりに立ち尽くしているかたわらで、オズボーンとウィルソンがエセックスから事情を聴取していた。もう一時になっていた。

「でもあなたたちは僕の行動はすべてご覧になってたでしょ」エセックスは言った。「僕はただ、橋の下のあの平らな場所に箱を置いて出て来たんです」

「では、滑って海に落ちたりする可能性はなかったと言い切れますか?」とオズボーンが尋ねた。

「言い切れます。箱を動かす可能性のあるものは唯一、風でしょうが、風もありませんでした」

「で、橋の下で待ち受けている人間はいなかったと?」

「いなかったと思いますけど」

二人の刑事が橋の下から出て来ると、コンクリート構造の橋の中には隠れる場所はなかったと、エンライト警部に報告した。「きわめて堅固です」とひとりが言った。オマリーは、土手の少し引っ込んでいる場所に身をかがめた。「おや！　これは何だ？」

土手がぼろぼろに崩れているところに、ほとんど入江と言ってもいいものがあった。この入江の潮の流れのせいで、海水がゆっくりとした渦を巻いていた。その入江のはずれにびしょびしょに濡れた茶色い紙の切れ端があった。オマリーがそれを拾い上げた。

「何かの紙の一部のようだな」とクレインが言った。

「段ボールだ」

「そうか」クレインはその紙をオマリーから取り上げた。「何か印刷してあるぞ」

事務用封筒くらいのサイズの、湿った段ボールの切れ端には、こう印刷されていた。

lifo

「こりゃ一体どういう意味だ？」とオマリーが言った。

クレインが肩をすくめてみせた。

「これは手がかりなのか？」

「どうして俺にわかる？」そう言うとクレインは段ボールから水分を押し出し、それをポケットにしまった。「俺はここでは部外者なんだ」

彼らは橋のほうへ踵を返した。オズボーンがエセックスを見据えて訊いていた。「箱を土手に置かずに、運河に投げ捨てたりしなかったのは確かですか？」

蒼白な顔でエセックスが切り返した。「まさか疑ってるんじゃないでしょうね？　僕が指示に従わずに妹の命を危険にさらすと」

　エンライト警部が言った。「あなたなら、誘拐犯から何か別の指示を受け取ることもできたでしょう。内密に。犯人があなたに、箱を海に投げるよう命じることもできたでしょうから」

　クレインがオマリーに囁いた。「そこまで愚かじゃないだろうが」

「わかりませんか？」とエンライト警部がウィルソンに向き直った。「潮が満ちて来てるんです。ですから箱が、あの藪の茂みに潜んでいる何者かのところまで流れていくことも可能だったでしょう」

　全員が、四分の一マイルほど奥地にあるヤシやら、パルメットヤシやら、サトウキビやら、低木性のマツやらの緑色の木立を凝視した。運河は、エヴァグレーズの灰緑色の広大な平原にある、この緑地の中央で消えていて、流れる水は湿地の草や垂れ下がっている木々でおおわれていた。

「ちょっとあの辺を見てみよう」ウィルソンが言った。

「でも無駄ですよ。僕は箱を海に捨てたりなんかしてないんですから」とエセックス。

「なんにせよ見てみようじゃないですか」とウィルソンは引き下がらなかった。

　クレインはオマリーの腕に触れて言った。「ちょっと考えがある。俺があの連中に同行してる間に、きみは俺の代わりに二つのことを調べてくれ。ひとつはシアン化カリウムがエセックスの家で何かに使われてないか。それと、庭師のフリッツが木を刈りこむのに何を使ってるかをだ」

「ひとつの答えは今でもわかるぞ」オマリーの目は、警察が土手沿いにオアシスに向かって移動していくのを追っていた。「あの家じゃ銀器の手入れをするのにシアン化物を使ってるんだ」そう言うと彼はクレインを見やった。「お前さん、何を考えてるんだ？」

「俺はこの事件にだんだん疲れてきた」クレインは顔の汗をハンカチで拭った。「ま、じきに決定打を打てると思うよ。なんにせよここは暑すぎる」

「ほんとに何か浮かんだのか？」

「ああ、考えがあるんだ。で、きみシアン化物の話はどこで仕入れた？」

「警察がクレイグに訊いてるのが聞こえてな」

「じゃあ誰かが何かつかんでる可能性があると？」

「そうだ」オマリーの顔が油断のない表情になった。「エセックスはあの箱を運河に流したと思うか？」

「いや」

「じゃあ、何を考えてる？」

「まあちょっとな」

「わかったよ、名探偵。せいぜい秘密にしてろや」

オズボーンに、ウィルソンに、エセックス、そしてエンライト警部は、百ヤード内陸のほうにいた。彼らは視線を運河の水と土手のふちに据えたまま、ゆっくりと運河の土手沿いを歩いていた。その距離からでもわかるほどエセックスの顔は青白かった。

「俺は連中と一緒に行ったほうがいいだろう。きみは庭師を探してくれ」

「俺らのお仲間のウィルソンがいないとさみしいよ」

「じゃあきみが彼らと一緒に行くといい。俺が庭師と話す」

「いや、いい。ありがとう。あそこらへんは蛇がうじゃうじゃいそうだし」

「なんだって！　でも確かにそうかもな。おまけにウイスキーを切らしてる」

「へーっ」オマリーがにやりとしてクレインを見た。「ま、ウイスキーじゃ蛇問題の助けにはならんけどな」

「蛇に嚙まれるまではなるさ」とクレインは言った。

彼は急いでエセックスたちの集団に追いついた。運河の両側には警官たちが散開しており、藪(やぶ)の中を調べていた。彼らは木立に近づきつつあった。そのマツの木のそばには、サトウキビが鬱蒼と茂っていた。その葉は薄緑色(ペールグリーン)と銀色が美しく配合されていた。湿地の草の中から、一羽のツルがのろのとものうげに飛び立った。

エセックスが湿地を指し示した。「もし箱が浮いていたらここは通れないでしょう」

エンライト警部の声は冷ややかだった。「どうしてそう言い切れるんです?」

ウィルソンは彼らの少し前方にいた。「もとはここに誰か住んでたにちがいないよ」彼は言った。「バナナの木が見えるからね」

「掘っ建て小屋が一軒見える」とオズボーンが言った。

鮮緑色(エメラルドグリーン)のバナナの木々は、木枠作りの掘っ建て小屋の側面にもたれかかる格好になっていて、樹幹が弧を描いていた。その重い葉がまるで折り畳まれた象の耳のように見えた。パルメットヤシの藪(やぶ)や木々の中に、掘っ建て小屋まで続く道があった。枝越しに漏れる太陽の光が地面に縞模様をこしらえていた。小屋のドアは開けっぱなしで、窓はすでに吹き飛ばされていて、屋根の片側は崩れ落ちていた。

「荒れ果ててるな」とウィルソンが言った。

彼らは小屋のまわりを回って運河のほうへ向かった。向こうで話している警察官の声や、葉っぱのかさかさいう音が聞こえた。「あれを見てください」と不意にオズボーンが言った。

彼は運河の二十ヤードばかり先にある場所を指していた。長方形の砂浜の水ぎわに潜水服があった。水中に差し込んでくる光で、潜水服の濡れたゴムはつやつやしており、ヘルメットに付いているガラスのパネルはダイヤモンドのように輝いていた。ヘルメットと空気を自給する装備とをつなぐホースや、それを潜水夫の肩に固定するためのストラップが引きずられた跡が水中にあった。

「ということは、あれで橋の下に行ったんですね」とオズボーンが言った。

ウィルソンが薄い唇を嚙みしめ、鋭い怒った顔で言った。「利口だな」

「いまいましいほど利口だ」とクレインも同意した。

エンライト警部がエセックスに向き直った。「あなたの言葉を疑ったことを謝ります、エセックスさん」彼は汚れたてのひらで首の後ろをこすった。「わたしはただ、あなたが海に投げる以外に、あの箱を消す方法が思いつかなかったんです」そう言って彼は笑った。「わたしはまったくの愚か者です」

「それは何もあなただけじゃないですよ」クレインが言った。

ウィルソンが鋭い視線でクレインをはすに見た。

エンライト警部が繰り返した。「悪く思わないでもらえますか、エセックスさん?」

「大丈夫ですよ」エセックスは潜水服の上にかがみ込んでいた。「僕はカメリアさえ戻って来るなら何があろうとも気にしません」そう言う彼の声は今にも泣き出しそうに聞こえた。

第十九章

クレインとウィルソンはエセックスと一緒にブガッティで帰路についた。オズボーンは彼の車であとに続き、エンライト警部は潜水服が見つかった、掘っ建て小屋の周辺地域の広範な捜索を指揮するためにその場に残った。

ウィルソンは怒っていた。「あんな芝居がかったスタントの話、誰か聞いたことあるかね？　潜水服なんぞを使って」と彼は息まいた。

「まるで小説の一場面みたいだな」とクレインがうなずいた。「どうも小細工っぽい。事実にしてはあまりにもいんちきくさいですよ」

エセックスはアスファルトが侵食しているところでブガッティを迂回させた。「それにしても彼はカメリアを返してくれるんでしょうか？」

「それは時を待たないと」とウィルソンが言った。

「僕はもう待つつもりはありません」クレインは言った。

「どういう意味だね？」ウィルソンの目は鋭かった。「イーストコーム少佐に待つように忠告したのはきみだと思ってたが」

「待ちくたびれましたよ」

「何をするつもりだ?」

「ザ・アイを捕まえるつもりです」

「馬鹿言わないでくれ」とウィルソンが言った。

エセックスが言った。「ザ・アイが誰なのか、あなたほんとにわかってるんですか?」

「僕にいい考えがあるんです」

エセックスはブガッティの向きを変えると砂利を敷いた私道に入っていった。「僕は彼を捕まえるためなら何だって差し出しますよ」ぎゅっと閉じられた彼の唇は、まるで白いひものようだった。

ウィルソンが尋ねた。「きみは彼が誰だと思うんだね?」

「馬鹿言わないでください」とクレインは切り返した。

ミス・デイとオマリーとイーストコーム少佐が正面玄関で彼らを出迎えた。オマリーは十フィートの棒を肩に担いでいた。クレインが言った。「何だ、きみは? 『シーザー』に出て来る槍持ちか?」

その棒の先端には鋼鉄製のはさみがついていて、ひとつの刃から細いロープがぶら下がっていた。そのロープをぐいと引くと、ロブスターか何かの爪でも動くようにはさみが閉じられた。「庭師からこれをもらって来るようにきみが言っただろ」

「ああ、そうだった。高枝切りだった」

ウィルソンが訊いた。「一体何をするつもりだね、クレインくん?」

エセックスがミス・デイに説明した。「クレインさんはザ・アイについての有力な情報をつかんだらしいよ」

「えっ! さすがね」

クレインが言った。「僕はあの男を特定しようと思います。全員に、居間に入って来てもらってはどうでしょう」

「中庭(パティオ)のほうがいいんじゃなくて?」ミス・デイが提案した。

「オッケー。じゃ中庭(パティオ)に」

「ますます芝居がかってきたな」とウィルソンが皮肉っぽい口調で言った。

オマリーが尋ねた。「お前さんこの棒をどうして欲しいんだい?」

「持って来てくれ」

ミス・デイが言った。「わくわくしなくって? わたし、みんなを引き連れていくわ」エセックスも彼女についていきそうになったが、クレインが引き留めた。「きみは僕たちから離れないほうがいい。もうすでに人勢詰めかけてるだろうし」

郡検事のオズボーンとひとりの刑事が、中庭(パティオ)の顔ぶれに加わった。イーストコーム少佐がクレインに訊いた。「これはまたきみのお得意のどえらい馬鹿さわぎかね?」

ミス・ラングリーが看護師と一緒に到着した。彼女の飛び出た目は、まるでカラメルソースのかかったボール状のバニラアイスクリームのようだった。トニー・ランピエールは白のスラックスを穿き、緑と白の横縞のジャージーを着て、ブーシェ夫妻と一緒に現れた。「どうしたんです?」と彼が訊いた。

「今にわかるよ」とクレインは答えた。

「使用人はお入り用?」ミス・デイが頭をドアから突き出して訊いた。

「誰かひとり、みんなに飲み物を持って来させてくれないか」とクレインは言った。「僕はどうも喉が渇いたようだ」そしてこうつけ足した。「クレイグとブラウンにも参加させたほうがいいな」

クレインはペドロがプール脇のテーブルにトレーを置くのを手伝った。トレーには砕いた氷やらグラスやらライムやらバカルディやらミネラルウォーターやらが載っていた。「どなたか、呑まれますか?」

彼が、ミス・ラングリー付きの看護師とあの刑事を除いた全員のための飲み物を作っていると、ミス・デイがクレイグとブラウンを伴って現れた。二人の男はともに不安げだった。クレイグがエセックスをじっと見て言った。「お呼びですか、旦那様?」

「僕が呼んだんだ」とクレインが言った。彼がグラスを配るときに中の氷がチリンチリンと音を立てた。

「まあ、何をするつもりにせよ、早いとこやってくれよ」とウィルソンが言った。

クレインはリッキーを一気に呑んで言った。「うまい」

ミス・ラングリーがグラスを呑み干して言った。「もう少しいただける? 少しめまいがするの」

「いけません」と看護師が止めた。

「僕がここにみなさんをお呼び立てしました」とクレインが切り出した。「というのも、今から僕がやろうとすることを、大勢のみなさんに目撃してもらいたかったからです」

みなクレインをじっと見つめた。「何をするつもりなんだね?」とウィルソンが訊いた。

「カメリア・エセックスさんを誘拐した人間を告発するつもりです」クレインはそう言うとグラスの酒を呑み干した。「もう一杯作ってくれるかい、オマリー?」彼はオマリーにグラスを渡した。「端的に言えば、エセックスさんを、自分の妹を誘拐した容疑で告発するつもりです」

「よくもそんなこと本気で言えますね」トニー・ランピエールが食ってかかった。

「けしからん！」イーストコーム少佐が吐き捨てた。

エセックスは当惑したようにクレインを凝視した。「なんですって……なんですって？」

「ペン！」とミス・デイが声を上げげた。

ブーシェ夫人が茶色い瞳を見開いた。「そんなの冗談に決まってるわ」

「ああ、それだけじゃありませんよ」クレインは上機嫌で言った。「もっと言えば、僕は彼こそザ・アイだと告発します」

「何をねぼけたことを！」顔を鮮紅色にしたイーストコーム少佐がクレインに近づいた。張り飛ばすぞとでもいうように肩腕を振り上げている。彼はウィルソンを見やって言った。「こんないかれたやつに嫌がらせをされなくても、ペンはもう十分に辛酸をなめてると思いませんか？」

オマリーはクレインの酒を作るのをやめ、少佐をじっと眺めた。今こそ彼に殴りかかるチャンスではないかと考えていた。

「彼に先を続けさせてください」とウィルソンが言った。「彼がいかれているかどうかはじきにわかることだから」

「何かその証拠でもあるんですか？」とオズボーンが詰め寄った。

オマリーが氷とライムと一緒にバカルディを注いでいるそばでクレインは答えた。「証拠ならたくさんありますよ」オマリーが彼にグラスを渡して言った。「はいお待ち」クレインはグラスを手に取った。「ですがまず最初に、僕がエセックスさんに目をつけた理由をお話ししたいと思います」グラスはよく冷えていた。

「おい！」とイーストコーム少佐が声を荒げた。「われわれはこんな愚にもつかない話を聞かないといけないのかね？」その視線はオズボーンに注がれていた。

「何をそう怖がっているんですかい、少佐？」オマリーが言った。

「話を続けたまえ」とウィルソンがクレインに促した。

クレインは少佐に視線を当てて言った。「まあ、第一に手紙のことです。あの一連の手紙は常に、エセックスさんの枕とか、ポケットとか、そういう類の場所で見つかりました。そんなところに、彼より簡単に手紙を置ける人がいるでしょうか？」

「確かに」オズボーンが相槌を打った。「続けて」

「彼は金が必要でした。トルトーニから、二万五千ドル近い借金を取り立てられていたからです。それに彼は信託会社からはその金を受け取れなかった」

エセックスが初めて口を出した。「馬鹿げてますよ、クレインさん」その声は怒っているようには聞こえなかった。「その借用証書は僕が持ってたんです。だからトルトーニにその金を支払う必要なんてなかったんだ」

「今はあなたの手元にありますけど、二週間前には持ってなかった。あなた自身が僕にそう言ったんだ」

「ええ、でも――」

「まあいいでしょう」クレインはバカルディをちびちび呑みながら言った。「あなたとトルトーニは、カメリアさんを誘拐すれば五万ドルが手に入ると考えた。わたしの想像では二人で折半するつもりだったんでしょう。そうすればトルトーニからの借金もちゃらになりますし」

「なかなか見事な推理だ」とウィルソンが言った。「でも、それを裏付ける事実はあるのかね?」

「ちょっと待ってください」クレインはまだエセックスに向かって話をしていた。「あなたは、自分で手紙を書いてザ・アイと署名すれば、誰かが、たぶん頭のおかしい人間がエセックス家を脅迫しているという事実をでっち上げられると考えた。そうしておけば誘拐はザ・アイの仕業ということになる。そしてトルトーニの手下がカメリアさんを誘拐した。あなたは嘘くさい抗争まで仕組んで、男のひとりに自分を殴らせたんだ」

「でも彼はブガッティで連中を追うために、精一杯のことをしましたよ」トニー・ランピエールが口を挟んだ。「覚えてませんか?」

「よく覚えてますよ。われわれがトルトーニの手下に追いつこうとしたまさにその瞬間、彼が意識を失ったこともね。よりにもよってあんなときに意識を失うなんて妙だったでしょう?」

「さあ、僕には何とも」とトニー・ランピエールが答えた。

「トルトーニが殺害され、その誘拐計画の筋書きにはエセックスさんだけが残された。それでも彼は計画の遂行を決意したんです。五万ドルあれば何かと助かりますからね。それで彼は、身代金を届ける方法を指示する手紙を書いた」

今や誰もがクレインの話に静かに聞き入っていた。

「それから彼はわれわれが見守る中を出発した」クレインは続けた。「そしてザ・アイに金を支払う素振りをした。で、われわれと一緒にカメリアさんの解放を待つために戻ってきた。ですが、そんなことは決してないだろうと思います」

「どうしてないんですか?」トニー・ランピエールが訊いた。

「彼女はすでに死んでいると思うんです」

懐疑的な声が口々に上がった。エセックスが叫んだ。「ちがう！　ちがう！　妹が死んでるわけがない」彼は半狂乱になっていた。イーストコーム少佐が言った。「この男は完全にいかれてる」ミス・ラングリーが墓場で囁くように言った。「わたしにはわかってたわ。彼女が死んでるのが。わたしにはわかってた……」

ウィルソンが詰め寄った。「なぜ彼女が死んでると思うんだね？」

「誘拐犯が身代金を要求する手紙を送るときは、通常、被害者が生存していることの証明のために、本人に手紙に何か書かせるものなんです」

イーストコーム少佐が言った。「だがザ・アイはフロッギーのことに触れていたじゃないか。あれはカメリアしか知らないおもちゃの名前だぞ」

「あの手紙を書いたエセックスもフロッギーのことは知ってますよ」

オズボーンが額の黒髪をはらって言った。「それにしても共犯者は誰なんです？　誰があの金を回収したんです？」

「誰も」

「だが、潜水服が……？」

「あれはでっちあげだ。エセックスくんが前もってあそこに置いといた――」

不意にミス・デイが悲鳴を上げた。彼女の声が中庭(パティオ)に鋭くこだました。オマリーがさながら手榴弾を投げる兵士のように、さっと上手投げでバカルディのボトルをエセックスに向かって投げつけた。ボトルは彼の頭の先に斜めに当たった。エセックスは驚いているみんなの眼前で、タイルの床に転がるように倒れ、そこに伸びた。彼の開いた右の手から自動拳銃が滑り落ち、中庭（パティオ）を横滑りして、鉢植えのヤシの木の下で静止した。

「ありがとうな、可愛い子ちゃん」オマリーがミス・デイに礼を言った。

クレインはエセックスに近づくと、彼のリンネルの上着を引きはがした。そしていちいちボタンをはずすことはせずに、彼のワイシャツを引き裂き、下着のシャツを頭まで引っ張り上げた。エセックスの肌は青白かった。クレインはエセックスのベルトをゆるめると、ズボンを破いて広げた。ミス・ラングリー付きの看護師が叫び声を上げて、目をそらした。クレインはエセックスの腰に巻かれている茶色いキャンバス地のインナーベルトをはずすと、その長方形のポケットの中身をウィルソンの正面の赤いタイルの上にぶちまけた。

「金だ」とウィルソンが言った。

紙幣はあまりにもきれいで、まるでにせ札のように見えた。エセックスが唸り声を上げた。紙幣の色はちょうどキャベツのような緑色だった。

「これがきみが犯人だという証拠だ」とクレインが言った。

オズボーンとイーストコーム少佐が床に膝をついて金を数えだした。ウィルソンが尋ねた。「どうして彼があの金を持ってるんだ？」

クレインが答えた。「彼は橋に向かう途中であの金を隠したんですよ。で、橋の下で段ボール箱を破いて、それを運河に投げ捨てたんだ」

「きみにはなぜそれがわかったんだね？」

「簡単でしたよ」そう言うとクレインはポケットの中を手で探り、水に濡れた段ボールの紙片を見つけ、それをウィルソンに渡した。「これが謎を解いてくれたんです」

ウィルソンが段ボールに印刷してある字を読んだ。「“lifo”。これは一体どういう意味だ?」

「彼はプルーンの箱を持ってました。プルーンの産地はどこですか?」

「カリフォルニアだ」

「そのとおりです。“lifo”は“California”という単語の一部です。そう、“California prunes”ですよ。僕は、いやオマリーだったか、とにかくこれを橋のすぐそばで見つけたんです」

ミス・デイがエセックスのそばにひざまずき、ラム酒を渡して言った。「これを呑めば気分がよくなるわ」さっき彼から拳銃を取り上げたオマリーは、それを持って彼の後ろに立っていた。

ウィルソンが当惑顔で言った。「橋のそばで箱の紙片を見つけたことが何を証明しているのか、いまだ僕には意味不明なんだが」

「潮の流れですよ」そう言うとクレインはテーブルから自分の酒を取った。「潮はひとつの方向に六時間流れると、今度は別の方向に六時間流れるんです。僕たちが橋に着いた午後一時頃には、潮は内陸に向かって流れていました。もっとも、流れはほとんど止まっていました。これは、エセックスさんが橋の下にいた十時には、そうとうな速さで潮が内陸に向かって流れていたことを意味しています。もし潜水夫がいたのなら、彼は箱をつかんで大急ぎで藪のほうへ取って返したことでしょう。何も橋の下で箱を開けたりなどせずに」

「まあそうだろうな」とウィルソンが同意した。

「それと、仮に潜水夫がいたとした場合、オマリーが橋の近くで箱の切れ端を見つけることはありえなかったでしょう。十時には潮の流れは内陸に向かっていました。ですから、彼が藪のそばで海に紙片を投げ捨てたら、それはすべてエヴァグレーズに向かって流れていったでしょうね」

「それでわかった」とウィルソンが頭を振って頷いた。「橋のそばで見つかった紙片は、その箱がとりもなおさず橋のそばで破かれたことを示していたわけだな」

「それで僕はエセックスさんに疑念を抱いたんです」とクレインは言った。「そのあと潜水服を見つけましたけど、あれはあまりにも出来過ぎの感じでした。そもそも潜水夫が潮の流れに逆らって水中を歩けるものだろうかとも思いますしね。あの運河の流れはそうとう早いですから」

オズボーンが両手を紙幣で一杯にしたまま立ち上がって、近づいてきた。「この金があの身代金のはずはないですよ。ここには一万九千ドルしかない」

クレインが言った。「誰かにブガッティを調べさせてください」

オズボーンとさっきの刑事が屋敷の中に入っていった。エセックスは起き直り、頭を両手で押さえていた。ブロンドの髪のボトルが当たった場所は血で汚れていた。彼はぼうっとしながらも何か訴えるように彼らのひとりひとりに視線を移していった。「ブラウンが……」と彼は言いだした。

「わたしじゃないですよ」ブラウンはクレイグのそばに立っていた。「あんたはまったくの孤立無援ですよ。この絶体絶命の状況でね、旦那さん」

ミス・デイの黄色い髪に太陽の明るい光が降り注いでいた。「もう少し呑んだら」と彼女はエセックスにラム酒のグラスを差し出した。彼はそれを押しやった。

ウィルソンが尋ねた。「するときみは、エセックス嬢を実際に誘拐した男たちはエセックス氏が雇ったと考えてるのかね？」

「トルトーニがです」とクレインは答えた。

「どちらにしても同じことだ」

「いや、必ずしもそうじゃない」

だしぬけにミス・ラングリーが訳のわからないことをしゃべりだした。「こんなことありえないわ……エセックス家が……そんな恥さらしな……」脈絡のない文章だの言葉だのが彼女の唇から次々にもれて来た。「わたしにはわかってた……かわいそうなわたしの妹……」彼女のすみれ色の瞳は二つのメーソンジャー（食品貯蔵用の広口密閉式ジャー）の蓋ほどもありそうに見えた。

「彼女を連れて行ってくれ」クレインは看護師に言った。「ベッドへ寝かしつけてやって」

ミス・ラングリーはおとなしく看護師に手を引かれて家へと向かった。彼女の声が次第に小さくなって、やがて聞こえなくなった。

「アル中ですよ」とクレインはウィルソンに説明した。

オズボーンと刑事が中庭（パティオ）に走り込んできた。「身代金の残りの金がありました」オズボーンが興奮した声で報告した。

「四万ドルです」と刑事が言った。彼の腕の中には、ゴムのバンドで留められた札束が、ちょうどたきつけ用の木切れのように山と積み上げられていた。「それと防水布の包み紙もありました」

「九千ドル余計にあるな」とウィルソンが訝しがった。

クレインがつぶやいた。「失った以上の金をおまわりが取り戻したのは、歴史上初めてのことだろうな」

「これで彼を逮捕できるでしょう」とオズボーンが言った。

クレインはバカルディを一気に呑んで言った。「もちろんですよ」

ウィルソンが尋ねた。「どうして彼は身代金の一部を自分で持ってたんだろう?」

「大事をとってでしょうね。もしブガッティに何かあっても、まだ十分手元に金は残りますから」

満足したせいかオズボーンの声はばかに愛想がよかった。「彼を誘拐罪で告発しましょう」その口調はすでに大陪審に向かって話してでもいるかのようだった。

「殺人罪にしたほうがいいですよ」とクレインは言った。

エセックスがやっきになって立ち上がろうとした。「ちがう! ちがう!」オマリーが彼を拳銃で殴るかまえをした。「妹は死んでない。死んでるわけがない」

「どうしてわかるんです?」クレインが訊いた。

「トルトーニは手下の男たちに妹の面倒をみるように命じたんだ。彼女を傷つけることにはなってない」エセックスの顔はマッシュポテトのような色だった。彼の唇は震え、両手は固く握りしめられていた。「僕は妹を殺したくなんかないんだ」

「そうでもないでしょう」とクレインが疑わしげに言った。

オズボーンがうなずいた。「たったひとりの妹の誘拐に加担するような人間なら、どんな罪を犯すことだってできるでしょうよ」

「妹は無事です。僕はそう確信してます」

「それで妹さんは今どこにいるんです?」ウィルソンが尋ねた。

エセックスは硬直している脚で椅子まで歩き、腰を下ろした。「わかりません。潜伏場所の確保についてはトルトーニの役割だったので」

オズボーンが言った。「では、妹さんの誘拐の件をトルトーニと共謀したことは認めるんですね?」

「はい」エセックスはてのひらで頭を押さえた。「トルトーニが無理やり僕を手伝わせたんです」

「信じられん！」とクレインは吐き捨ててから、こう言った。「カメリアさんが無事だとなぜそんなに確信があるんだ？」

「彼女には何もしないとトルトーニが約束したからです」

「で、その言葉をきみは信じてると？」

「もちろんです」

クレインは愛想をつかしたようにグラスの酒を呑み干した。「僕もこんな馬鹿ならよかった」彼はウィルソンに向き直った。「トルトーニはたぶんエセックス嬢を殺害しているでしょう」

エセックスが立ち上がった。「まさかそんな勇気はないだろう。そんなことしたら僕に絞首台に送り込まれることは彼にはわかってたから」

「自らも手を汚しておいて、彼のことは妹を殺害したとして絞首台に送るというのかね？」

エセックスは無言だった。

ウィルソンが尋ねた。「妹さんが無事だとしても、どうやって彼女を取り戻すんですか？」

「ただ待つしかないでしょう」

「トルトーニからの指示がなくても、連中は彼女を返すだろうか？」

エセックスの声は苦悩のためにしわがれていた。「僕にわからないのはそのことです。身代金が支払われたことが彼らの耳に入れば、妹は解放されると思ってたんです。だから僕は身代金を回収したんです」

「なるほど」とクレインは言った。「あなたはただ妹さんを助けようとしていた。自分のために金が欲しかったわけじゃなかったんだ」

「そう、僕は妹を助けようとしていたんです」

トニー・ランピエールが初めて口を出した。彼はそれまでずっと、目に軽蔑の色を浮かべてエセックスを眺めていた。「ひどい話だ。もう今となっては身代金を払うべき相手などどこにもいなかったのに」

オズボーンが防水布で金を包みながら言った。「彼を刑事課にしょっぴこう。そこの誰かがおそらく彼の口を割らせるだろう」

「嫌だ！」とエセックスが叫んだ。「そんなとこは嫌だ。僕が知ってることは全部話したんだ」

イーストコーム少佐がミス・デイをよけてエセックスに歩み寄った。「心配せんでもいい、ペン。わたしが弁護士を手配しよう。保釈金を払えばすぐに外に出られるだろう」

驚いたクレインが彼を凝視した。「彼が有罪だとは思わないんですか？」

「思うよ」と少佐は答えた。「だがそれでもわたしは、エセックス家の財産の管理人なんでね」

「保釈金を高くしましょう」とオズボーンが言った。「誘拐は高くつきますよ」

「告発の罪状を殺人にしてください」とクレインは言った。「保釈金でも殺人犯を外に出すことはできませんから」

オズボーンが頭を振った。「残念ながら無理ですね。少なくともエセックス嬢が亡くなっていると考えるべき根拠でも見つかるまでは」

「いえ、そうではなくて！」とクレインは声を張り上げた。「彼をイマゴ・パラグアイ殺害容疑で告発してください」

第二十章

イマゴ・パラグアイの部屋の開け放したフランス窓から入って来る太陽の日差しが、床に白い長方形の光を投げていた。吹き抜ける風にヤシの木々が、かすれたような、なだめるような音を立てていた。

クレインは緑色の長椅子に腰を下ろすと、頭の後ろにサテンのクッションをひとつ支えに置き、手の甲であくびをおおい隠して言った。「紳士のみなさん、続いて大がかりなショーがすぐに始まります」

ウィルソンとオズボーンは部屋の中央に佇み、フランス窓のそばの灰色の絹のカーテンやら、ばら色と青と灰色を配した大判の中国製の敷物やら、エメラルド色の絹のベッドカバーのかかっている、手彫りの装飾が施されたダブルベッドやらに目を奪われていた。彼らの後ろにあるドアの脇には、トニー・ランピエール、ミス・デイ、イーストコーム少佐、そしてブーシェ夫妻の姿があった。エセックスはマイアミ署の刑事に手錠でつながれて、階下に残されていた。

クレインはミス・デイと彼女の花模様の絹のパジャマ風のドレスに見惚れていた。彼女の髪ははちみつのような色だった。彼女は天井をじっと見ていた。

ほどなくオマリーの声が、ベッドに一番近い鋼鉄製の通風孔から聞こえてきた。「これか?」

「そうだ」とクレインが答えた。

かぎなりに曲がったオマリーの指が鋼鉄製の格子の一部に引っかかり、その場所から格子を持ち上げた。天井に開いた一フィート四方の穴は真っ黒に見えた。

ウィルソンが言った。「あれは誰でも通り抜けられたとは言えないな」

「通り抜けなかったんです」クレインは長椅子にきちんと坐った。「今からお見せしましょう」彼はミス・デイから少佐に視線を移しながら言った。「セレストはどこですか？」

「ここです、ムッシュー」セレストはどうやらずっと廊下に立っていたらしかった。彼女は黒と白のメイドの制服にきちんと身を包んでいた。

「ミス・パラグアイの睡眠薬は、きみが毎晩ベッド脇のテーブルに置いていたんじゃなかったかね、セレスト？」

「そうです、ムッシュー」彼女はきびきびした顔つきをしていた。「それがあの方のお言いつけでした」

「ありがとう」そう言うとクレインの視線はウィルソンとオズボーンに向かった。「ディナーのあとエセックスはこの部屋に入ってきて、彼女の睡眠薬のカプセルを、シアン化物の詰まった同様のカプセルとすり替えたんです。そして就寝時、イマゴは灯りを消す直前にいつもどおりカプセルを水と一緒に飲んだ。カプセルの外側のゼラチン状の物質が胃の中で溶けるのに少し時間がかかりました――おそらく十分くらいかかったでしょう――が、いったん溶けてしまうといきなり、ばん！　と来たんです」言いながらクレインは指でぱちんと音をさせた。「シアン化物なら効き目が現れるまでに二分とかからないでしょう」

「なぜ彼女は悲鳴を上げなかったんでしょうか?」トニー・ランピエールが訊いた。

「僕の想像では彼女はすでに寝入っていたんでしょう――彼女は眠っている間に死んだんだと思います」

「見事な推理ですね」とオズボーンが言った。「だがそれでも、テーブルで見つかった箱に詰まっていたのが、無害な睡眠薬のカプセルだったという事実はどう説明しますか?」ところどころ生えている彼の顎鬚は真っ黒で、朝から伸びたものだった。

「それを今からお見せします」クレインは長椅子から降りると、封を切っていない煙草の箱をベッド脇のテーブルに置いた。「こちらはシアン化物のカプセルが詰まった箱です」彼は首をそらすと天井をじっと見た。「きみの腕前を披露してくれ、オマリー」

オマリーが庭師から調達してきた高枝切りが天井の穴から現れて、テーブルまで伸びた。そのはさみのような刃がゆっくりと煙草の箱の上で閉じられたかと思うと、その箱を静かにテーブルから持ち上げて、天井の穴を通り抜けていった。

「どうです!」とクレインが叫んだ。

オズボーンはぽかんと口を開けて穴を見ていた。「巧いことを考えたな。これであとエセックスがしないといけないのは、箱の中にふだんの睡眠薬のカプセルを入れて、それをテーブルに下ろすことだけだったんですね」

「そのとおりです」とクレインは言った。

「それにしても、これが殺人だとどうして確信したんですか?」オズボーンが尋ねた。「なぜ自殺ではありえないと?」

「〈ヴェロナル〉の箱に小さい傷が二つついてたんです。ちょうど誰かがはさみで切ろうとでもしたかのような。それで高枝切りを思いつきました」

ブーシェ夫人の貴族的な顔が青ざめていた。「そうやってペンは手紙をあなたのベッドに置いたのね、ミスター・クレイン？」その表情はきりりとして美しかった。

クレインはうなずいた。

「そこまではわかった」ウィルソンはそう言うと肩をぐいと引いた。「だがなぜそれが、あそこにいるエセックスでないといけないのかね？　なぜこの家のほかの誰かではありえないんだ？」

クレインが言いかけた。「僕は――」

オマリーの声が天井の穴から聞こえてきた。「まだ何かして欲しいことはあるか？　ここは馬鹿に暑いんだ」

「その煙草をくれ」とクレインは答えた。

「ザ・アイは何も返さん」オマリーはまるで墓場から聞こえてくるような低い声で言った。「さらばだ」

クレインは長椅子に戻っていった。「僕がエセックスを疑った理由のひとつは、ミス・デイに起きたあることでした」驚いた彼女の青い目がまん丸になった。「イマゴが殺された晩、彼女はエセックスの応接間にある椅子でむこうずねをすりむいたんです」

「そうなんですの」とミス・デイが言った。

「外出から帰るとミス・デイの部屋のドアは閉まっていたんですが、彼女は部屋の鍵を持って出るのを忘れていた。それでエセックスの部屋を通って中に入りました」

ウィルソンが言いかけた。「でも……」

「彼女がつまずいた椅子は、屋根裏部屋へのはね上げ戸の真下にあったんです」

「あーあ！」とウィルソンが膝を打った。

クレインが言葉を継いだ。「もっと言えばエセックスはそのとき屋根裏部屋にいたんです」

イーストコーム少佐が口を挟んだ。「彼は書斎で寝ていたんだよ。睡眠薬を飲んで」

「そう彼は言ってましたね。でも、誰か彼がそこにいるのを見ましたか？」

「わたしは彼の靴があるのを見たよ」と少佐が言った。「彼は緑色の毛布をかぶって寝ていたんだ」

「僕もミス・デイとオマリーからそう聞きました」そう言うとクレインは頭の後ろをかいた。「それで僕は彼がそこにいなかったと確信したんです。この陽気に毛布をかぶって寝るなんて想像がつきますか？」

「なんとね！」と少佐が叫んだ。「あれは靴だけだったのか、え？」

「それともうひとつ、彼がしっぽを出すようなことがありました。僕が初めてこの家に来たときに彼はこう言ってたんです。トルトーニが彼の借用証書を持っているが、彼は借金を回収しようとはしていないと。ですが、そのあとで彼は僕にその借用証書を見せたんです。トルトーニが二週間前に渡してくれたと言ってね。これはいずれにしろ彼は嘘をついていたということです」

「彼のところで見つけたあの借用証書のことですね？」とオズボーンが尋ねた。

「そうです。二万四千ドル分のです。彼はイマゴからあれを取ったんです」

「どうしてそう思うんですか？」

クレインは長椅子の背に体をもたせかけた。「借用証書はトルトーニの持ち物の中には見つかってなかったんです。イマゴはトルトーニの情婦でしたから、エセックスがおかしな真似をしないか監視するために、この家に差し向けられていたんでしょう。おそらく彼女が借用証書を持っていたと思います」

　ミス・デイのそばに佇むトニー・ランピエールは、きわめて長身で、すこぶるハンサムに見えた。彼の黒い髪と、弧を描いている黒い眉が、蒼白な顔色にくっきりと際立っていた。「彼が薬をすり替えたときに、その借用証書を取ったと考えてるんですか？」彼の顎には力が入っていた。

「僕は彼女が毒物を飲んだあとだと考えてます。彼女はおそらくベッド脇のテーブルにハンドバッグを置いていた。エセックスは無害な薬を箱に戻したあとで、あの例の棒で、ハンドバッグをつかみさえすればよかった」

　ついでにエセックスが取っていったズボンのことを考えて、クレインは思わずにたっとした。

　ウィルソンが言った。「うまく謎が解けたようだな。でもすべて仮定の話だ」

「すべてではありませんよ」言いながらクレインは首の下のクッションを直した。「あのハンドバッグは中庭(パティオ)の、僕の窓の下で見つかった。おそらくエセックスはなんとかして僕に罪をきせるつもりだったんだと思います。このバッグの中には借用証書と一緒に、イマゴが〈ブルー・キャッスル〉で儲けた九千ドルも入ってました。あのとき彼女も僕も千ドル紙幣で払ってもらったんだ」

「ああ！」ウィルソンの痩せた顔は満足げだった。「エセックスのとこで見つけたあの余分の九千ドルか。あれが彼女の金だという証明さえできたらな」

「エセックスのとこで見つけた千ドル紙幣をここに出してください」クレインが言った。

　オズボーンが防水布の包みをほどき、千ドル紙幣を選り分けた。「確かに九枚ある」

「匂いを嗅いでみてください」クレインが言った。

オズボーンが紙幣を鼻に持っていった。「サンダルウッドの匂いだ!」

「イマゴのお気に入りのサンダルウッドだわ」ミス・デイが声を上げた。

「そうです」そう言うとクレインは彼の金を取りだした。「その金は彼女のバッグの中でサンダルウッドの匂いがついたんです」彼は自分の金をオズボーンに差し出した。「僕の金は匂いませんよ。同じときに僕が儲けたものだけど」

オズボーンはその金の匂いを嗅いで言った。「確かに匂いませんね」

クレインは自分の紙幣を上着の内ポケットに戻し、安全ピンで留めた。「これで十分、説得力ありますかね?」彼は自分に注がれているミス・デイの視線を捕らえてにやりとし、ポケットを軽く叩いてみせた。

「そうですね」オズボーンはその紙幣を身代金の金と一緒にしてもとに戻した。「ですがエセックスがパラグアイ嬢を殺害する動機がわたしにはわかりませんが」

「動機ならたくさんありましたよ。トルトーニが殺害されたのちに、彼女が乗り出してきて、少なくとも身代金の折半をエセックスに無理強いしようとしていたのは、まず間違いないでしょう。彼女は借用証書をかたにエセックスを脅していたんでしょう。しかも彼女は生涯彼をゆすり続けることだってできたんです」

ウィルソンが同意した。「彼女は彼を追いつめたんだろう、きっと」

クレインは、そもそもイマゴが彼とデートしたのも、エセックスに脅しをかけるのが目的だったのではないかと考えていた。わたしの言うことを聞かなければ、探偵にあんたの悪だくみをばらすわよと。で、エセックスは仕方なく彼女の言いなりになるふりをしていたのだろう。

オズボーンが尋ねた。「エセックスは実際に誘拐に加担していたと思いますか?」

「いえ。トルトーニはそのために男たちを雇ってますから。彼らはたぶん、エセックスが何らかの形で関わっていることも知らないでしょう」

「トルトーニが死んだ今も男たちがエセックス嬢を解放しないのはおかしいな」

「彼が死んだことを男たちが知っているかどうかも怪しいものです」

「それは耳に入ってるにちがいないですよ」

「もし彼らが船に乗ってるか、どこかの島にいるなら、何も聞いてないのかもしれません」

ウィルソンが言った。「エセックスを郡の刑務所に連行したほうがいいな」

オズボーンがしつこく繰り返した。「しかしトルトーニからの指令が来ないとなると、男たちはこれからどうするんだろう?」

「神のみぞ知るですね」クレインが答えた。

トニー・ランピエールが言った。「僕たちで彼女を見つけないと」

オズボーンが尋ねた。「エセックスは彼らの居場所を知っていると思いますか?」

「彼は間違いなく知らないと思いますよ」

「さて、じゃあどうやって彼女を見つけますか?」

クレインが答えた。「それを今、考えようとしてるんです」

ウィルソンが言った。「われわれはもう行くよ」彼はクレインに手を差し出した。「きみは頭が切れるね。何か進展があれば知らせよう」

「それはどうも」

「ワシントンに来ることがあればわたしを訪ねてきたまえ」

「僕は決してワシントンには行きません」とクレインは言った。

トニー・ランピエール以外全員がその部屋を出ていった。クレインは長椅子でくつろぎながら、酒が呑めたらと考えていた。先ほどまでのワンマンショーで彼はすっかりくたびれていた。

ランピエールの長い顔は心配げだった。「カメリアはどうなるんです？」

「僕はへぼ探偵だ」とクレインは言った。「彼女を取り戻さんとな」

「いえ、あなたはすご腕ですよ。でも、彼女を取り戻してくれたらとは思います」

「僕もそうできたらと思うよ」

オマリーが部屋に入ってきた。「連中が彼をバスティーユ監獄に引きずっていったぞ」と彼が報告した。

「それはよかった」とクレインが言った。

オマリーが元気のいい声で言った。「事件も落着したことだし、いつから九千ドルを使いだすんだ？」

クレインは両目を閉じた。眠気に襲われていた。「すぐにな」ミス・デイが頭をなでてくれたらいいのにと思った。

ランピエールが落胆して言った。「カメリアのことを見放すつもりじゃないでしょうね？」

「いいや」とクレインは答え、オマリーに向かって目配せした。「ねえきみ、今までずっと何をしていたんだっけ？」

「エセックスと話をしていたよ」オマリーはフランス窓まで歩いていくと、窓に体重を預けた。「彼の妹のことを訊いていた。俺自身、彼女のことを考えるとあまりいい気分じゃないよ」

「彼はきみに何て言ったんだ?」

「あの男は彼女が船に乗ってると考えている」

「何てことだ」とクレインは言った。「俺たちにはもうすでにそれがわかってたんじゃないのか?」

「俺はたった今話してるところだぞ。彼の言ったことを。名探偵さん」オマリーは気分を害したようだった。「彼は確信があると言っていた。トルトーニにレジャー用品店に使いにやられて、男たちの使う物を調達させられたんだと」

「釣り竿とリールだろ」とクレインが言った。

「何でわかった?」

クレインは不意に起き直った。「さあ行こう」そう言うと彼はドアへ向かった。「今からきみに説明するよ」

第二十一章

目に痛いほど鮮やかな青い空の下、彼らの船はクレーム・ド・マーントのような海をゆっくりと進んでいった。はるか後方で、あたかも地平線に刺さった槍のように見えるのはキーウェストのヤシの木々で、前方には平坦な海が広がっていた。午後の日差しが、漁船の揺れているデッキに金色の洪水のように降り注ぎ、船の舳先から跳ね飛ばされた泡の上で、銀色の閃光を放って舞っていた。彼らの耳に、船のエンジンのビートと、咳込むような不規則な排気ガスの音が聞こえていた。

「海が凪(な)いでますね？」とトニー・ランピエールが言った。

クレインは船尾にもたれていた。船は浅瀬を走っており、水深三十六フィートの海底に、海草と砂地の区画が交互に続いているのが見えた。「結構なことだ」と彼は言った。二匹の小さい魚が光線のようにさっと動いて、波に逆らって進むプロペラから身をかわした。

「あんたは腕の悪い水夫(セーラー)かね？」

「わしはどういう種類の水夫(セーラー)でもない」

男の顔はひどくでこぼこしていて赤かった。まるで生のハンバーガーみたいに。ルーサー・ビントン船長は舵輪(だりん)のそばに立って、船をドライトルトゥーガス諸島（フロリダ州南端のキーウェストの西方、メキシコ湾入口の小島群）の方向に向けていた。彼は年こそとっていたものの、背中はしゃんと伸び、その青い瞳は鋭かった。茶色い靴に、青いサージのズボン、白のワイシャツという格好で、右の腕には青い錨（いかり）のタトゥーが施してあった。

クレインは彼に尋ねた。「あんたに見つけられると思いますか？」

ルーサー船長は余計なことは言わなかった。「他人（ひと）にできることならわしにもできるわい」彼の髪は完全に真っ白だった。

「あんたは間違いなくその船がわかるんでしょうな」

「わしはやつらを見たと言ったじゃろ。トミーガンでバショウカジキを撃つのを見たんじゃ」

風はそよとも吹かず、緑色のなめらかな海面を台無しにすることはなかった。彼らはデッキから身を乗り出すことで、いくぶん暑さから救われた。そばの海面には、船の白い側面やらオレンジ色の船室やらがちょうど鏡のように映っていた。海はやけに穏やかで、船とその影はほとんど静止しており、まるでその下を流れる海水のほうが猛烈に動いているかのようだった。移動しているという感覚がまるでなかった。

エンジンの振動で、船室のドア脇にある金属製の冷水タンクががたがた音を立てた。クレインはグラスに酒を注ぎ、ランピエールに差し出した。

「ありがとうございます」と言ってランピエールは酒を呑み干した。「暑いですね？」

「ああ、馬鹿に暑い。呑みますか、船長？」

「いや」

クレインは自分も少し呑んだ。

ランピエールが尋ねた。「彼らを見つけたらどうするつもりですか？」目尻に新しくできた皺のせいで彼は大人びて見えた。彼はきれいな顎の線をしており、弓形の眉の下の両目は間隔が離れていて、感じのいい唇をしていた。自分がどうして彼をいけすかなく思っていたのか、クレインは不思議だった。

彼は答えた。「見つけるだけだ。オマリーとほかの男たちが、機関銃を積んだ船を一隻調達している」

「連中は僕らを見て警戒しないでしょうか?」

「俺たちをトルトゥガへ向かう漁船だと思うだろうさ。暗くなってから方向転換すりゃ、こっそりキーウェストへ戻れる」

「で、オマリーさんと落ち合うんですか?」

「そうだ」

彼らの船はさっきより水深の深いところにいて、海の色はいつしか胡瓜(きゅうり)のような緑色から鮮やかな青い色に変わっていた。もはやキーウェストは見えなかった。トビウオの群れが船の舳先の向こう側へ横滑りし、海へ戻る際に白い点々のようなしぶきをあげた。暑さのせいで息をするのも苦しかった。

「海は涼しいものかと思ってたが」とクレインがぼやいた。

「ああ、彼女を見つけられるといいんですが」ランピエールが言った。

濃紺(ネイビーブルー)の海の水が船のそばを滑るように流れていった。

西の方角の、彼らのほぼ前方にある太陽は、まるで灼熱の石炭のように見えた。海の色は濃い藍色(ブルーブラック)だった。依然として暑かった。ルーサー船長が唸り声を上げ、船をやや右舷に向けた。

「何か見えるんですか?」とクレインが尋ねた。

「船じゃ」

クレインは沈みゆく太陽に目をしばたたきながらも目をこらしたが、ねっとりと流れる海の表面にそれらしきものは何も見えなかった。海面は油を塗ったようだった。彼の隣りでトニー・ランピエールが張り詰めた声で訊いた。「どこですか？」

「あんたらにも見えるじゃろ」とルーサー船長が答えた。

やがて、その船がひどく近くにいることに彼らは驚いた。黒とマホガニー色のクルーザーだった。彼らの船より大型で、まるで海の一部のように見えた。船は静止しており、男が二人、木の椅子に坐って船尾で釣りをしていた。船尾にはマイアミ――ケイト号とペンキで描かれていた。

「あれじゃよ」ルーサー船長が言った。

彼らの船はその船から四十フィートと離れてないところを通り過ぎた。クレインの耳に、ランピエールがあえぐように鼻で息をしているのが聞こえた。男の一人は太っていて、白いワイシャツを着ていたが、襟を内側に折り込んでいるせいで下着姿のように見えた。もう一人のほうは顔の皮膚が花崗岩(かこうがん)のような金髪頭の男だった。二人とも見るからに敵意をむきだしにしていた。クレインは彼らに手を振ったが、どちらも答えなかった。

二隻の船の間隔が広がっていく間、二人組は彼らをじっと観察していた。だしぬけに太った男のほうが立ち上がると、船室に駆け込み、すぐに別の男と一緒にふたたび姿を現した。この男はクレインとランピエールに素早く視線を投げ、怒り狂って二人の男に何か言い、また船室に駆け下りた。

「もうちょっととスピードを上げられませんかね？」クレインが船長に訊いた。「俺たちが誰か気づかれたんじゃないかと思う」

「これ以上スピードを出したらバルブが燃え尽きるわい」

「じゃあバルブを燃え尽きさせたほうがいい」

ケイト号は動きだしていた。この船のエンジンはパワーがあり、船首に水煙が上がっていた。ケイト号は素早く円を描いて向きを変えると、彼らのあとを追いだした。今、デッキには四人の男たちがいた。

「連中がわしの船を傷つけんといいんだが」とルーサー船長が言った。

目の前に広がっている空は黄色い色をしていた。エンジンが空回りして船を揺さぶり、金属製の水容器ががらがら音を立てた。鮮やかな色の空にひきかえ、海は黒ずんでいた。塩からいしぶきが彼らの顔に点々と飛び散り、船首に赤茶色の霧が立ち昇った。ケイト号がみるみる近づいてきた。

ルーサー船長はエンジンを切ると船を漂わせた。「レースにゃ勝てんわい」と彼は言った。舵輪の奥にある棚に腕を伸ばし、三フィートほどあるパイプを手に取った。

ケイト号のエンジンの轟音がやんだ。ケイト号は彼らの船のそばに滑るように止まった。シャツの襟を折り返している丸々太った男がクレインを指し示した。「あそこにいるのはあの男だろ、フランキー?」と彼は言った。彼はまるで吸血動物のような真っ赤なおちょぼ口をしていた。

フランキーには左の耳たぶがなかった。彼のむきだしの胸は黒人のように黒く日に焼けていて、もじゃもじゃの荒い毛におおわれていた。「そいつらを船に連れて来い」と彼はどなった。その顔はあばただらけだった。彼はがっしりした体形をしており、左肩に絆創膏が一枚貼ってあった。

二隻の船の側面がこすれ合ったかと思うと、ぴたりとくっついた。丸々太った男がケイト号から下りだした。フランキーは両手で軽機関銃を抱えていた。ルーサー船長は丸々太った男に近づくと、パイプを振り上げて言った。「いかん。こっちに来るな」二隻の船の舷側が触れ合い、まるでさびついたドアのようにギシギシ音を立てた。

丸々太った男はいきなり拳銃を構えると、一度発砲した。激昂しているルーサー船長の額の横にこぶのようなものができた。パイプが彼の手を離れ、デッキでガランと大きな音を立てた。ルーサー船長は前方に倒れていき、デッキで左の脇腹を打つと、仰向けに転がった。

丸々太った男が彼の前に仁王立ちになった。「薄汚い老いぼれめが」と男は吐き捨てた。

ルーサー船長の額の横のこぶから血が流れだしていた。

「さあ」と言いながら丸々太った男は、クレインとランピエールに拳銃を突きつけた。「あっちの船に乗んな」

彼らはもう一隻の船に乗り移った。フランキーは怒気を帯びた声で言った。「小賢しい野郎ども（ワイズガイズ）だな、え？　俺たちを捕まえようってか、え？」彼の右胸には、三発の銃弾の傷跡が白く残っていた。

「こいつらを見張ってろ、ドーピー」それから彼は丸々太った男を見やって言った。「そっちはまだほかに誰かいるか？」

「いや」と丸々太った男が答えた。彼はルーサー船長を見下ろすように立っていた。「この老いぼれ以外は誰もいねえ」そう言うと彼は拳銃を腰のポケットにしまった。彼の肌の色は肺病患者のように蒼白だった。

ドーピーは喉仏の目立つ、いやに痩せた男で、顔はしみだらけで歯並が悪かった。クレインのほうへ向けている、拳銃を持った手が震えていた。彼の頭にはネクタイが縛ってあった。

ケイト号の舵輪のところには、花崗岩のような顔をした金髪男がいた。「あきれたぜ、トード」と彼は言った。「あんなじじい何で撃ったんだ?」

「あのじじいが俺を殴ろうとしたのを見ただろ?」

「ああ、だがよ、これからあのじじいどうするんだ?」

「爺さん死んだのか?」とフランキーが訊いた。

「いや」

フランキーが言った。「じゃあやつもこの船に連れてこい。ひょっとして爺さんの話も聞きたいかもしれん。そのあとで船を沈めろ」

マラリア熱にでも冒されているかのように、ドーピーの銃を持つ手が震えていた。

クレインは言った。「頼むから、そいつをどっかよそに向けてくれ。暴発するかもしれん」

フランキーがすごんだ。「黙らんか、小賢しい野郎（ワイズガイ）が」

丸々太った男の目が、不健康そうな肉のひだの間からかすかに現れた。「あのぼろ船をどうやって沈めるんだ?」彼の声はまるでソプラノ歌手みたいな声だった。

「船底をぶち抜け」舵輪のところにいる金髪男が怒鳴った。男は黒い船室の壁から斧を取って来ると、丸々太った男の隣に飛び移った。彼はルーサー船長の体をつま先で蹴った。「この老いぼれをベッドに縛りつけろ、トード。俺がこの船を沈める」

「爺さんを持ち上げられねえ」とトードが言った。

「ったくもーっ、馬鹿が……」

クレインはドーピーに近づくと、彼の手から拳銃をもぎとった。そして耳たぶのない男に銃を向けようと振り向いた彼の目に、頭に何かが振り下ろされるのが見え、とっさに頭を下げようとして……

船室のフロアへと続く階段からほうり投げられて、クレインは意識を取り戻した。彼の両手両足はひもで縛られていた。二つあるエンジンの熱と、ガソリンとオイルの臭いが感じられた。誰かの声がした。「二人ともちょっとでも動きやがったら、弾をぶち込むぞ」そしてトニー・ランピエールの体が彼の隣にどさりと落ちてきた。彼の体の半分はクレインの足の上で、あとの半分は船室の床の上にあった。彼は温かい血が額をしたたり落ち、頬を流れるのを感じた。耳の中が轟音を立てていた。頭全体が鋭い痛みに襲われていた。両手で頭を抱えたかったが、手は縛られていた。船室の中は暗かった。

怯えた女の声が囁いた。「誰?」

トニー・ランピエールが体を起こそうとした。「カメリア?」

「誰なの?」

「トニーだよ」

「まあ!」彼女は嬉しそうな声で叫んだ。「まあ、トニー」

「ああダーリン」

「あなたは来てくれるってわかってたわ」

「ああダーリン」

「わたし、あなたが来てくれることはわかってたの、トニー」

「きみは大丈夫かい、ダーリン? どこにいるの?」

「とっても怖かったのよ」

「きみはどこにいるんだい？」

「ベッドの上よ」少し間があって、彼女が言った。「こっちへ来て。トニー」

「行けないんだ。縛られてる」

また間があった。

「わたしも縛られてるの」

「かわいそうなダーリン」

クレインは体を動かして、頭が船室の入口の近くにいくようにした。部屋の外の声が聞こえた。もうほとんど真っ暗闇だった。花崗岩のような顔の金髪男と思しき声が叫んでいた。

「おい、トード。ずらかれ。船が沈んでいくぞ」

「なに大丈夫だ」とトードが言った。

フランキーが威厳を見せて言った。「おい、トード」

トニー・ランピエールはいつのまにか船室のもう一方のはじの、カメリアのベッドの真下まで体を移動させていた。

「誰と一緒なの？」

「クレインさんだ」

「あいつらに撃たれたの？」

「いいや。連中は僕らの船の船長を怪我させた」

「ひどいの？」

「わからない」

「どうやってわたしたちを見つけたの?」

「クレインさんが、機関銃でバショウカジキを撃ってる男たちの話を聞いて」

「そうなのよ。毎日やってるわ」彼女は穏やかな声で言った。「ああ、トニー、あなたが来てくれてほんとに嬉しいわ」

「残念ながらたいして力になってないけど」

「そんな、なってるわ。わたしずっと怖かったのよ」

誰かが船室への階段を下りてきて、クレインの体を踏み、ほとんど転びそうになった。彼はクレインの腹をひどく蹴りつけてから、船室のもっと奥のほうに押しやった。「道は空けとけ」と彼はいがんだ。彼は手でひとつめのエンジンを始動させ、次にもうひとつのエンジンも起動させた。それから懐中電灯をルーサー船長に向けた。

「おじいちゃんはまだ意識不明か」彼はそう大声で言いながら階段に近づいた。

そして男はつと懐中電灯をカメリア・エセックスに向けた。「頑張ってるかい、お嬢ちゃん?」

彼女は返事をしなかった。

男が言った。「そういうツンデレなとこもこたえられねえぜ」そう言うと階段を上っていった。


十時頃、ケイト号はリトル・ホグ・キーに立ち寄った。少なくとも、花崗岩のような顔の男がそう呼ばわっているのをクレインは聞いた。この花崗岩のような顔の男はジョージという名前で、昔は酒の密輸にでも手を染めていたように見えた。彼は船を操縦し、ほかの男たちのひそひそ話には加わらずに距離を置いていた。男たちはクレインとランピエールをどうすべきか決めようとしていた。男たちはみな口のすぼまった大型容器からラム酒を呑んでいた。

彼らの船は岸にかなり近いところにいた。あわてた海鳥のかぼそい鳴き声やら、脇へ押しやられた枝ががさがさいう音やら、浜辺で水がぴちゃぴちゃいう音やらがクレインの耳に聞こえた。依然として彼の耳の中ではエンジンの音が轟いており、彼の皮膚はその熱で焼けるように熱かった。エンジンは今や激しく作動していた。一度ジョージが下りて来ていじくりまわしたのだ。しばらくして彼は油ふき用のぼろ布で両手を拭い、船室の隅に放り投げて、階段を上っていった。

「スピードの加減か、水ポンプの問題かどっちかみたいだ」と彼はフランキーに報告した。

カメリア・エセックスは寝入っていた。

「かわいそうに」トニー・ランピエールがクレインに言った。「ずっと死ぬほど怖かったんですよ」

「無理もない」とクレインはうなずいた。

十分ほどケイト号は静止していた。涼しい風が舷窓から入ってきて、エンジンの熱をいくらか外に追い出して、マフラーや排気管の燃えたつような鮮紅色が徐々に薄れていった。波が船の下や浜辺でサラサラとかすかな音を立てていた。

男が二人、船室の階段の一番上に現れた。フランキーの声がした。「あの小賢しい野郎(ワイズガイ)をここへ連れて来い」

男たちはクレインの脇の下をつかむと、階段から引きずり上げた。そして船の手すりの脇にある革張りのシートに彼を放り出した。「ほれ、小賢しい野郎(ワイズガイ)だ」と男のひとりが言った。

月の光が、デッキや黒っぽい小島や海に銀色に降り注いでいた。空は薄紫色で、大きな月はハネデューメロンみたいな色だった。デッキの上にあるロープやら椅子やら四人の男たちの後ろには真っ黒な影ができていた。

「こいつの持ち物を調べろ」フランキーが丸々太った男のトードに言った。

男の両手は柔らかく、湿っぽく、ひんやりしていた。彼はその手をクレインの体にさっと走らせると、上着の内ポケットにピンで留めてある財布を見つけた。男は財布を開け、「ひえーっ！」と素頓狂な声を上げた。

「どうした？」

「九千ドル入ってるぞ」トードが言った。

「なに、小賢しい野郎（ワイズガイ）が九千ドル持ってるだと？」フランキーの声が一オクターブ跳ね上がった。「九千ドルか？　こっちへよこせ」

月の光の道すじにある熱帯の海は、あたかも凍りついているかのように見えた。

「どこでこの九千ドルを手に入れた？」フランキーが尋ねた。彼は裸の体に黒いスーツの上着をはおっていたが、紙幣をその内ポケットにしまい込んだ。

「調査の必要経費さ」とクレインは答えた。

「げっ」とジョージが言った。「俺らも探偵になりゃよかったぜ」

「どうやって俺らを見つけたんだ、小賢しい野郎（ワイズガイ）？」フランキーが尋ねた。

「あんたらの様子が変だと言ってる漁師が何人かいてな」クレインはフランキーの上着に視線を据えたまま嘘をついた。

「言わんこっちゃない」とトードが言った。「俺は言ったはずだぞ。ここにずっといるのは危ねえと」彼は動揺した声で言った。

「黙れ」とフランキーが怒鳴った。

海岸はほかの葉叢で埋め尽くされていたが、リトル・ホグ・キーの周囲にはマングローブの木々が茂っていた。マングローブの根はまるで老人のふしくれだった指のようで、それが海に突き刺さるようにして立っていた。島の陸地は見えなかった。

フランキーが訊いた。「何で連れがもっといねえんだ?」

「ほかの人間は朝来ることになってる」クレインは答えた。「ありとあらゆる種類の船を繰り出してな」

「言わんこっちゃない」トードが言った。月光の下で彼の皮膚は緑色を帯びており、その吸血鬼のような口がすぼめられていた。

「ここをずらかったほうがいいと思うぜ」ジョージが言った。「面倒なことになるだろうよ」

「そうだ」とトードが言った。「そうだ」

「俺らはここにいないといけねえんだ」フランキーが言った。

ドーピーはいつのまにか頭に巻いていたネクタイを取っていた。彼の手はもう震えていなかった。一杯呑んだに違いなかった。彼は言った。「俺らがここにいないと、ボスが合図を送ることができねえ」彼が話すたびに喉仏が上下に動いた。

「トルトーニはあんたたちに絶対連絡してこないぞ」クレインは言った。

「連絡してこない?」フランキーがおうむ返しに言った。

「彼は死んだんだ」クレインは彼らがなぜそれを知らないのか訝しく思いながら言った。「スロットマシーンの同業者の縄張りを荒らそうとして撃たれたんだ」

最初のうち男たちはクレインの話を信じなかった。彼らが何も聞いていなかった理由は、彼らのラジオが故障していたせいだった。ジョージにもそれを直せなかったのだ。クレインが詳しい話をしてもなお、彼らはなかなか信じなかった。

クレインが話し終えるとフランキーが彼のところに来た。「てめえ、嘘つきやがって」金歯が月光にきらめいた。

「嘘じゃない」

フランキーはクレインの頰骨を殴り、デッキから突き飛ばさないと気がすまなかった。「嘘つきやがって」と彼は繰り返した。

「わかった。俺は嘘をついた」

「やっぱりな!」フランキーはそう言うと彼をにらみつけた。「お前は卑怯者だぜ」

「確かに。俺は卑怯者だ」

フランキーは彼をもう一度殴ると、船の横腹にたたきつけた。「この小賢しい野郎は卑怯者だぜ」と彼は言った。

クレインはめまいがしたが、気を失うことはなかった。目の前でマングローブのふしくれだった根がのたくっているようだった。ジョージに蹴られた腹が不意に痛み始めた。

「この男はほんとのことを話してるんだと思うぜ」とジョージが言った。

「探偵なんてやつは母親にだってほんとのことは言わねえだろう」とトードが言った。

「さあなあ」とドーピーが応じた。彼の声は怯えているようだった。

フランキーが尋ねた。「仮にトルトーニが消されたんだとしてもよ、あんた何でトルトーニが犯人だと見破ったんだ？」

　クレインは今回の筋書きでエセックスが演じた役まわりを話してやった。

「それはトルトーニが話していた陰謀のことだな」とジョージが言った。「今回の事件では告発はされんと彼が言ってたのを覚えてるか？」

「ああ、覚えてるぜ」とフランキーが答えた。

「俺たちこれからどうする？」とドーピーが訊いた。

「話し合おう」とフランキーが言った。

　彼はクレインの腰をつかむと、シートから持ち上げた。彼の胸毛がクレインの顔に当たってちくちくした。気の抜けた酒と汗の匂いがクレインの鼻をついた。彼はクレインを船室の階段から投げ落とした。

　クレインは右肩から床に着くと、エンジンの前を転げていった。ロープで足首と手首が切れた。彼は暗闇の中で物音ひとつ立てずに横たわっていた。転落したせいで、頭の切り傷からまた血が流れだしていた。腹がひどく痛かった。

　トニー・ランピエールが小声で訊いた。「大丈夫ですか？」

「俺は大丈夫だ」とクレインは答えた。

第二十二章

　ゆっくりとわずかに空気が流れる程度のかすかなそよ風が暑い船室を吹き抜け、クレインは時折眠りに落ちた。彼は悪夢を見ていた。彼は燃えている家からずっと死体を引きずり出していた。何百という焼け焦げた死体を。死体は彼が両手で引き上げるとぼろぼろに崩れ落ちた。目を覚ますと、右手の舷窓から月の光が射していた。油と海水と焼け焦げたペンキの匂いが船室に充満していた。

　彼を目覚めさせたものにカメリアもまた目を覚ました。彼女が囁いた。「トニー」

「なんだい?」

「あなたがいてくれてほんとに嬉しいわ」

「たいして力になってないけど」

「そんなことない、なってるわ。あなたがここにいてくれるからわたしは平気よ」

「ほんとかい?」

「ダーリン、あなたがここにいてくれる限りわたしは何が起ころうとかまわないわ」

「きみは勇敢だね」

「ううん、そんなことない。わたし怖いの」そして彼女の声がだしぬけに調子っぱずれになった。

「ああ、トニー、わたしたちをここから出して」

一分近く、船の下で海水がさらさらいう音しか聞こえなかった。

「ごめんなさい、トニー」と彼女が言った。「もう二度とあんなこと言わないわ」

「いいんだよ、ダーリン」

「トニー、わたしを愛してる?」

「ああ、もちろんだよ、カム」

「わたしもあなたを愛してるわ、トニー」

そう遠くないところで船を漕ぐ音がクレインの耳に聞こえた。オール受けがきしみ、オールが海の中で吸い込むような音を立てていた。男たちの声が聞こえた。誘拐犯たちはきっと小島に到着したにちがいない。そして船に戻って来ているのだろうとクレインは断じた。

左側の下のほうの寝台で物音がした。ルーサー・ビントン船長の頭が片側に転がるのが見えた。月光の中で見開いている船長の目は、水で薄めた牛乳のような色だった。彼は意識が戻っていた。クレインは床の上を彼のほうに体を近づけていった。

カメリア・エセックスが言った。「わたしたちが話してるの、気になさらないでね、ビル」

「しないよ」

「トニーとわたしに残された人生は短いの。思いっきりロマンチックにしないと、でしょ、トニー?」

「ダーリン、僕たちは一緒に長い人生が送れるよ」

「長い、ロマンチックな人生を?」

「とても長い、とてもロマンチックな人生だよ」

カメリアが言った。「わたしたちの話、気になさらないでね」

「しないよ」

「あなたは僕たちの愛の証人ですよ」

「そうだな」とクレインは言った。

「カメリア・エセックスとトニー・ランピエールの短くも幸せな愛のね」

「ダーリン、そんなことないったら」

手こぎ舟が舷側に来た。ジョージの大声がした。「万事順調か、ドーピー？」

「もちろんだ」とドーピーが答えた。その声は今まで寝ていたような声だった。

オールをはずして舟の中に置く音がした。フランキーが言った。「ドーピーは気のいいやつだぜ」

足元のデッキがきしみ、ドーピーが尋ねた。「どう決まったんだ？」

彼はひどく酔っぱらっていた。「あいつを信用してやれ」

「やつらをばらす」とトードが答えた。

「上等だ」とドーピーが応じた。

「みんなで考えたんだがよ」フランキーはだみ声で言った。「やつらをばらして、俺たちはマイアミにずらかる」

「あの娘もか？」ドーピーが訊いた。

「当然だろ？」とトードが答えた。

「ちげえねえ、あの女は始末しねえと」とジョージが言った。「知り過ぎてるからな」

クレインは船長の寝台まで行き着くと、彼の耳元で囁いた。「大丈夫ですか、ルーサー船長？」

船長はかろうじて聞き取れる声で言った。「いいや。わしの船はどうなった?」

「連中が沈めました」

船長の両手は自由がきいた。彼は吐き捨てた。「ちくしょう」彼の片方の手首はまだロープで縛られていたが、クレインは初めて希望がもてた。

外でフランキーの声がした。「あの九千ドルをぶんどって、分配しよう。トルトーニからもらえないとなりゃ、あの金しかねえからな」

「おまけに俺らは自由の身だぜ」ジョージが言った。

「まるっきり自由だ」フランキーが言った。「まるっきり自由だぜ」

「いつあいつらをばらす?」ドーピーが尋ねた。

「すぐにだ」とフランキーが答えた。「日が昇る前に」

「メキシコ湾流に乗らないとな」ジョージが言った。「あそこなら絶対、死体が上がらねえ」

「サメがいるからな」とトードが説明を加えた。

「じゃあ行こうぜ」フランキーが言った。「何をぐずぐずしてる?」

エンジンを始動させるためにジョージが船室に降りてきた。彼の息はジャマイカラムの匂いがした。彼はクレインの腰のくびれを蹴り上げると、懐中電灯をカメリアに向けた。「調子はどうだね、お嬢ちゃん?」そう言うとエンジンに向き直った。

エンジンのひとつがどうしても作動しなかった。やがてフランキーが降りて来た。「どうかしたか?」

「くそ、それがわかったらな」ジョージは乱暴に鋳鉄製のホイールを回転させた。「だがな、俺がきっとこいつを動かしてみせる。まあ見てろや」

彼らは酒を呑みながらやっとのことでエンジンを始動させた。船室にはラム酒とこぼれたガソリンの悪臭が立ち込めていた。白々と夜が明け始め、クレインには男たちの汚れた顔が見えた。二人とも汗をかいていた。ジョージは油拭き用のぼろきれを船室の隅にほうり投げて言った。「さあとっととずらかろうぜ」船室の隅には油を拭いたぼろきれが山のように積み上がっていた。男たちは船室のはしご段を上っていった。

「わたしたちを殺すつもりかしら？」とカメリアが訊いた。

クレインはそのとき初めて彼女が見えた。ブロンドの髪はもつれ、唇は青ざめ、日焼けのあとはとうに薄れていた。彼女の両手はリンネルの細長いきれで体の前で縛られていたが、その手がトニー・ランピエールの頭に触れていた。白いシフォンの夜会服は汚れ、片側が引き破られて開いており、腹の一部と桃色のブラジャーが半ばあらわになっていた。恐怖のために彼女の青い瞳は光を放っていた。

「希望を捨てないで」とクレインは言った。

「でも僕たちに何ができるんです？」とトニー・ランピエールが言った。

「足の縄をほどけませんか、ルーサー船長？」とクレインは尋ねた。

船長は体を起こして足に手を伸ばそうとしたが、無理だった。彼はすでに大量に出血していた。

「船長はいつから意識が戻ってるんですか？」トニー・ランピエールが尋ねた。

「シーッ」とクレインが言った。

ケイト号が出発しようとしており、エンジンが空回りして激しく作動していた。船室の床が震えていた。デッキでは、手にジョッキを持ったフランキーが舵輪のところにいるジョージに近づいて言った。

「何であの女まで始末するんだ?」

ジョージはジョッキを取り上げて、唇で音を立てて一気に呑んだ。「俺だって不思議に思うさ」

「ま、なんにせよ、あとしばらくはあの女をそばに置いとけるがな」

「ちげえねえ」

フランキーの金歯がきらめいた。「俺がマイアミにこっそり隠しておくかもしれん。いい場所を知ってる――」

「そりゃあだめだ、絶対にな」ジョージは断固とした口調で言った。「そんなことすりゃ足がつく。女は始末したほうがいいぜ」

「だがな、まずは……」フランキーが言いかけた。

「まあ聞け」とジョージは最後まで言わせなかった。

「嫌なこった」

傾斜している階段の先に、手すりの一部と紫がかった青（フレンチブルー）の長方形の空が、クレインの目に見えた。振動しているエンジンの熱で背中が燃えるように熱く、皮膚がこわばっていた。あえてカメリアを見上げることはしなかった。

「じゃあくじ引きしようぜ」ジョージが言った。

フランキーが彼からジョッキを取り上げた。「ここじゃあ俺がボスだ、そうだろ?」

「知らんね」とジョージが言った。

トードがクレインの視界に入ってきた。ラードのような色をした肉のひだの間から、彼の小さい目が覗いた。「何であの女に手間取ってんだ？」と甲高い声で訊いた。「何でさっさとばらさねえんだ？」

「お前にはわかるまいよ」とフランキーが答えた。

「俺を見習え」ジョージが言った。

「嫌なこった」とフランキーが言った。

エンジンから伝わってくる熱はほとんど耐えられないほどだった。排気管は中ほどの、ケイト号の船体を通り抜けているところまで真っ赤になっていた。クレインは、自分を縛っているロープにルーサー船長の手が届くように、自分の背中を彼の寝台の横板に押しつけようとした。だがクレインは床から動けなかった。両足があまりにもきつく縛られていたせいだった。

デッキでの会話にドーピーが加わっていた。陽光の中の彼の顔は死人のようだった。「さあ、やつらを殺っちまおう」

トードが言った。「じきにメキシコ湾流に出るぞ」

ドーピーの両手はまたひらひらと動いていた。「ところでよ、あんたはあの女をどうしたいんだ？」

「ははは」と笑うとフランキーは太ももをぴしゃりと打った。「この男は俺らがあの女をどうしたいか知りたいんだとよ。こいつはおもしれえ。ははは」彼は笑うのをやめ、ドーピーをにらみつけた。

「おめえ、俺には胸毛が生えてないとでも思ってんのか？」

「マイアミには売春婦はいくらでもいるぜ」ドーピーが言った。

「あんな上玉はいねえ」

例の甲高い声でトードが言った。「暗いところで見りゃ、どんな女だって同じじゃねえか」

「何でわかる?」ジョージが訊いた。「お前に何でわかるんだ?」

ドーピーが言った。「あの女は若すぎるぜ」

「俺はな、若い女が好きなんだ」とジョージ。

「そう言ってもなあ、あの娘は十八にもなってねえぞ」とドーピー。

「それが何の違いがあるっていうんだ」とフランキー。

ジョージが手に硬貨を持った。「表か裏か」と彼は言った。「決めろ」

「裏だ」とフランキーが答えた。

硬貨がデッキに落ちた。ドーピーがかがみこんだ。「裏だ」

フランキーが船室の階段を降りてきた。カメリアの寝台の前の床にいたトニー・ランピエールが、縛られている足で彼を蹴ろうとした。

フランキーは彼のズボンをつかむと、クレインのすぐそばに彼を投げ飛ばした。

「引っ込んでな、若造」

トニー・ランピエールは寝台のほうへ這いずっていったが、フランキーが彼の頭を蹴り上げて気絶させた。

そしてフランキーはカメリアを見下ろした。

「やあ、ベイブ」

ケイト号は穏やかな大波に遭遇していた。エンジンは上り勾配で苦労し、下り勾配で空転した。排気管が鮮やかな赤い色になっていた。

フランキーが尋ねた。「飲み物でもどうだい、お嬢ちゃん?」

カメリアは返事をしなかった。

「あんたがいい子にしたら」とフランキーは言った。「俺と一緒にマイアミに連れていってやってもいいんだが」

クレインの足もとでトニー・ランピエールの体が動き、うめき声を上げた。

フランキーがデッキにいる男たちに叫んだ。「お嬢ちゃんは俺なんかの相手はできないとよ」

「まずは一緒にワルツでも踊ってもらえないか頼んだらどうだ?」ドーピーが言った。

「そうだ。女に準備運動（ウォーム・アップ）させてやれ」ジョージが言った。

「なに俺が温めてやるさ」とフランキーが答えた。

「さあ始めようぜ」トードが高い声で言った。

クレインの目に、三人の男たち全員の頭が船室の階段の一番上にあるのが見えた。フランキーはカメリアの上にかがみ込むと、足首のロープをほどき始めた。

「お願い、やめて」彼女が言った。「お願いだから——」

「お嬢ちゃんはいい脚をしてるぜ」とフランキーが男たちに報告した。

「ああ、どうか——」

カメリアの声は恐怖でひび割れていた。

「怖がらなくていいんだよ、お嬢ちゃん」フランキーの両手はロープを解くのに忙しかった。「めっぽう楽しいことなんだから」

「ちげえねえ」ジョージがデッキから相槌を打った。「めっぽう楽しいことだぜ」

フランキーがロープの最後の結び目をほどいた。「そらどうだい、可愛い子ちゃん」

カメリアが彼の顔を蹴った。

「あーっ！」と声を上げるとフランキーは彼女の足と格闘した。「こうなりゃ力ずくでいくぜ、え？」彼はカメリアと揉み合った。トニー・ランピエールはあえぎながら、彼らのほうへ身をよじらせて進もうとした。

「女を抑えといて欲しいか？」ジョージが声をかけた。

「いいや」とフランキーが答えた。「俺はな、気の強い女が好きなんだ」

カメリアは頑強に抵抗していた。寝台の木がギシギシいい、布が引き裂かれる音がした。フランキーが大きな息をしていた。床ではトニー・ランピエールが無力ながらもあがいていた。

クレインは、自分が縛られていなかったら、銃を持っていたらと心底思った。

だしぬけにデッキからトードの高い声が上がった。「大変だ！　見ろ」

「何だ？」ジョージが訊いた。

「船だ」

「ええっ！」ジョージが言った。「おい、フランキー！」

船室の揉み合いがやみ、エンジンの音と荒い息だけが聞こえた。

「フランキー」ジョージが呼んだ。

「何だ？」

「船だ」

「俺は忙しいんだ」フランキーが答えた。

「こっちへ来てるぜ」

「とんでもねえな」フランキーが言った。「こんなときに邪魔しやがってよ！」

彼はカメリアの寝台から降りると、デッキへ上がっていった。男たちの言葉から、その船は大型船だろうとクレインは推測した。その船の速度はケイト号より速く、したがって逃げるのはかえって危険だろうと男たちはただちに判断を下した。

男たちはどうしたらいいか、言い争っていた。

「大丈夫かい、カム？」今は彼女の寝台の真下にいるトニー・ランピエールが訊いた。

「トニー、あの男を近づけないで」

ドーピーが船室に降りて来て、カメリアとランピエールとクレインにさるぐつわの布をくくりつけた。ルーサー船長のことは無視した。

「まさかな」と彼は言った。

デッキでは残った三人の男たちが、船が近づいて来るのを見守っていた。「俺らに挨拶に来るつもりらしいな」ジョージが言った。

「ドーピー、お前とトードは釣りを始めろ」とフランキーが命令した。「帽子を目深にかぶってな」

彼は船室の入口まで来ると、釘に掛かっているパナマ帽を手に取って、それをかぶった。「ジョージ、お前があいつらと話せ」

クレインの口の中のさるぐつわは油の味がした。彼は一計を案じ、仰向けになって両手を船室の床につき、ルーサー船長の寝台に足を乗せた。船長は、クレインの足首のロープを不器用にいじくった。最初の結び目こそ手こずったものの、あとは難なくほどけた。クレインは一瞬、両脚をこすり合わせてから、片腕を寝台に引っかけて立ち上がった。両脚で体を支えられることがわかった。ルーサー船長はクレインの手首のロープもほどき始めた。

例のもう一隻の船はケイト号から声が届く距離にまで近づいてきていた。声がした。「やあ、こんにちは」

「こんちは」とジョージが答えた。

「ルーサー・ビントン船長の船を捜してるんだが。スプレー号だ」その声が言った。「何か見かけなかったかね？」

「いいや」とジョージが答えた。「俺らは一晩中トルトゥガに向かって走ってるがね。行方不明ですかい？」

「ケイト号と会うことになってるんだがね」

「まあ、俺らは見かけてねえな」

船長は、クレインの手首を縛っているロープの最後の結び目をほどくと、大声で助けを呼ぼうとした。もっともその声はしゃがれて、弱々しかった。クレインは床に倒れて、隅に転がった。依然として縛られているかのように体の後ろに両手をやって。ドーピーが船室に降りて来て、ルーサー船長の頭を拳銃の床尾で殴った。

「ちくしょう、なめた真似しやがって」

彼はそう言い捨てるとまたデッキに出ていった。

もう一隻の船の男たちには何も聞こえていなかった。男が言った。「もしスプレー号を見かけたら、ルーサー船長に僕たちがこのあたりにいると伝えてくれないか？」

「もちろんでさ」とジョージが答えた。

もう一隻の船のエンジンをアイドリングするぎくしゃくした連続音が、間断のない轟音に変わった。ジョージがケイト号のエンジンにガソリンを注入した。

クレインは立ち上がって、さるぐつわをはずし、舷窓から外を眺めた。心が重く沈んだ。もう一隻の船はまたたくまに遠ざかっており、すでに叫んでも声が届かないところにいた。

フランキーがジョージに言っていた。「外海に逃げたほうがいいぜ。またほかの船に会うのがおちだ」

「今やってる」とジョージが答えた。

クレインは、船室の隅に山と積み上がっている、油を拭いたぼろ布をひと握りすくい上げた。彼はそれを熱くなっている排気管の上に落とした。ぱっと炎が上がった。火がついているのもかまわずに、彼はまたそれを拾い上げ、ぼろ布の山にそれを投げ入れた。オレンジ色の光が船室に充満し、布の山から渦巻くような真っ黒な煙が立ち昇った。彼は大ぶりのモンキースパナを見つけると、船室の階段脇に身を潜めた。カメリアとトニーは目を見開いてクレインを凝視していた。大量の煙が舷窓から流れ出し始めた。

ドーピーが船室の入口まで来て、階段を下りだしたが、だしぬけに両手を体の前に突き出した。彼は恐怖のあまり叫び声を上げた。

「火事だ！　火事だ！　ちくしょう、火事だぞ！」

ジョージが彼のそばに飛んできて、船室の階段から彼を押しのけた。ドーピーはデッキにぶざまに投げ出された。「頼むから、黙れよ」そう言うとジョージは煙った船室の内部に目を凝らした。

ドーピーが立ち上がってわめいた。「火事だ！　助けて！」フランキーが彼を殴り倒した。

ジョージがエンジンを停止させると、フランキーが彼に訊いた。「消火器はどこにある?」

「船室だ」

炎を上げているぼろ布の山に一番近いところにある寝台にはすでに火がまわっていて、木が大きな音を立てて裂けた。舷窓からは煙が流れ出し、階段には渦を巻いた煙が立ち昇った。火がごうごうと音を立てだしていた。船室の中はひどい暑さだった。

ジョージが言った。「舵を取ってくれ。消火器を持ってくる」


やや前かがみになりながらゆっくりとジョージが船室の階段を降りてきた。クレインは彼が床に着くまで待つと、スパナでその頭を殴った。ジョージの頭蓋骨が、まるでカンタロープメロンを落としたように砕けた。彼はエンジンのほうにつんのめった。

デッキではまたドーピーが金切り声を上げていた。「助けてくれ! 火事だ! 助けてくれ!」

船室の内部では煙が渦を巻いていた。恐ろしい暑さだった。寝台全体が燃え上がっていて、淡い黄色い炎に包まれていた。息をするのも難しかった。

フランキーが階段の下に向かって叫んだ。「どうした、ジョージ?」

彼の後ろではドーピーがわめいていた。「助けて! 助けて!」

フランキーが叫んだ。「ジョージ、おいジョージ!」

煙のせいでクレインは肺が痛かった。のどが詰まった。口の中は油の味がした。火はごうごうと燃えていた。目がひりひりした。

ドーピーが叫んだ。「助けて! 助けて!」

フランキーが船室の中を覗こうとした。

海のほうから大きな声がした。「待ってろ、ケイト号。今、助けにいくからな」

「嫌なこったい」トードが鋭い声で言った。「あっちへ行け」彼は右舷の手すりの上から拳銃を発射した。「ちくしょうめ、あっちへ行け」そしてもう一度銃を発砲した。

ドーピーが金切り声を上げた。「助けて！　助けて！」

フランキーが船室の階段を途中まで降りてきた。「ジョージ！」クレインは彼に殴りかかろうと身構えた。

もう一隻の船はトミーガンを積んでいた。ごうごうという炎の音を背に、帆布が細長く裂ける音がした。フランキーが吐き捨てた。「くそっ！」そして階上（うえ）に戻っていった。トードが右舷の手すり越しに拳銃を撃っていた。フランキーは舵輪の上にある棚から、ケイト号のトミーガンを手に取った。彼はそれを右舷の手すりから構えていたが、だしぬけに咳込んだ。銃が彼の手からすべり落ち、手すりに当たってはね返り、デッキに落ちて大きな音を立てた。彼は体を二つに折ると、両腕で腹を押さえた。まるで幼い子供を抱きかかえるかのように。彼はもう一度咳込み、口から血が噴き出した。そしてそのまま手すりに向かって倒れていった……

クレインは船室へ戻っていき、カメリア・エセックスを持ち上げて、階段の上へ運んだ。彼女は意識がなかった。彼はカメリアをデッキに寝かせると、また船室に戻って今度はルーサー船長を持ち上げた。彼は娘よりも軽かった。クレインは彼をデッキにおろした。

ドーピーは船尾に縮こまって横たわっていた。クレインには彼が生きてるものやら死んでるものやら判じかねた。トードは右腕を撃たれていたものの、自動拳銃を口で支えて、左手で挿弾子（そうだんし）（銃火器に複数個の弾薬を装填する際に用いる器具）を装填しようとしていた。彼の目はまるでひな鳥の目のように、丸く小さく光っていた。その右袖はすでに血でえび茶色に染まっていた。

クレインは船室に戻っていった。煙で肺が詰まった。トニー・ランピエールも意識を失っていた。クレインは彼の体を持ち上げようとしたが、重すぎた。そこで階段まで引きずっていって押し上げようとしたが、船室の床から上げることはできなかった。ジョージの体はエンジンから熱く燃える排気管のほうへ滑っていっており、あたりの空気は肉の焼ける匂いで充満していた。クレインはランピエールの上に回り込んで、彼を階段の上に引っ張り上げようとした。一段目まで上げることができた。クレインは肺が痛かった。肺に空気を取り込めていないようだった。彼はもう一度ランピエールを引き上げようとした。

誰かの声がした。「彼は俺が引き受けるぜ、ビル」

オマリーだった。クレインはランピエールを彼にまかせると、その後ろから階段を上っていった。消火器を持った男がクレインを押しのけて階段を降りていき、船室に消火剤を噴霧しだした。太陽の光と青い海がクレインの目に痛かった。ひどく疲れていた。デッキが彼のほうに立ち上がってきた

……

意識を取り戻したときクレインはひどく気分が悪かった。煙がまだ肺にも腹にも残っていた。エンライト警部と灰色の髪の見知らぬ男が、カメリア・エセックスを介抱していた。トニー・ランピエールは意識を回復してデッキに坐っていた。すすをかぶった彼の顔は青白かった。実質、火はもう消えていた。ドーピーは船尾にある釣り用の椅子に手錠でつながれていて、その隣にはトードが、傷つい

た腕を膝に置いて坐っていた。彼の目は閉じられ、表情は穏やかだった。フランキーのトミーガンは彼が撃たれた場所に落ちており、右舷の手すりのそばに血だまりができていた。クレインはまた気分が悪くなり、とっさに手すりにしがみついた。

オマリーとウィリアムズがジョージの体を船室から運んできた。彼の左側の顔面は排気管ですっかり焼け焦げており、その金髪は血で黒ずんでいた。

ウィリアムズが彼の足を持ったままオマリーに尋ねた。「この男をどうするんだ？」

「船尾に放り投げる」

「間違いなく死んでるんだろうな？」エンライト警部が尋ねた。

「間違いない」とオマリーが答えた。

二人はジョージを船尾に放り投げた。

オマリーが言った。「〝人の血を流す者は、人によって自分の血を流される〟（旧約聖書創世記第九章より）」

「あ！」とクレインが声を上げた。頭がはっきりしてきた。もう気分は悪くなかった。「ああ、オマリー！」

「われらがヒーローが生還したな」とオマリーが言った。

カメリア・エセックスが意識を取り戻した。「トニー」と彼女が言った。「トニー」

「僕はここにいるよ」

「何があったの？」

トニー・ランピエールがデッキから立ち上がって彼女の手を取った。「僕たち助かったんだよ、ダーリン」

カメリア・エセックスが泣き出した。泣きながら彼にキスをした。

エンライト警部と灰色の髪の男はルーサー船長のほうにかがみ込んでいた。「助かるだろう。大丈夫だ」灰色の髪の男が言った。

ウィリアムズが、フランキーが使おうとしていたトミーガンを拾い上げた。「こいつを置いて行ってくれたのはもっけの幸いだったぜ」

だしぬけにクレインが手すりから離れ、ウィリアムズに駆け寄った。「あいつに何があった?」彼は叫んだ。「フランキーに何があったんだ?」

「海に落ちてったぜ」オマリーが答えた。

「お前さん、あの男を引っぱり上げたか?」

「あいつは死んでたんだぞ」

「引っぱり上げなかったのか?」クレインは気が違ったようになっていた。「あの男はどこにいるんだ?」彼はひどく落ち込んで手すりから身を乗り出した。

オマリーが指し示した。船から二十五フィート離れた、メキシコ湾流の流れる深い青い海にはサメがうようよしていた。サメは海面すれすれを泳いでいて、体を回転させては石鹼色をした腹を見せていた。クレインは手すりから離れて、デッキにがくりと坐りこんだ。

「どうして彼を引き上げなかったんだ?」

みんな彼の落胆した顔をしげしげと見ていた。

「何でそんな必要がある?」オマリーが言った。「あの男はあんたにとって何だったんだ?」

「まさしく右腕だよ」クレインの顔は悲愴だった。「やつは俺の九千ドルを持ってたんだ。それだけのことだがな」彼は悲しげにオマリーをじっと見つめた。「きみは九千ドルをみすみすサメにくれてやったんだ」

「それはお気の毒に」トニー・ランピエールが言った。「でも――」

「ここだよ」オマリーが言った。「ここだ。あの九千ドルは俺がもらっといた。デッキにあった上着のポケットから俺が取ったんだ。きっとフランキーはどんぱちを始める前に脱ぎ捨てたんだろ……上着をな。ほら」

「きみはあきれた大泥棒だな」クレインは言った。「死んだ男のポケットからすりを働くとは……」

訳者あとがき

本作 *THE DEAD DON'T CARE* はニューヨークの私立探偵ビル・クレインが主人公のハードボイルドミステリーである。というとちょっとかたい感じがするかもしれないが、これが年がら年じゅう酒ばかり呑んでるだらしない、かっこよくいえばちょいワルな愛すべき主人公が活躍する小説なのである。

同シリーズは計五作あり、すでに、「モルグの女」（早川書房）、「処刑6日前」（東京創元社）、「赤き死の香り」（論創社／拙訳）の三作品が翻訳出版されている。本作はシリーズの四作目にあたる。

今回の舞台は、カリブ海を臨む瀟洒な豪邸で、邸の主人はエセックスとカメリアの若い兄妹である。兄のエセックスのもとに、最近になって脅迫状が送りつけられるようになっていた。金を支払わなければ命はないというものだ。しかも、どれもエセックスの寝室の枕もとや、財布の中など、ありえないほど彼の近くに届けられていた。クレインと同僚のオマリーはその調査を依頼される。カメリアはもちろんだが、プレイメイトのような魅惑的な美女やら、何やら影のある年増の元大女優やら、謎めいたダンサーやら、美女が大勢登場して華やかなことこのうえない。しかも今回のクレインはなんとその中のひとりといい仲になった……と思ったのもつかのま、物語は意外な展開を見せる。そのあたりから物語にがぜん緊迫感が増し、加速していく。

登場人物はほかにも、ギャンブラーやその手下たち、油断ならない執事、面白い名前の伯爵など、お約束のようににぎやかなメンツがそろい、非日常的で楽しい世界を作り上げている。

他作品同様、クレインとオマリーは相変わらず酒と女にめっぽう弱い。仕事中だろうが暇さえあれば酒を呑み、美女を眺めては鼻の下を伸ばしている。だがここぞというときには、ちゃんと謎を解明して、事件を解決に導く。そうはいうものの現代のミステリーに比べると、どこかゆるい印象を受けるのは否めない。(そもそも主人公のキャラもゆるいし)が、見方を変えれば、それがこのシリーズの持ち味であり、現代ものエッジーなミステリーにはない味わい深さがあるともいえる。また最後のオチも、少々ブラックだが、実にラティマーらしい粋な終わり方だ。そしてそれが原題の由来でもある。

全編ほぼフロリダを舞台に物語が進行し、風光明媚なキーラーゴやマイアミの情景が美しく丁寧に描かれており、本作に魅力を添えている。

実は二〇〇八年に「赤き死の香り」が出版された直後から、私は出版のあてもないのに暇をみては勝手に本作の訳出を進めていた(といっても会社員としての仕事に忙殺され、最初の数章で中断していたが)。昨年、思い切って論創社に出版を打診したところ、思いがけず快諾していただき、それから残りの翻訳を仕上げることになった。

今回は多用される引用の訳や調べものに最後まで苦しめられた。インターネットが手軽に使えない時代だったら、私には本作の訳了は無理だったかもしれないと思うほどだ。それでも時々自分が翻訳に支えられていると感じることもある。今後も私のペースで精進していきたい。

二〇一八年一月

稲見佳代子

論理酔いの探偵たち

笹川吉晴（文芸評論家）

ジョナサン・ラティマーのビル・クレインシリーズが日本初登場以来半世紀以上、米本国における第一作の発表からは八十年以上の時を経て、シリーズ四作目である本書『サンダルウッドは死の香り』*The Dead Don't Care*（１９３８）と近刊予定の第一作（が一番最後とは――！）*Murder in the Madhouse*（35）をもって遂に全作が邦訳されることとなった。同シリーズというに限らずラティマー作品自体、ピーター・コフィン名義によるお屋敷ミステリのパロディ的な *The Search for My Great Uncle's Head*（37）と、密林冒険ロマンスの *Dark Memory*（40）以外全て紹介されることになる。全十作と寡作であるにせよ、まずはそれなりに恵まれた扱いであるといえるのではないだろうか（ここまでにだいぶ時間がかかったし、その間にほとんどの作品が品切・絶版になっているものの、だが）。

ラティマーは一般には、本格ミステリ的な謎解き趣向で味付けしたハードボイルドと認知されている。それが全く間違っているというわけではないのだが、そうした謂いからイメージされるものと、実際のラティマー作品の味わいとの間にはいささかギャップがあるのもまた確かなのである。

例えば本叢書、論創海外ミステリから二〇〇八年に刊行されたビル・クレインものの五作目『赤き死の香り』*Red Gardenias*（39）の解説で、三橋暁は本格趣向の強いハードボイルドの代表例としてロス・マクドナルドを筆頭にジョン・エヴァンズ、フランク・グルーバー、タッカー・コウ、マイクル・コリンズ、デニス・ルヘイン、マイクル・コナリーを挙げているが、実のところこの中ではラティマー作品に通ずる感触を持っているのはグルーバーだけ。しかもグルーバーの自伝 *The Pulp Jungle*（67）によれば、そもそもジョニー&サムのシリーズを書くにあたって五〇冊ほど読んだミステリの中から参考にしたのが『ペリー・メイスン』シリーズのプロットと、ラティマーの筆致だったというのだから、これは似ていて当然である（さらにいうなら五〇年代末から六〇年代、ラティマーはTV版『ペリー・メイスン』の脚本を書いており、なんとも縁が深い）。

では、そのラティマーの筆致はといえば、これはもうユーモア。しかもかなりドライでブラックな。死体がゴロゴロ転がってもものともせず、ギャング相手に軽口を叩きながら隙さえあれば酒をかっ喰らい、美女に色目を使いと、ロス・マクらシリアスな正調ハードボイルドとは対極にある、というか崩しに崩した、ハードボイルドはハードボイルドでも通俗的な「軽」ハードボイルドのそれなのである。そこにさらに死をおもちゃにする本格ミステリ趣向が加わるとどうなるか。実に何とも奇っ怪な作品が誕生することになる。

そもそもはハードボイルドも本格ミステリも、探偵が事件の全てを他人事として外側から眺める物語である。探偵は基本的に、関係のないことに首を突っ込んでくる無責任なお節介焼きなのだ。事件がどんなに複雑で奇妙であろうとも、どんなに陰惨な様相を呈そうとも、探偵はそこから距離を保って冷静に、愉しむことすら出来るのである。我々読者と同じように。

もっともジャンルが分化発展し、あるいは時代を追うにしたがって、ハードボイルド—探偵（ディック）は主体的に事件に関わる生き方を看板として背負うことを余儀なくされ、本格ミステリの名探偵たちもまた、自分の存在自体が事件に与える影響を気にしないわけにはいかなくなる。何より陰惨な死や人生の苦みを繰り返し目にしてきて、なお超然とした仮面を保ち続けることに対する読み手／書き手双方からの疑問もあったろう。例えばヴェトナムを経験した戦争映画が無邪気なヒロイズムを称揚できなくなっていったように。

今日においてはもはや、事件と距離を置いて超然としている探偵は虚構であるということに過度に自覚的であるか、さもなくば無神経であるかのどちらかだろう。作品内においてもメタ・レヴェルにおいても。

そんな時代にラティマーである。

前述の解説で三橋氏はビル・クレインシリーズに対する〝スクリューボール・コメディ〟という世評を挙げている。これは『赤き死の香り』という作品自体がシリーズ最終作として大団円を志向したのか、それとも新機軸を打ち出そうとしてウケなかったのか、いずれにせよ相棒として登場した女探偵とのコンビによるロマンチックコメディの要素が強いので非常に当を得ているのだが、ラティマー作品としては珍しくおとなしめ（?）。——「死体置き場（モルグ）」に詰めているクレインや記者たちが暇潰しに、ストレッチャー内の死体を次々に引き出しては性別・人種当ての賭け事に興じるところから始まり、美女の死体を奪い合うシリーズ三作目『モルグの女』*The Lady in the Morgue*（36）など、死体を単なる玩具や道具にする罰当たりなブラックコメディだ。海外ではラティマーをクレイグ・ライスなどと並べる向きがあるのも頷ける。

だいたいラティマー作品の登場人物たちはきわめて不謹慎である。ニューヨークの大きな探偵事務所に所属するビル・クレインは各地の事件に派遣されるたび、所長であるブラック大佐の人使いの荒さに文句たらたら。同僚のドク・ウィリアムズやトム・オマリーらとのべつ幕なしに飲んだくれて酔っ払い、くだを巻きながら美女に擦り寄っていく。本書『サンダルウッドは死の香り』でも、フロリダの若き富豪兄妹の許に次々と脅迫状が出現する（屋敷内や、なんと身に着けていた財布の中にまで！）という奇怪かつ切迫した状況下でありながら、ことあるごとにプールや海でのんびり泳ぎ、暇を見つけて、というより無理矢理にでも捻り出して仲間はおろか脅迫を受けている当主その人や妹の彼氏まで引き連れて飲み歩き、財布の紐を握って――「依頼主（スポンサー）」気取りの信託会社代理人の渋い顔も意に介さないどころか嫌がらせまで働いて、妖しい美女の尻を追っかけ回すという体たらく。結局、事は誘拐と密室殺人へと発展する。

ところが、これでクレインと同僚たちは決して不真面目でもなければ間抜けでもないのである。あれだけ酒に溺れていれば、現代ハードボイルドなら立派な依存症となってキャラクターに濃い〝陰影〟を加えるところだが、べろべろに酔っ払って巻くクレインたちの「くだ」はしょっちゅう脱線し迷走しながらもしかし、結局は事件について検討し真相への糸口を摑んでいく。それはあたかも西澤保彦の酩酊推理や鯨統一郎のバー探偵のようだ。それればかりか、ふざけているようでありながら互いに割り振られた任務は着実にこなし、仲間が危機に陥れば察知して臨機応変に対応する、同僚として非常に頼りになる男たちなのである。（クレインについては飲み過ぎると非常に面倒くさくなる男だが）。

そう、実はクレインたちは事件に直接関係のないことも、馬鹿げた失敗もほとんどしない。リラックスした中でも仕事のことは忘れずに、無駄話を織り交ぜながらも検討し合い、美女に粉をかけるのも色気ばかりではない。遊びも仕事のうちの、実にストイックかつ有能な探偵たちなのだ。きちんと事務所で依頼人に応対したり、ワトスン役に膝詰めで仮説を開陳したりはしないけれども。

むしろただ単に情報を提示するのでなく、物語の中でユーモラスな会話などを通してスムーズに、何らかの付加価値と共に伝えようとする工夫がそこには感じられる。さらには舞台となるシカゴやフロリダ、あるいは地方の小都市などの風景や風俗をさりげなく、しかし情趣をもって描写する的確な手腕も併せて、そこにジャーナリストとしての前半生と、脚本家としての後半生が仄かに映し出されていると見るのは牽強附会に過ぎるだろうか。

それはともかく、こうした作法がハードボイルドに本格の謎解き趣向を取り入れた、というよりはむしろハードボイルドという器を利用して本格ミステリをやってみたかったのではないか、さらにいうなら殺人ゲームで愉しく遊ぶため、こんな変な小説が出来上がってしまったのではないかと思わせる、職人気質から妙にはみ出すのがまた、ラティマーの面白いところだ。

ビル・クレインと仲間たちは私立探偵の一典型たる徹底したプロフェッショナルである。彼らは金持ち連中からの、多くは財産絡みである依頼に割り当てられ、役割を分担して時には荒事も厭わずに、ひたすら依頼人の利益のために任務を遂行する。それは自分自身とは全く無関係な、単なる仕事に過ぎない。プロとしてはともかく、一人の男としての矜持などといったものとクレインたちは無縁だ（少なくとも外面的には）。だから例えば、死刑執行まで後六日と迫った男の無実を晴らすため、雲をつかむようなアリバイ証明に挑むシリーズ二作目『処刑6日前』*Headed for a Hearse*（35）でも刻一刻と死が迫る男の切迫を尻目に、とりあえずはメシを食って酒を飲みながら女のコも交えてゆっくり相談、夜は夜でぐっすり眠る、ということになる（タイムリミット型サスペンスでありながらその余裕は何だ⁉）。

しかし、にもかかわらず彼らは、仕事に関しては徹底してプロフェッショナルである。どんなに難しい状況でも決して諦めず、常にその時点における最善の途、最も高い可能性を求めて検討／推理を重ね、「試行錯誤」を厭わずに繰り返しながら真相／解決に到達する。そんな彼らの前に発生する事件は遺産の横領、失踪人や証人探し、脅迫、誘拐などいかにもハードボイルド的なそれらと並行して密室トリックやアリバイ崩し、すり替わり、凶器や被害者探し、偽装殺人に連続殺人といった何とも本格チックな謎である。

だから、例えば件の『処刑6日前』において密室の絡んだアリバイ崩しと凶器探しのため、計算から割り出せる限りの可能性をシミュレーションし、片端から実地に試して潰していった末に物証を摑むクレインの姿など行動を旨とするハードボイルド以上に、まるで本格ミステリの探偵のそれではないか。実際、初登場となる*Murder in the Madhouse*において精神病院に乗り込んだクレインは自らをオーギュスト・デュパンになぞらえて、次々と〝演繹的推理〟を披露しては、周囲に煙たがられる。妄想患者や殺人犯扱いされても、推理が崩れても一向に怯むことなく。

このように次々と仮説を立てては崩され、それでも懲りずに推理を重ねるクレインの原動力が垣間見えるのが『モルグの女』だ。死体の身元確認という依頼は果たし、ニューヨークへ帰ろうという同僚たちにクレインは「今となっては、誰が彼女を殺したかを、ぼくは発見したい」と決然として表明する。

この謎を解きたい、真相を見究めたいという強い欲求がプライドやヒロイズムなどというより、我々読者と同じく単なる好奇心に過ぎないのではないかということを本書『サンダルウッドは死の香り』は示唆している。篇中、クレインは探偵にとっての殺人と誘拐の違いについて想いを巡らす。事後である殺人の捜査では、探偵は個人的な感情を持たず、主観を交えない態度を取ることができるが、現在進行形である誘拐の場合は被害者を救い出さなければならない。その責任は、出来ることなら誰か他の者に負ってもらいたい、と。また、被害者がレイプされている可能性を気に病む箇所もある。

つまり本来リアルな人間模様を描こうとするハードボイルドの世界に、本格ミステリの人工的な謎を放り込んだラティマー作品はシリアスなハードボイルドを無化する、あくまで論理的遊戯なのである。ハードボイルドらしさはあくまで「軽」く、むしろ*Murder in the Madhouse*における患者から医者までことごとくが奇矯である中での連続殺人に対する推理の繰り返しと細かい伏線、『処刑6日前』で手がかりがどんどん潰されていく状況下における密室&アリバイ崩しと、凶器にまつわる執念と逆転の発想の物証主義、『モルグの女』のブラックユーモアに紛らした本格ミステリにおける教科書的な死体の扱いと被害者探し、『サンダルウッドは死の香り』における脅迫と殺人の密室トリックや、誘拐犯を外堀から埋めていく細かい伏線、そして『赤き死の香り』で起きるガスによる一族の連続殺人と意外な動機——。

これらは今日においては、それ一本で本格作品を背負うような大ネタではないかもしれないが、さりげなく細かく張られた伏線と過剰に論証・物証を重んじる姿勢、そして巧みなキャラクター描写によって軽ハードボイルドの体裁をじわじわと侵蝕していく。ギャング相手に大立ち回りを演じるタフで腕っ節の強い酔っ払いがやけに神経細かく、妄想たくましく理屈っぽい。そのせいで、物語そのものを統べるのもアクションよりも論理、しかも、細かい部分的なそれらが組み合わされて全体を形作る――という風に。逆に本格ミステリの側から見るなら、アクションによる謎解き手段の拡大、とでもなるか。両者を縒り合わすのはユーモラスなキャラクターである。

ここで、本格ミステリがユニークなキャラクターによって隣接するジャンルと融合する例として挙げたいのが『刑事コロンボ』である。ロス市警殺人課の第一線で活躍する刑事が銃も持たず、格闘もせず、一般的な手順も無視して独特の捜査でディテールの矛盾を寄せ集め、全体の「画」を見抜くという展開は、現実的な世界を舞台にした警察ものの中でエキセントリックな名探偵を描く、ギリギリのラインで成功している。また、ミステリとしての弱さがあっても、主人公だけでなく犯人や脇も含めたキャラクター描写の妙味で乗り切るのは、（TV）映画としての地力ゆえである。

しかし、突然『コロンボ』なのはランダムなわけではない。小説家として以上に脚本家として、ミステリやサスペンスを中心にジャンルを超えて活躍したラティマーが晩年に手がけたのが『コロンボ』中の一篇『悪の温室』（72／ボリス・セイガル監督）なのである。蘭の栽培に血道を上げる男が甥に偽装誘拐を持ちかけ、身代金をせしめた後に殺してしまう、というストーリーで蘭の温室をモティーフに金持ち一族の腐敗を、ハードボイルドではよくある偽装誘拐によって、しかも裏側＝犯人側から描いた変形のハードボイルドと見ることが出来る。また、コロンボに付く新米の部下がやたらと張り切るのを適当にあしらって、面倒くさいところは押しつけるなどのユーモアもラティマーっぽい。さらに犯人役のレイ・ミランドは、ラティマーがケネス・フィアリングの原作を盟友ジョン・ファーロウ監督のために脚色した名作『大時計』*The Big Clock*（48）でも犯人の富豪を演じていた。

だが、最大の肝は犯人逮捕の決め手となる物証の扱いで、実はかつてラティマーが某自作で使った捻った手が、さらにアレンジした形で使われているのにニヤリとさせられる。やはりラティマーの

〝本妻〟はミステリであった、と。

　ちなみにラティマーの書いた『コロンボ』はこれ一本きりだが、撮影所を舞台にアン・バクスターが往年の犯罪映画のスター女優を演じて、何となくラティマーを想起させる『偶像のレクイエム』（ジャクソン・ギャリス脚本）中のある趣向は、ラティマーの某作品を彷彿とさせるし、コロンボがしばしば見せる手間を惜しまぬ可能性潰しはクレインの行動に通ずるものがある。これらはもちろん『コロンボ』がラティマーの影響を受けているということではなくて、本格ミステリをマニア向けでないエンターテインメントにするのに当たり、職人的なアプローチの仕方に共通するものがあったということだろう。


　こうしたシリーズ・キャラクターを離れると、ラティマーの軽ハードボイルド本格はさらに自由になる。

　脚本家としてハリウッドに招かれ活躍中に執筆したノンシリーズの三本も、いずれも変な作品ばかりだ。「新興宗教（カルト）」に取り込まれた依頼人の娘を連れ戻すため、酔いどれ探偵が教団の支配する町に潜入する『第五の墓』*The Fifth Grave*（41）はキャラクター的にクレインシリーズの延長線上にあり、広大な葡萄園を所有し、ギャングを配下に町を牛耳っている教団の様態が世俗的にも教義的にもかなり不気味なのだが、そこに隠されていた真相のなんと突拍子もないことか！　もはや新本格レベルである。

　また『シカゴの事件記者』*Sinners and Shrouds*（55）は、殺人容疑者にされてしまった新聞記者が真犯人を探す、というラティマーらしいシチュエーションだが、新聞社内に張り巡らされた人間関係の伏線が眩惑的に作用。キャラクター造形やアリバイ崩しもちょっと変で、何だか歪んだ悪夢のような一篇になっている。

そして最後の作品となった『黒は死の装い』*Black is the Fashion for Death*（59）は撮影所を舞台に、ジャングル映画の撮影現場で起こった女優殺人事件を映画製作のドタバタの中で描いた、ラティマー自家薬籠中の作品。女優やプロデューサーに振り回される脚本家の視点からの裏話満載には、ラティマー自身のそれも垣間見えるようで愉しい。ミステリとしては密室状況下の殺人の謎を解くための手段が、伏線となっていたある「技術（テクノロジー）」であるところがいかにも映画的。それに伴っての必然として、いきなり探偵役が交代するというか、語り手がワトソン役だったことが明らかになるというこれまた捻った構成。

エンターテインメント職人としての確かな手腕と、奇妙に定型を逸脱する自由さが両立するラティマーの最大の魅力はその飄々とした軽妙さにある。力瘤を作ってどシリアスに描きながらも、結局これはキャラ小説だな、という〝力作〟も多い今こそ、ラティマーの軽みがもっと読まれてほしいのだが、十年前に三橋氏が嘆いた状況は変わらず、今もラティマー作品はほとんどが死んでいる。今回の刊行をきっかけに、再評価されることを切に願う。

〔著者〕
ジョナサン・ラティマー
本名ジョナサン・ワイアット・ラティマー。アメリカ、シカゴ生まれ。ノックス・カレッジを卒業後、〈シカゴ・トリビューン〉紙で新聞記者として働く。1935年、私立探偵ビル・クレインが登場するMurder in the Madhouseで作家デビュー。40年頃からシナリオライターとしても活躍。ダシール・ハメット原作の映画『ガラスの鍵』や、テレビドラマ「ペリー・メイスン」、「刑事コロンボ」の脚本を担当した。またピーター・コフィン名義での作品もある。

〔訳者〕
稲見佳代子（いなみ・かよこ）
大阪外国語大学イスパニア語学科卒。東京都杉並区在住。訳書「赤き死の香り」（論創社刊）。

サンダルウッドは死の香り（しかお）
——論創海外ミステリ 217

2018年9月20日　初版第1刷印刷
2018年9月30日　初版第1刷発行

著　者　ジョナサン・ラティマー
訳　者　稲見佳代子
装　丁　奥定泰之
発行人　森下紀夫
発行所　論 創 社
〒101-0051 東京都千代田区神田神保町2-23 北井ビル
電話 03-3264-5254 振替口座 00160-1-155266

印刷・製本　中央精版印刷
組版　フレックスアート

ISBN978-4-8460-1751-4